我们文学的疾病

傅 翔 著

闽派批评新锐丛书

南帆　刘小新　主编

海峡出版发行集团
海峡文艺出版社

图书在版编目(CIP)数据

我们文学的疾病/傅翔著. —福州:海峡文艺出版社,2019.6(2024.3重印)
(闽派批评新锐丛书/南帆,刘小新主编)
ISBN 978-7-5550-1846-9

Ⅰ.①我… Ⅱ.①傅… Ⅲ.①中国文学－当代文学－文学研究 Ⅳ.①I206.7

中国版本图书馆 CIP 数据核字(2019)第 107156 号

我们文学的疾病

傅 翔 著		
出 版 人	林 滨	
责任编辑	李永远	
出版发行	海峡文艺出版社	
经 销	福建新华发行(集团)有限责任公司	
社 址	福州市东水路 76 号 14 层	
发 行 部	0591—87536797	
印 刷	三河市兴博印务有限公司	
厂 址	河北省廊坊市三河市杨庄镇大窝头村西	
开 本	787 毫米×1092 毫米 1/16	
字 数	260 千字	
印 张	15	
版 次	2019 年 6 月第 1 版	
印 次	2024 年 3 月第 2 次印刷	
书 号	ISBN 978-7-5550-1846-9	
定 价	76.00 元	

如发现印装质量问题,请寄承印厂调换

文学批评正在关心什么

◎南帆

　　一段时间以来，文学批评的话题有所升温。这不是因为某种新的理论观念带动或者某种理论命题的纵深展开，相反，恰恰因为文学批评的乏善可陈。当代文化之中，文学批评的退却、边缘化乃至缺席引起了普遍的焦虑。人们纷纷开始谈论，这种文化症候意味了什么。目前为止，文学批评听到了各种冷嘲热讽，但是，考察这种文化症候的前因后果，人们不能不涉及更为广阔的背景。

　　中国文学批评史证明，文学批评是一个古老的存在，并且在漫长的历史演变之中不断地与各种文学观念相互呼应。如同许多人已经描述的那样，现代性为文学观念带来了巨大的转折，一种称之为"现代文学"的新型文学出现在地平线上。相近的时期，文学批评也出现了深刻的变异。诗、词与散文的研究曾经在中国古代文学批评之中占有很大分量，例如诗话或者词话。无论是"诗言志""诗缘情"还是"文以气为主"的传统，古代批评家时常乐于表述精微的内心体验，从"温柔敦厚""风骨"到"滋味""神韵""意境"均是这些表述引申出来的理论范畴。即使是感时伤世的忧国忧民之作，骚人墨客仍然擅长于处理为内心经验的事实。这与中国传统文化，尤其是儒家文化讲求内心的修为或者精神参悟是一致的。另一方面，古代批评家同时认为，言为心声，气盛言宜，语言的推敲是为了更为精致地展示独特的体验；不同的动词、音调、音节无不与某种内心波动息息相关。这是个人，也是社会，不论是"内圣外王"的观念还是"修身齐家治国平天下"的命题都表明了这一点。然而，当现代性形成了另一种性质迥异的社会之后，这些传统观念逐渐失效。民族国家的崛起是现代性的一个标记。现代政治、经济以及科技三驾马车愈来愈明显地主宰了民族国家，另一方面，坚船利炮愈来愈频繁地成为国家交往的基本语言。这种历史格局之中，文学又有什么意义？浅吟低唱也罢，恩怨情仇也罢，阅读之后的种种感叹、悲哀、喜悦或者愤慨也罢——如何解释这一切与现代政治、经济以及科技具有同等的价值？近代一些思想家开始从这种意义上理解文学，例如梁启超。五四新文化运动带来了一个划时代的文学阶段。与现代文学的转向相仿，文学批评也出现了相当彻底的转换。短短的二三十年之内，另一套概念术语开始全面地改造文学批评，例如时代、国民性、意识形态、人民性、党性、阶级、民族文化，如此等等。显而易见，与"神韵""意境"比较，这些新的概念术语更多地指向了社会历史。这种状况表明，文学批评更多地参与了社会历史的建构。

当然，对于文学批评来说，这些概念术语所表示的社会历史必须与文学作品的解读联系起来。通常，一部文学作品在公众的阅读之中显示出意义，文学批评是一种特殊的阅读，批评家的分析、阐释、引申从事的是意义再生产。现代文学批评的视野之中，文学作品提供的各种人生故事时常被放置于社会历史的坐标体系之中重新衡量，重新核定具有什么价值。一饮一啄、一颦一笑、一个人物的起伏沉浮、一种叙述方式的选择，这些表象背后各种历史意义的发掘成为众多解释关注的重点。譬如，"典型"这个范畴的出现就是对于历史意义的强调。从个别、特殊到普遍、一般即是阐述个人在某种历史境遇之中的作用。不论是贾宝玉、阿Q还是于连、安娜·卡列尼娜，这些文学人物被称为典型的时候，文学批评所要解释的就是，他们在历史潮流之中意味了什么。

相当长的时间里，社会历史的批评模式始终占据主流。许多人已经意识到，强势的社会历史模式形成了过于狭窄的视野，以至于文学之中另一些重要的问题遭到了无形的屏蔽。例如，强势的社会历史模式热衷于把所有的文学细节——从街道上的一盏路灯到主人公脸上的一条皱纹——纳入历史的框架给予分析，仿佛人生的一切经验无非派生于某些社会学概念，背诵这些概念的定义就是抓住了最重要的东西。这种文学批评往往忽视了一点：人生是一个相对自足的观念，文学所描述的许多人生经验不一定都能在社会历史的坐标之中显示。一个微笑的和蔼与否不一定和一个王朝的倾覆有关，正如嗜好哪一种牌子的香烟不一定和一场战争的结局有关。许多时候，这些细节的解释毋宁诉诸另一些视野，例如精神分析学。许多人还指出，强势的社会历史模式多半没有认识到语言形式的作用，文学作品实际上等同于粗糙的社会情报。不同的语言形式可能产生何种奇特的魔力？没有语言形式的专题研究，文学批评可能始终意识不到这一点。当然，社会历史模式的威信急剧下降的首要原因是，批评家的社会历史判断出现了重大误差。二十世纪五六十年代，大量批评家依据一个虚幻的历史整体构思评判文学、打击文学。这种文学批评带来的危害至今阴影犹在。可以看到，历史并未按照当时的设计抵达预定的目的地，因此，当时文学批评所确认的一批典型人物——例如李双双、梁生宝、朱老忠等——现今都出现了问题。然而，尽管如此，多数人还是坚持认为，文学批评对于社会历史的关注始终不可或缺；尽管语言学批评模式或者心理学批评模式可圈可点，社会历史从未脱离视野。与那些平静的小国家生活不同，一个多世纪以来，中国的社会生活进入"三千年未有之大变局"，无数问题迫在眉睫，思索和解决这些问题几乎成为日常的功课。从启蒙、革命、改革到教育公平、"三农"问题、房价居高不下，社会历史似乎迟迟无法进入一个风平浪静的航程。可是，各方面的思想交锋在公共空间如火如荼的时候，文学批评不见了。许多人清楚地记得，二十世纪八十年代的时候文学批评还站在身边，似乎一直是思想领域的一个重要声音，现在的文学批评溜到哪去了？一旦文学批评撤出了前沿，整个社会立即感到了不适。

当然，人们经常还可以在各种大众传媒看到，文学作品的介绍和引荐层出不穷。这不是文学批评吗？的确，这也是文学批评——人们常常称之为"媒体批评"。当大众传媒成为商业环境的组成部分时，许多人抱怨说，"媒体批评"之中商业广告的成分太多了。商业广告没什么错误，然而，这并不是文学批评的职责。文学批评与商业广告的差别不仅体现为思想含量，更重要的是保持另一种价值判断的依据。强大的资本与成熟的市场不仅可以配备一个完善的销售体系，同时还可以配备一整套相关的价值标准。例如，现在的许多商品不一定是生活必需品，但是，商业广告会及时地暗示人们：如今的时尚是什么；缺乏时尚商品带来的最大问题是，再也听不懂别人在说些什么。目前文化市场的氛围表明，娱乐正在成为最强大的时尚。笑声的音量与销售量之间无疑构成了正比。大部分媒体批评都在灌输一种观念：销售量证明了价值。大众的关注程度必定显示出一个产品的重要程度，所以，市场持续展开的一项激烈竞赛就是抢夺大众的注意力。按照目前的排名，文学显然远远落后于足球、流行歌曲、八卦新闻以及一切时髦的玩意儿。当然，今天没有理由贬抑文化市场与商业广告的巨大成功，但是，文学批评的解读、阐述必须表明，另一种考虑问题的方式并未完全淹没，遭受放弃。资本、市场、利润可以特别青睐文学的娱乐意义，但是，销售量标志的商业成功不能直接等同于美学的成功。印数、票房或者点击率并不是入选文学史的首要原则；文学批评要做的是，显示乃至发掘娱乐之外的另一些文学意义。例如，文学隐含了哪些道德或者心理的能量？文学在什么时候改造或者撼动了社会与历史？当然，文学批评也可以研究，如此旺盛的娱乐渴求具有哪些意识形态背景？显然，谈论美学或者谈论历史的文学批评提供的是另一些远不相同的意义鉴定，显示出另一种视野。如果文学批评放弃这种视野而和颜悦色地混迹于商业广告，人们有权利认为批评家失职。

如果说，目前的资本、市场已经有力地介入了文学批评，那么，另一个影响文学批评的重大因素就是学院。可以看到，二十世纪九十年代以来，许多昔日的批评家转入学院，中规中矩地当起了教授。在学院机制和学术评价体系的共同作用之下，教授更多地热衷于制作四平八稳的研究论文，文学批评的锐气大幅度削弱。学院内部推崇的是"硬知识"，古典文学、语言学或者文学史的研究似乎更为靠近"硬知识"，介入争议多端的当代文学如同不务正业。我想指出的是，学院与文学批评的关系相对复杂。一些人因为回避熙熙攘攘的世俗尘嚣而躲入学院静地，沉浸于某种专门的特殊知识；相反，另一些人试图依靠学院更为充分地解释身边这个时代。他们已经意识到，持续展开的社会历史不是一张一览无余的平面；各种传统、文化脉络或者多重力量纠结在背后，前现代社会、现代社会以及后现代社会彼此交织，这一切形成了迷宫似的结构。这时，简单的口号或者表情激烈的表态显然解决不了问题，学院可以提供必要的知识积聚和开阔的理论视野。成功的学院训练并不是空降几个陌生的概念，也不是根据某种分析模式的理论程序做"应用题"；这种训练带来的是察觉问题的犀利和连续展开问题的能力。这时，文学批评可以在当代文学内部遭遇许多深刻的课题。一批故事、一种语言叙述形式或者一种美学风格的集中出现可能意味了社会文化的某种转移，一种文学潮流的起伏或者一份文学经典名单的增删可能表明了新的思想动向；城市与乡村的博弈不仅表现为粮食或者蔬菜的价格，表现为工地上的民工数量与春运时期的交通拥挤，还表现为文学之中乡土叙事的前景以及城市文学的兴盛；性别之间的对立不仅显示为薪酬的差别、高级岗位的竞争或者家务事的分配，还会演化一种文学观念，甚至一种表述形式。此外，从阶层、族群、生态环境到文化传统、家庭关系以及年轻一代的成长环境，这些故事不仅发生在社会上，不仅进入了社会学或者经济学的视野，而且以某种形式进入当代文学。或者说，作家正在以文学的独特形式探索这些故事，并且展示特殊的发现与想象。所以，这些课题保存了当代文化的尖锐和紧张感，介入许多人的生活。另一方面，学院训练的文学批评通常拥有一个强大的理论架构，力图对当代文学进行严谨缜密的学术处理。人们常常说，考察一部文学作品质量的依据常常是"怎么写"而不是"写什么"；相似的是，判断一种研究质量的依据是怎么研究，而不是研究了古典文学还是当代文学。对于文学批评来说，学院知识的指向是当下世界的分析，而不是巩固一种脱离社会的成见。

文学批评必须清晰地意识到，周围存在一个尚未完全定型的社会。批评家提交的各种观点多少有助于影响最后的定型——哪怕极为轻微的影响。至少到目前为止，历史仍在大幅度地调整。所谓的"中国模式"可能是一个有待于论证的提法，但是，"中国经验"这个概念无可争议。"中国经验"表明的是，无论是经济体制、社会管理还是生态资源或者传媒与公共空间，各个方面的发展都出现了游离传统理论谱系覆盖的情况而显现出新型的可能。现成的模式失效之后，不论是肯定、赞颂抑或分析、批判，整个社会需要特殊的思想爆发力开拓崭新的文化空间。这是所有的社会科学必须共同承担的创新职责，文学批评跻身于这个队列之中。文学批评的特征不是阐述各种大概念，而是通过文学作品的解读发现，各种大概念如何潜入日常生活，如何被加强、被改造或者被曲解，一方面可能转换为人物的心理动机或者言行举止，另一方面也可能转换为作家的遣词造句以及修辞叙述。文学批评就是在这种工作之中积极地与世界对话，表述对于世界的理解与期待；与此同时，批评家又因此认识了真正的作家，察觉一部又一部杰作，甚至发现这个时代的经典。当然，文学批评之所以愿意孜孜不倦地谈论这一切，当代文学存在的意义首先是批评家业已肯定的前提。

"闽派批评"曾经是批评家之中一个引人注目的群体，在改革开放中成长壮大。"闽派批评"的历史证明，由于批评家不懈的呐喊、辩驳、阐发和倡导，文化空间得以开拓，某种程度上，文学批评的贡献甚至超出了文学范畴。如果说，"闽派批评"的称谓曾经贮存了丰盛的文学记忆，那么，许多闽籍批评家即将开始面对另一个新的故事：这个称谓如何内在地织入文学的未来？

新生代批评家的加盟，即是这个故事的最新发展。唯有新生力量的持续涌现并且不断发出独特的声音，"闽派批评"才能真正重新出发，发扬光大。新生代批评家大多具有严谨的学术训练，理论视野开阔，他们代表了"闽派批评"的未来。编辑出版"闽派批评新锐丛书"，即是集中展示这些新生代批评家的实力与个性，注释"闽派批评"这个称谓的崭新内涵。

是为序。

（南帆，本名张帆，现任全国政协社会和法制委员会副主任、福建社会科学院院长、福建省文联主席、福建师范大学文学院博士生导师，出版学术著作和散文集多种，曾获鲁迅文学奖、福建省社会科学优秀成果奖多项。）

目 录

病 史

病 历

病 理

病　例

病　因

附录

病　　史

无聊的文坛

一、时代

时代已经来到了这么一天，面对它我更愿意做的事是沉默。

1. 位置

曾经有不少批评家、社会学家用丰富的语词描述了这个时代的特征，但都没有办法做到完整。实际上，这是一个无法描述的时代，这个时代的位置仿佛永远是空着的，任何词语都可以用又似乎都不能用。显然，它仿佛一个大染缸，任何澄清的企图都是不存在的。在此，我希望做的并不是去描述这么一个不可描述的时代，而是去探究症结的根源，从而引起疗救的注意。

在我眼里，文坛成为时代精神沉沦与疲惫的大染缸，唯一具有希望的是看谁把它搅得更浑。经济建设，有些时候却成了以刺激人欲为前提的物欲横流，在这洪流中，人性成为牺牲品，良心与责任成了代价付之一炬。伴随着人欲的疯狂增殖，神圣将会日渐消逝，无聊也乘虚而入，在空虚无聊的间隙中滋长的便是绝望与痛苦，因此富裕的当代人所付出的代价同样是沉重的。同时，世界格局中频繁的战争、可怕的动乱又导致了人与人之间的巨大的隔膜以及信仰的沦丧，伴随而来也就是爱的缺席。如果爱心的贫乏成为这个时代的最好描述，我们将会看到绝望的加剧与死亡的可怕图景。

实际上，自从文艺复兴起一直到现在，正如莎士比亚所说的，这是一个疯子与瞎子共同组成的世界。视觉的盲点在阻挠我们，我们往往看到了世界肮脏的富裕与文明的可怕进步，却不知道人类正把自己投进某种深渊。古希腊的名言："人啊，认识你自己。"它只能是对整个人类说的，但我们却没想到人类最大的敌人恰恰是自己，而不是所谓的外星人。绝望与死亡绝不是我们这个时代的特产，早在远古时代，人类的先知就预示了这个世界的未来命运，人是没有办法自救的。

2. 城市的预言

拯救并非来自人类自身，就好像要把自己拔离地面一样，是一种空想。城市便是这么一个产品，它是人类试图走向光明未来的理想寄居地。在古代，它是一个实验的场所，而今，却有相当多的人把它当做天堂，以为那是人类的终极栖息地。自然，城市是有魅力的，因为它有富裕豪华的生活方式，有高贵的奢侈品，也有各种欲望膨胀的批发站。显然，当代人更愿意把城市作为一种乌托邦式的依靠，他们往城市进发跋涉的姿态都令人肃然起敬。在这样一个乡村精神逐渐被遗忘的时代里，城市精神自然招来了大批顾客。他们吮吸着城市的汁液与营养，尽量把乡村气息抛得一干二净。于是，新的城市人诞生了，即使有许多并不像城市地主，但他们却以地主自居，因为乡村已成了一种耻辱。

城市的精英如广告、建筑等的繁衍速度是惊人的。广告的无限延长、建筑的蓬勃上升……无疑都猛烈地刺激着城市人的欲望。伴随而来的也就是欲望的再膨胀，疯狂的尔虞我诈式的竞争。生存空间的狭窄会导致了更激烈的争夺战，人们不惜付出沉重的代价寻求一席之地作为不动产。在城市里，人们更多的是一种适应，即尽量与这台大机器的运作相合拍，而不是创造。在城市那千篇一律的脸孔中需要的是同化的牺牲，而不是独创性的生活创造，因为生存空间的狭窄限制了人们冒尖。在这台大机器的运作中，它需要平凡得不能再平凡的正常的秩序。于是，人们被同化也被异化成一个早上八点上班下午五点下班的平常人。他们日复一日地过着这种上班制的生活，有的是一种忙碌的生存假象，虽然也许无所事事，但却也只有这样继续下去。正因为这样，如今的城市人更真确地感受到了生存主体被掏空的危机，在蚂蚁般忙碌无为的背后，到底是什么成为生存意义的所在？

面对这样的诘问，城市人更大程度上便只有面对无聊感的增殖与精神上无可挽回的疲惫。正是在这样单一与贫乏的生活背景中，人们加剧了对疲惫心灵的认同。然而，城市居民并不愿意反抗这种生活方式，虽然这种方式已经让他们感到一种极度的厌倦，但他们却又害怕这种生活方式的丧失。对于他们来说，这种生活方式已经成了致命的诱惑，任何摆脱的企图都是徒劳的，因为乡村已经遥远，逃避的路途已经被堵。这时，他们更愿意做的是日复一日近乎麻木地承受与抱怨以及寻求一种新的刺激来满足骚动的灵魂。对于渴望破坏的杂乱而悸动不安的心灵来说，城市人每日消费于"镇静药"的财富都将令乡下人瞠目结舌，这同时也就是城市娱乐业、夜市特别繁荣的缘故。人们没有想到，在表面繁荣的城市背后，恰恰是数以万计的无聊与疲惫、喧哗与骚动的心灵筑成了每个繁华景象。

文明的进程在城市被廉价地演示出来。城市就仿佛专门承担了文明的广告业务，人们只要走进城市，也就意味着走进文明。至今为止，绝大多数人仍然这样认为，在此，我不想否定这个看似正确的事实。我只想说明，在城市丛惠的物欲横流的背景后面，我们是否丢失了点什么？

3. 缺席

这个时代缺席的东西无疑已经导致了可怕的后果，只是这后果更多的是心灵的而不是物质的，因此直到现在仍旧没有引起足够的注意。随着时代精神的动乱与变故，信仰日渐失落，神圣的不在场，爱的缺席已经如此明了地展示在我们面前。爱的缺席是一个严重事件，它昭示了时代精神的疲惫与贫乏。在人与人之间演出的一幕幕惨剧面前，人们将再也没有勇气召唤爱的重临，这无疑是更加深刻与严重的一次精神变乱。在这变乱当中，人们看到的是绝望的展览以及灰暗的死亡图景。显然，人们失去的已经不仅仅是爱，而是更高意义上的生命。

在失爱的时代里，人们发现爱情这神圣的字眼同样飘逝了，而至于友情、爱心、尊重、责任感、同情心则在某些时候被冠以一种装饰符号。在街上，人们戴着面具进进出出；在各种舞台上，人们装饰一新，演出着一幕幕动人的话剧与戏曲；而背地里，人们却干着丑恶不堪的勾当：通奸、淫乱、残杀、谋害、赌博、吸毒……共同编织了一幅腐朽巨画。在这样的大背景掩盖下，代沟、冷漠、残酷、离婚、破裂成了前景与中心，神圣已从信仰中退出，而爱情也从婚姻中退出。家庭的不和与破裂让离婚成了一种时尚，愤世嫉俗被标举，残酷成了一种姿态，所有这些都在强烈地暗示着爱的缺席。

即使有爱，也是残缺的、不健全的。只要信仰不在场，任何情感都是残缺的，因为它没有依靠。爱的部分丧失或爱的沦丧根源在于信仰的失落。

4. 乡村情感

每当人们面对城市的苦难与不同程度的祸害的时候，人们想到的便是乡村的宁静与闲适。乡村是中国人保持传统美德最集中的所在，在几乎每个城市居民的记忆中，乡村的好处都是难以忘怀的。所不同的是，如今的人们更愿意把乡村当作一种回忆，而把城市当做居所。这与封建时代的人们没有什么差别，大凡文人墨客，除极个别隐士之外，几乎都有长期定居繁华都市的经历。当然，他们不像当代人一样那么依靠于城市的繁华，而是以一种过客的欣喜之情赞许都市的梦想，他们的根最终还是乡村的，因此古代的文人墨客活得也许比今人更加惬意。

然而，当代人一旦居住于城市，他们便没有了退路，因为城市的喧嚣带来的是心灵的喧嚣，更何况又加上了没有信仰作支柱，因此他们的心灵没有办法回到乡村定居。乡村对于久居城市的人来说，开始是一种宁静与和谐的享受，随后而来的便是沉重无比的寂寞与可怕的平淡。一切都是如此单一与平庸，这同样是一种难以忍受的折磨，因此当代人更愿意走向城市，走向那狂热与骚动。至少，城市的节奏与他们那不甘寂寞的心灵是合拍的，虽然要付出忙碌一生的代价，但富裕的享受对于肉体的诱惑无疑占了上风。当代人无疑正日渐失去了那种平静的心态，乡村的静谧和谐由此成了一种回忆里的情感，它不存在付诸实践的可能性。

所谓的返乡与重返家园纯粹是一种乌托邦式的梦想，因为它只存在于记忆与梦想之中，而不存在于现实的努力之中。乡村与家园常常是连在一起的，它存在人们古老的记忆之中。在那诗意的乡村田园与破败却朴素的家园意识里，人们怀着一种缅怀的虔诚向往与渴恋。但路途已经受阻于记忆，它永远只能被放逐在遥远的边缘地带。流浪的过程因此成了真实的写照，当代人的浪子经历都是真实但又假惺惺的。在心灵上，他们都没有家园；而在事实上，他们的家

我们文学的疾病

园都翘首可待，只是他们故意愿作浪子而不愿回家。在此，家园既可指现实的又可指精神的。对于不愿意待在乡村的当代人来说，拒绝精神家园的重返努力是不奇怪的事情。

5. 绝望的等次

没有了乡村的宁静和谐，也没有了家园的渴望，更没有了城市温馨的梦，当代人所能走的路便是绝望。绝望本来是不存在级别的，因为它直接面临的是生命的灭亡。然而，后来也知道了绝望有程度之别，于是暂且划分为几个等次。一般来说，绝望的缘由不同，它也便似乎有所区别，但我想真正的绝望只能是面对死神的，因为它才真正是没有了一点希望了。而今天人们所说的绝望更多的是夸大其词的说法，姑且听之也无妨吧。

其中之一当然是面对死亡本身的，也就是说，死期在即确定无疑了。面对这样的事实，人们当然要绝望。至今为止，我似乎还没有碰到不绝望而充满希望的人们（当然，有信仰的除外）。在此，又有面对自然死亡与意外死亡之别。对于自然死亡，人们也许想得开些，因为这是自然规律；而面对意外死亡，如疾病、事故等，人们更多的是绝望（特别是对于年轻人而言是这样）。死亡是真实的，绝望也是真实的，我想绝望若有等次的话，这是最高的绝望（当然，这里的等次是指程度上的，而非高贵卑贱区别的）。作为面临死亡的一种特殊体验，绝望是无可替代的，它是一种极个人化的东西。只有在大众面临同一种灭亡的灾难时，它才具有普遍性的意义。

这也就是第二种绝望，即面对生存苦难图景所滋生的绝望。只要当代人没有丧失思考的能力，他就必然面对人生的终极思索：人活着到底为了什么？人忙忙碌碌的意义何在？只要这些问题没法得到确切的解决，当代人便种下了绝望的种子，到时它成长为阴影笼罩在当代人生存的上空。这也便是绝望，它困扰着人类已经几千年甚至上万年。面对生存的终极思索，人们由绝望转入了麻木，人们的感觉器官在这问题上出现了障碍，这是一种值得庆幸的麻木。在麻木的底层也就是残酷与冷漠，是像冰块一样的东西，它又硬又冷同时又光滑。

正是这所有的绝望展览构成了当代人的生存境遇，即使在乡村宁谧的环境中，这事实同样是那么具体而生动。这就不能不让人警觉，这时代精神的症结到底在什么地方？难道人类都不再善良了吗？都喜欢作恶了吗？

病

史

无疑，这个时代所代表的疯狂与杂乱是特殊的。在信仰失落的大前提下，一切也就变得黑暗，精神的衰落，物欲的膨胀，爱的缺席，死亡的恐惧，残酷绝望的展览都是具体可指的。所有这些都让人们看到，拯救的时代已经到来，而没有拯救也就没有希望。这是面临末日审判的时代，一切没有信仰的事物都将灭亡，因此，除了重返伊甸园的努力之外，已经不存在任何路途可以让人类重获希望与光明。

二、作家

在这样一个时代里，文坛已成了个庞大的跳蚤市场，里面堆满了腐败、奸猾、狂妄、虚伪、投机、变态的一大批政客、御用文人、推销商、自大狂、逃税者、投机分子、青春期或更年期疾病爱好者、营养不良的运动选手和面容苍白的业余精神贵族，他们戴着各式各样的面具进进出出，喧嚣、轻浮、骚动、虚假、懦弱、浮肿、模仿成性等等。在生态失衡、人性扭曲、物欲膨胀的今天，大量的伪劣产品充斥市场。人们自身价值的消亡又普遍导致了人生命力的衰退，从而也给艺术的中庸化、媚俗化、商品化提供了繁殖的温床。作为人的一员的作家，他们在这样的时代能够有何作为呢？

1. 策略

这个时代的作家绝对是聪明过头的，作家自成了一种职业后，他们也和商人一样学会了策略。其中有生存上的，也有写作上的。现在的作家再也不是那种纯粹意义上只搞创作的人，而是往往没有什么作品却名声远扬的名人。他们不会待在乡村，只要有些许机会或者就是没一点机会他们也要往城市挤。城市的生存环境代表了一种策略，因为城市存在着比乡村更大的机遇，这机遇适于出名。到现在为止，我所碰到的每位作家都几乎要被名气的子弹打死，因为他们渴望自己被承认被高举与标榜。也许，不想出名的作家不是一个好作家，但我却以为在作家疯狂地不惜付出各种代价追求名声的事情上可以看出作家的浅薄。显然，这个时代每个善良的人们都应该对作家感到羞耻，因为作家这神圣的字眼正被越来越多的文学奸客与掮客玷污贩卖了。即使是善良的作家，也同样忙于策略，希望通过策略赢得更高的声誉。这是时代的症状之一，它只能说明名声是追求获得的，而不是靠辛劳的创作积累起来的。当然，追求是积极的，但追求一旦被附上虚伪与欺诈，那么追求也就变得丑陋。

在这个年代里，人们似乎发觉时光飞逝的可怕，因此几乎所有的作家都早慧。他们迫不及待地炮制长篇与数量惊人的作品，狂轰滥炸般地投向文学市场，让人看了感到惊讶与过后的害怕。人们不由得担忧，这些神童过了四十岁后是否会早夭？我想这不是我的问题，而应是生理学与心理学专家的研究项目。为什么中国作家一过四十就再也振作不起来呢？是否跟中国的土质有关呢？还是跟中国人种的退化有关？我想，这个问题才是中国作家突破自身限制的关键，只要这个问题没有解决，中国作家就永远没法获得世界的承认。实际上，答案只存在一个方面，那就是心灵的支柱在哪的问题。只有有了支柱，有了精神上的真正信仰，一个人一个作家才能永葆青春和活力，才能保持着良好的创作境界，而这又恰恰是中国作家（至少是大部分）所缺乏的。没有精神上的终极依靠，自然也就产生了一系列让人惊讶不解的事实。

在这样一个崇拜神童的国度里，更多的作家都过早地成熟。他们依靠那一点可怜的经历与似乎超乎常人的聪明写作，这本身就让人感到不可思议。因为在聪明的作品背后，缺乏的恰恰是那颗大质量的灵魂以及非凡的穿透力。然而，社会又为这种聪明辩护，他们会为这种聪明提供各种刊物、报纸、出版社加以大肆宣扬。当然，这同样是一种策略，于人于己都有相当的好处。而对于真正意义上的作品而言，新闻舆论却又因为各种难处以及作家的不识时务而罢休或隐形蔽迹。

无疑，这个时代的文学机制已经出现了可怕的扭曲与变形，与其说是一种异化不如说是一种聪明人把持的聪明的策略。在善良作家的策略簿上，也不外乎记载着诸如文学圈、关系网、请客吃饭、互相吹捧等含含糊糊却又明明白白的字眼。作家创作必须投刊物、出版社的所好，为人又须伪装到让人感到惊异的程度，这一切都是文学的策略。这是对办刊出书的策略适应的一种策略，它投降于创作的客体而不是主体。我们不能想象，一个作家沦落到普通民众之下，还有什么权利指引他人走向光明与神圣以及指引他人生活？

2. 危险的写作

毋庸置疑，这个时代作家的写作已经不再对读者大众负责。更多作家愿意

病史

做的是生活在自筑的圈子里游戏。游戏在这个时代里代表了一种情境的出现，那就是创作成了一种不关痛痒的与人类心灵无关的文字制造。在神圣、良心与责任被永恒放逐的时代里，作家的写作已经纯粹失去了准绳。由于一些领域不可涉指，理论又在终极意义的彼端缠绕，作家的创作也远离了现实，以感化（或震撼）为前提的艺术意旨被削弱，于是作家便只能用信息共享或相同困境来解释。他们依靠着几近相同的经验追寻作品一种形而上或形而下的东西，只是这些东西同时没有办法明确地展示在记者面前。于是作家再一次面临尴尬的境地，操作的艰难已经确实地摆在作家眼前，作家所能做的便只有走向绝望。在这个唯一的指向中，生存的或者某种意识里的东西被大量启用，人们看到的是一个个混乱不堪的茫然的绝望与悲观景象。正是由于经济、政治、意识形态的锐变，假若作家没有一颗博大的胸怀去感应、体悟、承受，那么作家就只有面临被彻底同化或异化的危险。在这样一个特定的转型时代里，同化异化都是双重可怕力量，作家处在夹缝中是需要足够勇气的。遗憾的是，许多作家已经被夹击得面目全非，形态丑陋。

　　显然，这不是我们的出路，我们需要的是超越平常的力量去改变它。假若没有这颗大质量的心灵，我们凭什么写东西？今天，面对沉重的现实，作家更无法逃避神圣的追问与生存的重担。我们没有别的办法，面对心灵我们只有扪心自问：身体是不是出现了毛病？正如北村所说的：单纯的小说技艺的学习常常会让一个人上瘾，多看几篇小说就会使人跃跃欲试，但只要他进入这个罗网，他就不要想再爬出来了，因为写作最终是要靠心力而不是靠智力的。不过许多人也许低估了事情的严重性，他们沉湎于技术狂欢中而不自知，事实上，美是从来不对真和善负责任的，更不对艺术家本人的生命负责任，反而，它像一根绞索或一条水蛇，使艺术家沦落在体验中，这种体验以自我为起点和终点，以黑暗为灯，以颓废为特征，以乌托邦为居所，最后致使艺术家本人与真实的分离达到令人无法忍受的地步，吸空了人的血淤之后，留下千篇一律的结局：发疯或自杀。

　　显然，在技术主义流行的时代里，如何面对当代的现实已成了实实在在的难处。在他们热衷于建筑技术大厦的背后，历史的陈尸被解剖得惨不忍睹。在平庸的现实面前，作家往往缺乏明亮的眼睛找到题材的当代性，他们更乐于向历史乌托邦遁逃。不可否认，当代现实是产生伟大作品的契机与触发点，没有当代性的作品总令人生疑。难题在于如何把平凡的现实中那股不小心就可以产生伟大作品的涌动的事件与心灵之潮勾画出来。当然，从这点看来，仅有少数的作家能够做到这一点，它正好也解释了文坛的许多问题。正是信仰的失落使人们失去了与平庸的现实生活相抗衡的能力，而能力的丧失也就导致作家没有勇气面对现实与描写现实。由此，在作家的笔下，现实成了真空，乌托邦成了实在可行的操作。伴随着良心的泯灭，责任感的再度沦落，现实一蹶不振，技术主义形成联欢的局面，语言浮在表皮作狂欢的姿态。这一切都强调了一个声音，那就是良心的沦丧所带来的写作的危险。显然，一旦一个作家纯粹变成为技术写作之后，它的结局已经明确地判定了死亡。

3. 非文学：官本与流寇

技术主义的操作伴随着的是浮躁与喧嚣的盛宴，作为没有信仰的当代人来说，文学在更大意义上是一种策略，它帮助还有一点文学欲望的人装点官阶的排场。仿佛是一个跳板，文学只不过是某些人借以利用于升官发财赚取名声的途道，只要他们走上了心中的目标，这个跳板也就被撤去，想要退回来也都不大可能。这样的文化政客在中国的存在导致了文坛的不纯，中国作家之所以多也就多在这个地方。严肃地说来，这些人不能称为作家，因为他们搞那点可怜的文学的目的仅仅在于作为官本思想的铺垫。可叹的是，越不是作家的人却越要充当名家的角色，他们肆意点评作品，把好的说成坏的、坏的说成好的。无疑，这同样是一种腐败的机制，是源于官僚作风的更可怕的灾难。在他们肆意玷污文学作品的背后，是他们那骨子里的贫穷与嫉妒，以及那恐怖的保守观念。

在地方上，文学作品与文学人才往往被这样的官僚"流寇"所压制，他们不给人才机会，也不愿意像古人一样推陈出新。"流寇主义"在中国各个场所都泛滥成灾，文人、名人、有官职的地头蛇互圈地盘，形成了一个个地方势力。他们阻塞信息的流通，更谈不上讲说"地球村"的理论。在他们眼中，人才冒尖都需经过他们的首肯，在政治眼光威胁下的文学无不战战兢兢。在这样可怕的背景下，圈外的想要打进圈内就带着无知的冒险性。我们看到，除了极个别刊物外，大部分刊物每期冒出的脸孔都似曾相识或熟不忍睹。交流因此被阻断，话语被抛向边缘，一切显得沉寂有余。无疑，在文化圈内，闭关自守的观念比任何别的领域都强，文人政客骨子里更多的是几千年前的血液，难怪说中国文学总是踌躇不前！

即便在为了扶植"文学新秀"的作品讨论会中，由于有了文学官人与流寇的加入，作品讨论会更大程度上是非文学的。在这些令人恶心难过的文化活动背后，不是文学的兴盛而是文学的沉没与衰落。文学被玷污为面目可憎的娼妓，而作家亦成了匆匆过客。

没有人会同情这种吹捧而起的文学产品，也没有人会同情这样徒有虚名的艺术家作家。把自己的才华与聪明才智耗费于非文学性事物的忙碌穿梭之中都是一种可悲的浪费，它除了说明作家的浮躁之外并不能出示什么。显然，这些非文学性质的事物已经直接影响了这个时代的大批作家，在绝大多数作家忙碌奔波于制造名声事物的背影里，我感到了文学的悲凉。它说明文学已经不纯，也道出了文学的悲剧结局。

4. 位格：作为一个人

文学可能走向沉默，但作家永远不会沉默。他们在这样的时代同时又作为一个普通或不普通的人存在着，这就注定他首先得解决自身存在的难处，假若作为一个人的难处都没有得到解决，那作家凭什么指引人们？好像教师要做学生的榜样一般，作家同样要走在大众与人类的前面，为人类指引出一条确实可行的道路。起码他在人格上必须有力量引导人们向前走，而不是往后走。作为人文精神的先导，作家最迫切要做的事就是关注每段时期人类的心灵并做出反应。我们不敢想象，对人类心灵漠不关心的作家会是一个伟大的作家或成功的作家！实际上，历史上每一位杰出与伟大的作家都是建立在他们那颗宽广与忧患的心灵上的。

在这样一个人道主义话语被放逐的年代里，作家的人格力量被削弱。他们认同于颓废与绝望、疯狂与残酷，而一切仅仅在于他们自身人格的堕落。在他们那被贩卖的人格库存里，所剩下的崇高神圣都已朽坏废弃。我们看到，世纪末的文学宝库中所展示的无不是这样一个个赤裸裸的不知羞耻的人格商品。即使有那么仅有的几颗责任与圣洁的心，也不幸全被这环境污染了。显然，艺术便是生长于斯的一朵朵带毒的花，它或鲜艳，或丑陋，都不同程度地得到了读者的认同，因为文学是罪恶的，它只有靠罪的心灵加以体认。

艺术天才在某种意义上是黑暗的、变态的，正是他们那歪曲变形的心态与生命导发了一种新与异，并因此获得了人们的不甘平庸的许可与赞誉。在这罪恶的形成过程中，艺术是一种真实的情感释放，它获得了人们的认同仅仅是因为人们本身的罪性存在。罪的艺术需要罪的心灵加以体认，这是基本的原则，在这原则之下，罪的艺术泛滥成灾并得到厚爱也就并不奇怪。按辩证法来看，罪与丑一样具有美的极致性，甚至具有一种力度，人们犯罪可以当作美闻加以传扬本身就是一个极好的证明。这正是我们时代的悲哀，是一个人格低下的作家被认同称举的悲哀。在这样一个精神心灵的荒漠地带，不信仰神圣的经历宛如一道干枯的泉眼，它凝视着这份时代的荒凉。这便是这个时代赋予人类的礼物。

5. 风格与嘴脸

失去了人格的众多作家面临的危险还在于风格的丧失。也正是由于害怕没有自己独特的风格，每个作家都在标榜自己的形象。在这个时代里，形象更多地成了一种风格形诸作品之中。正如尹吉男所说：当一个大胡子、长发、衣服穿得有点脏的青年自称是来拜访的时候，不用介绍，我们已猜出这是一位所谓的现代艺术家。虽然文字没有写在额头上，但是说明身份的标志无处不在。形象一旦可以让读书人进入分类，本身也就成了让大家一说便知的躯壳，表面化到了省事的程度。尹吉男的话无疑极为尖刻，但事实也确实如此。在这样一个生活风格与作品风格相挂钩的年代里，生活的先行艺术家化或作家化都可以弥补作品风格的不足。只要这个作家不修边幅，疯疯癫癫，一开口就语惊四座的话，那么他的作品即使不让人折服也同样可以名登名人宝座。在此，可以把名人分成两类：一部分确实是名人，人和作品都货真价实；还有一部分是不大搞艺术的作家，虽然没有什么作品，但满世界走动，满世界出名，他们认识不少人，不少人也认识他们。这种人更贴切的名字是"国家熟人"。无疑，由痞子来搞痞子运动，由流寇去实行流寇主义，本身是很伟大的，但可悲的是他们不承认自己是痞子和流寇。

不用说，当个作家有风格总比没有风格好，但一作为明确的追求就不能不来种种偏差。而至于把毛病与恶习这些的特点当做风格来欣赏，其本人就不能不说有变态或畸形的虐待狂倾向。风格，只能是自己觉得正常又自然，不故意又不可避免，但在别人看来却异常得有生命的东西。同时，它往往体现在不可避免、一定如此的人格魅力上。不独作家要有风格，每个真正的人都要有风格，不拘瞬间片刻，还要一生一世。故意做作的不是风格，因为它不长久，故意的东西只能是嘴脸，它是短命的。小到矫情，大至欺诈的技巧都在顽强地支撑着每一幅令人生厌的嘴脸。正如北村说过的一番话：

> 什么样的作家写什么样的东西。我采用了尽量接近口语的愚拙的叙述是为了更接近人物的内心，如果美与真有冲突，我会选择真。我想，最好的语言是为了与对象达成和解的（这与我数年前的观点大相径庭），而不是造成一种紧张的关系。虽然紧张的关系会使语言有独特的力量，但我现在觉得最朴素的语言最好，能让读者最容易穿透而直接感知对象是最妥当的。语言对象紧张关系来源于人与神的紧张关系，这是需要和解的。否则任其发展下去，诗人总有一天会失语，或者只有能力制造无数的话语泡沫了。（《活着与写作》）

无疑，北村的这番话可以当作一大批热衷于游戏语言以及勉强地使用欺诈与生硬的技巧的作家的典型，它只能是嘴脸，而后的才是真正的风格。嘴脸都是可以模仿与替代的（如先锋小说），正如北村说的，他是为了使语言有独特的力量而制造一种紧张的关系，而一旦发现这些都是虚假之后，它便变成了无数的话语泡沫。面对当今文坛，时时可见的嘴脸都巩固了一种恶习，它让世上那些热爱天然质朴之生命的人们增加了鉴定的劳累。这不仅是对善良人们眼睛的毒害，也是对他们心灵期待视野的玷污。也许，我们确实该做点什么有意义的事情了。

三、作品

真正能够说明问题的只能是作品本身，而有意义的也就是作品。任何把作家抬到作品之上的做法都是一种愚蠢的行为。

1. 精致的工艺品

一想到中国的文学作品我就不能不联想到建筑与饮食。在我看来，中国文学作品在相当大程度上与建筑及饮食都有着共通性。只要看看建筑与饮食的特点，我们就能知道文学作品是怎么回事。在中国古代文明高度发达的历史长河当中，建筑所取得的成就无疑在世界上占有一席之地，如长城、故宫、苏州园林等，无不显示了那卓越超凡的技术。然而这种大建筑并不常见，常见的是那种四合院式的封闭自足的建筑。四合院精神所体现的是一种封闭，一种自足与自得，一种适用，是一种小巧玲珑但却五脏俱全的自恋式产物。它继承了苏州园林式的精巧玲珑、心檐、画角、回廊、对称，小花小草等等装饰足见其匠心独运，只可惜一把它放在长城、故宫旁边它就只能自惭形秽。正因为此，故宫与长城在更大意义上成了中国人的骄傲，这当然是仅仅从建筑的角度去谈的。从另一个角度去看，故宫、长城同样体现了那种闭关自守与自足的精神；长城把自己圈在一个范围之内，故宫把皇权彻底掩盖起来，这都是几千年来中国传统的根深蒂固的陋习。

我们看到，中国建筑除了把自己故步自封于一个特定范围之内外并不能带来什么意义。而文学作品也是这样，即使是像《三国演义》《红楼梦》这样的巨著，也同样存在着类似的局限。它们在更大程度上是中国的，而不是世界的。中国从来就很少放眼世界，自然也就谈不上写出对全人类全世界予以关怀的大气之作。即使是到了开放的当代，作家们更愿意做的仍然是偏居国家一方土地作怀旧般的冥想。可以看到，大部分的文学作品仍然局限在中国的小圈子里面，而没有放眼人类放眼世界。作家的胸襟也更多盘踞于地方主义立场上，少有胸怀祖国大地的抱负，自然也就更谈不上为全人类而艺术了。自然，这样的作品更多的是精致有余，玲珑小巧有余，底气不足，豪气不够。这就宛如中国遍地流行的风味小吃一样，味固然是足味，只是不登大雅之堂。当然，这并不是说风味小吃不好，只是在这样的时代里，我们不能老吃风味小吃，而也应该来几样宴宾大菜，让读者顾客也饱饱口福与眼福。在此，还要奉劝厨师们一番，不要也把宴宾大菜弄得玲珑精致有余，而味道索然或一般。

这是心里话，因为中国文坛确实也不乏大菜，只是大都好看精致而已，至于味道大体上也就一回足矣，不堪回首。而作为杰出的巨作，它是足以让人们品上几十回甚至几百回的。自然，面对更为年轻一代的创作势头，我们充满了幸福的期待，因为它蕴蓄着强劲的冲击波，而它必将冲向世界文坛。

病史

2. 流派：骚动与喧哗

作家以及作品的质量都应该是独立于理论之外的，只有这样作家才能创作出有质量的作品。然而，眼下的批评家与作家几乎都已经串通一气，他们搞什么流派大联展、什么流派作品讨论会都令人担忧，让人感到十足的可怜。仿佛没有他们的努力哄炒文学亦不存在一样。在这样的文学事件面前，实际上已经有个别清醒的作家拒绝了它的可笑纠缠，在此，我谨向这些作家表示我的敬意。因为作品不是理论家的命题作文，而是作家创作的自觉产物。任何随意把作家作品牵强附会地分割或归类都是极不称职的批评家的所为，而随意放弃自己主张被批评家牵着鼻子走的作家都令人感到寒心。

在这样一个频繁使用策略维持生存的年代里，流派已成了一种策略被广大批评家娴熟使用。流派更迭的频繁本身并不在于作品反映确有其事，而在于批评家策略的需要。本来，流派的确定是应当谨慎的，而且基本是在作品出现之后的。然而在今天却成了流派先行，作品跟上相适应的状况，这就不能不让人感到怀疑，到底它是否还称得上流派。时下，诸如"新写实""后新潮""后新时期""后后现代主义""新体验""新状态""新都市"……这样的流派名称都已经泛滥成灾，它们不仅没有实在的理论基础，更没有一种潮流涌现，被它们有幸抓住的作品也让人觉得生硬可笑。

在此，我们先分析一下流派诞生的可能性划分，它不外乎几个方面：一者是从方位上即空间上划分的，如新都市小说、新乡土小说等等；二者是从时间上划分的，如新历史小说、后新潮小说、后新时期小说等等；三者是从描述上划分的，如新体验、新写实、新状态文学等等。在此，可以先看一者和二者的划分，虽然它也许是合理的或是行得通的，但它不是文学流派。至于第三者的划分，被认为是比较合理的，甚至是影响巨大的，但我想提出这些名称的人胃口未免太大了些，以至于连他们自己也没法给这些包容性过大的"流派"做出界定与分析。如新体验小说的提出就诞生于《北京文学》召开的一次座谈会（1993 年 9 月），这是一个决定与口号，它意味着在京的二十几位作家开始集结在一个新口号下进行创作，也使本来新名词迭出的二十世纪九十年代更加喧腾热闹。这就仿佛是一次作文竞赛，大家来齐了也就开始了，虽然题目自拟，但"体验"是确实的要求。在这动作幅度过大的创作过程中，我想很有几位作家将吃力不住而半途弃权。而一等大伙儿都交稿之后，我想这次竞赛也行将结束了，因为第二次竞赛不知什么时候才能再次开展呢。

而对于新写实小说来说，自 1989 年《钟山》第 3 期始作俑以来已经过了几个年头。虽然它在相当大程度上注意到了部分作品的转向，而且提出了比较实在的理论，加上"以写实为主要创作手法，但特别注重现实生活原生态的还原，真实地直面现实，直面人生"等等都极为明确，但它仍不是一个流派。它这种写实倾向就和所谓的"新历史小说"构成了一种呼应，是关注的对象（包括历史与现实两方面）所引起的一种极常见的艺术形态而已。以尹吉男的话说："这不是一种风格或流派，这是一种多元化的'近距离'的艺术形态。"（《近观中国当代主流艺术》第 13 页）我想，大家若能把艺术形态与流派作个区分，那么，许多"流派"也就不会产生了，也不至于把原来很有理由成立的名称当做流派而被嘲笑。

至于"新状态文学"名称的提出，我更愿意把它当作是理论批评界对转型期社会现实与文学嬗变的一次描述，是一次纯粹带着很大程度上牵强的策略。虽然它由《文艺争鸣》和《钟山》联手推出，而且也建立了整套理论加以描述，但我认为，"新状态文学"理论批评家除了描述出这个转型期社会现实以及文学的新变之外，一切理论的难题依然存在。如它不具有清晰所指的描述性质；其次，"新状态文学"的命名者将目前各类创作情况不同的作家都拉到旗下，它不仅混淆了目前文学创作中出现的不同于以往的新质，从而违背它命名的初衷，同时也背叛了作为流派的含义。像有批评家所认为的那样，"新状态文学"在二十世纪末中国文坛为我们提供了一只巨大的布袋，你可以把所有与以往不同甚至相抵触的东西，把一切无从致思的现象，把人全部的失落、迷惘、兴奋、振作、梦想、激情，全部的可能性展望，统统装进这只世纪末的思想布袋里面，绝对没有操作上的不便。我想，这样的东西不仅不能称作流派，甚至连这名称是否确立都值得怀疑，因为这个称呼在每个时代与时期都适用。这大概也就是命名者的过人聪明之处吧。

3. 解构与重建

作为跟在外国人屁股后面亦步亦趋的批评理论家来说，什么后现代、后工业、后结构、解构等等主义都无不适用于中国土地。在他们生硬的搬运过程中，我们看到了理论苍白的脸庞。实际上，中国还远没有达到解构的条件，它需要的不是解构而是建筑，然而批评已经做出了强硬的反应，一大批文学作品被重新还原成支离破碎的片断或部件。正如美国学者希利斯·米勒描述的那样：其情形犹如一个孩子把父亲的手表拆开，把它拆成毫无用处的零件，根本无法重新组装。解构主义者并非寄生的清客，而是一个谋杀者。他把西方形而上学的机器拆毁，使其没有修复的希望，他是一个不肖之子。（参见王治河《扑朔迷离的游戏》第148页）作为后结构主义的一个重要分支的解构主义而言，中国文学作品并不适合被其任意分割与还原，即使有，也是一些年轻作家的少数实验之作而已，它们都是为批评家提供范本而作的。由此，我们看到解构的提出并不存在更大程度上的意义，在中国并没有适合于它生长的土壤。

面对解构的尴尬处境，我们只有重建。不是重建结构的大厦，而是重建信仰的精神。我们看到，自从信仰从文学中失落之后，一切文学走向罪恶与黑暗。疯狂、梦呓、失语、投机、行为……所有这些都指出了时代的贫困与沉沦。在这癫狂的年代里，人们多的是碎片般杂乱纷呈的思想，而不是统一的认识。一切都已经疲软，悲壮的回味已经沉浸在冷凝的困惑之中。显然，不正视自己的生命状态，不表达自己的真实理解，一切的拼贴与招牌都将使自己不伦不类。

4．加重的砝码·崛起的时代

也许，人们对此都有所醒悟了，近年来，中国文学界确实出现了重视艺术观察与人生观察的"近距离"倾向，而且这种倾向在过于喧哗的文化背景中默默加重。在作家们的创作当中，可以看到更年轻的一代作家开始注意于描述日常生活琐事，他们常常以自己最熟悉的人物甚至是自己作为作品中的主题人物。如余华、北村等，就在他们的小说中用相对客观的眼光细致地记录了许多日常生活细节。初看上去，这是一种写实倾向明显的文学现象，但与中国以前的写实主义文学相比，又别具一定的观念因素，在中国是一种比较新的形态。这些作家的倾向往往不明确，他们愿意把各自的人生态度藏在生活表象的背后，从作品中缓缓渗透出来。他们往往对大观念的文学理论缺乏兴趣，而是以创作实践去代替庞大的理论体系的自我构筑。由于这些作家普遍不愿意涉猎晦涩艰深的却又枯燥乏味的哲学问题，自然哲学观念不会作为文学创作的核心原则动因。他们往往抓住生活中真实的感受进行创作，从一个非常落实、非常具体的人物的事件起点投射出一定的情绪性和观念性的精神因素。

无疑，作品是说明作家创作态度的最好证明。当人们对虚张的大观念已经普遍疲乏时，作家就要为生命观察发现新的可能，从而使人的存在状态总是处于觉悟和清新之中。二十世纪九十年代的作家正是面对着这一点纷纷开始了各自独立的表述，他们浮身游离观念与玄想之海，回到律动的生活中来寻找最真切的体会。的确，给艺术寻找相应位置的努力最终要落实到给创造者寻找相应位置的操作上，但这个目标又常常会因人性膨胀而迷失。在此，各种意义上的写实主义的抬头已强调了我们特定的文化状态。

现在可以说是文学上的"散文时期"，平静细腻的体会替代了对强烈刺激的承受。由于文化和经济的过度发展所导致的普遍精神疲乏都将直接影响这一时期的深化。在一批二十世纪六十年代出生的作家身上，我们感到的是一种与以往作品有别的品格，他们平静地对待文化上的针对性并纯化作品语言。可以认为，在中国逐渐崛起了一个全新的时代，这就是文学的新生代。

1995 年 3 月 10 日于新泉

病
史

无望的文学

在飞逝的时光面前，我不得不承认一个事实，那就是在当今中国读小说的人真是越来越少了。图书杂志的畅销并不代表读者很多，他们只不过是新时代的"拥有者"与"收藏者"。常见的情形是，买书的人不读书，订杂志的人不读杂志，它们即便被放置在案头枕边，那也不过是一种摆设与装饰。以我这样一个并不称职的评论家为例，我的藏书真正被我完整读过的真可说是凤毛麟角，而订阅的杂志也未能幸免，基本上是浏览一遍就束之高阁。已经没有什么再能吸引我们了，这才是这个时代与我们最大的悲哀！

应该说，这里面有一半的原因是时代造成的。这个时代的浮躁与功利已经深刻地印在了很多人的心坎上，物质主义的影响甚嚣其上，精神的疲乏与日俱增。很少人关注贫穷与苦难，很少人抚慰绝望与忧伤，浩大的声音合唱着财富的骄奢，权势的淫威，名气的泡沫。翻遍书刊与媒体，这个合唱几乎霸占了每个空间，这个时代的病已经是如此触目惊心了！

更可怕的是，我们不仅深受其害，我们自身就是这种病的发散者与传播者。时代是不会病的，病的恰恰是我们人类自己，正是因为病的人多了，这个时代也就病了。这个病就像瘟疫一般，它的形成不仅有共同的气候和环境，而且有相似的人群。共同的是在市场经济的杠杆下，大家只关注自己活得牛不牛，活得快活不快活，而别人的死活与自己无关；相似的是大家的抵抗能力都在下降，体质由于长期没有接受阳光而骄嫩软弱了。

"糖衣炮弹"的威力由此可见一般，由于长期浸淫在物质主义的权势下，大家都患上了"软骨病""说谎症""忧郁症""瘫痪"等不同的症状。作家也是如此，良知日渐丧失，责任束之高阁，"小资情调"泛滥，他们更像是中世纪欧洲那些脸色苍白的精神贵族，不仅透出一股腐朽的气味，而且透出虚伪专横的歇斯底里的挣扎。

这样的作家，这样的文学，不用看我们就知道有几斤几两，媒体的咋咋呼呼与煞有介事又算什么呢？它不过是媒体的自作多情而已。炒作是它的"命根子"，连"命根子"都没有了，它活着也就"没劲"了，因此，大可置之不顾。我们需要的是自己的阅读，而不是人言亦言，更不是以讹传讹。中国的事，人言亦言与以讹传讹的居多，而真实的自己的主见甚少，因为这种人往往是低调的，不好出风头的，其见解也往往是不合时宜的。

面对小说，我要说的是，中国小说是没有希望的，至少就目前而言，它还缺少大家气象，与大师的胸怀与精神相距甚远。有许多评论家看好当前红极一时的小说家，认为他们是值得期待的，我的意见则相反，我认为他们都是风华已过，都是早已"到顶"的，并无期待可言。中国绝大多数小说家与评论家都很聪明，都很自以为是，但就是缺少智慧，缺少一双锐利的眼睛，他们的身心与视野常常被名利所累，被狭窄的文人圈所蒙蔽，被中国人的老于世故所欺骗。他们找不到自己与真正的大师之间的距离，有的找到了，但又被身边美丽的言辞所欺骗，以至于飘飘然不知身在何处。这种状况类似于《皇帝的新装》中的皇帝，那个皇帝就是中国人的绝好写照。在我近几年越来越深的体会中，我越来越觉得中国作家就是那个没穿衣服的皇帝，而评论家就是那个"聪明"的骗子，皇帝就活在骗子的言辞之中。很多人都可能知道自己的作品并不令自己满意，也很少有什么深刻的思想或令自己感动的地方，可在评论家狡猾的口舌中，稻草成了金条，裸体成了新装。评论家的悲哀也许就在于此，应该说，"骗子"并不是他的职业，可一旦他发现骗术与谄媚竟如此适合生存的时候，他也就没有选择的余地了。

仔细读一读评论家的文章，包括目前红极一时敢于"鲁班门前弄大斧"的明星评论家，他们的文字都沿袭了中国几千年传统文化的精髓，那就是"圆滑"二字。他们有着善于把稻草说成金条的能事，更有明贬暗褒、先抑后扬、信口雌黄、珠圆玉润之能事。很难说，他们巧舌如簧的能事与那骗子又有何异？

要想说实话是很难的，特别是当你把评论当作一门职业的时候，因为你要靠它养家糊口，靠它安身立命，扬名立万。你要策略，要交际圈，要关系网，要互相肉麻地吹捧，要请客吃饭，要拉帮结派，要"拜把子"，要结死党……这样的后果自然不用我再多说，它产生的除了垃圾与泡沫之外又有什么？我们已经看了太多有非凡才华的作家与评论家成名之后锋芒渐敛，变得圆滑世故与庸俗不堪了。

这正是鲁迅所说的国民的悲哀，就像古人所写的"仲永"，神童的悲剧并非古才有之，而从另一种意义上说，中国作家评论家不都是这个"仲永"吗？如果把年龄线划在四十岁这个界面上，那可以毫不夸张地说，这些人没有几个不是"神童"，而又没有几个不是"仲永"的。因为四十岁一过，他们的天才与锐气也就褪得一干二净了，只靠那一点可怜的小聪明维系着他们的写作。四十岁后的作品几乎都是垃圾，都在重复，他们也都在"吃老本"，都在开会与应酬。

这就是我们的文学我们的"大师"！我真的不知道他们心目中怎么有那么多"大师"与"准大师"？而我们的文学到底又有多少值得我们自豪的东西？我们到底是裸体的皇帝，还是穿着新衣的皇帝？

显然，在这样一个庸俗不堪的时代里谈论大师是多么可笑的事情。谁都应该知道，只有在一个伟大的时代里，大师才会现身，就像将军产生于革命时代，伟人生于乱世一样。在这样一个平庸的时代，一切都平庸无奇，一切都麻木冷漠，一切都腐朽势利，即使再伟大的人物，他也难以抵制这巨大的平庸的侵袭。没有激情，没有宣告，更没有呐喊，有的是死寂与绝望，有的是平庸与无聊。没有回应，没有感动，没有忧伤与泪水，没有爱，这是多么可怕的世界啊！

到底去哪里寻找那颗有力量的心灵？那颗美丽的心灵又在何处？我想，翻遍当下中国文学的角角落落，这只会令我们失望。说到底，我们有的是技艺，有的是虚无与怯懦，有的是平庸与麻木，而恰恰就没有爱，没有眼泪，没有刻骨铭心的纪念。我们都在编造与自己无关的故事，都在冷漠地观望这个世界的苦难与不公，都在象牙塔内自筑想象的天空，没有人站出来，没有人走出去，没有人说实话，没有人解剖自己，没有人指证人生的意义。

每个作家都在靠那点可怜的小聪明"复制"小说，他们那苍白的想象掩饰不住技艺的贫穷。没有生活，只有道听途说；没有体验，只有可怜的一点想象。这样的长篇，其失败是注定的。如余华的《许三观卖血记》（以下简称《许》），我可以肯定地说，作家对于卖血人的生活是非常不了解的，他们的对话也是非常不准确的，可奇怪的是，这些都成了作家自我标榜与评论家大肆谄媚的资本。这里实在无须举例，随便翻开小说，截取一段对话来分析，你就会发现这种对话是多么无力，多么不符合人物身份，甚至显得多么造作。这与其说是卖血人（或说贫苦农民）说的话，还不如说是神经质的诗人或小说家说的话更贴切。从这一点，我们就洞悉了作家的狂妄与无知，据说，余华还多次宣称自《许》后就不再害怕写对话了，还说，对话是考验一个小说家才华的关键。这倒是实话，像这样的对话基本上都称得上有"经典的风格"的，以后再写，如法炮制也就可以了。可这样的对话真的是"经典"吗？也许，我们都离开农民太久了，要不就是智力太过贫乏了。如果以剧本来要求的话，我相信没有人会认为这样的对话会是好剧本，恰恰相反，这样的对话是不过关的，它更像是作家过于知识分子化的语言，而不是卖血人许三观的语言。

对于许三观的生活，余华也不敢深入，因为他不熟悉。因此《许》对于许三观这一类人的刻画也是相当苍白的。我们根本就读不到震撼人心的苦难与同情，相反，反而被作家那过于造作过于诗意的语言所阻塞。这点有点类似于《活着》，如果说《活着》还有可以原谅的地方，那么《许》就令人无法忍受了。这点显然远远不如赛珍珠的《大地》，甚至还不如一本叫《中国农民调查》的报告文学。

我不理解的是，如今许多人（包括大部分评论家、编辑家）对小说的理解都有点舍本求末了，往往丢了西瓜，捡了芝麻。他们不关注小说能够达到的情感与心灵的层次，而过于刻意地追求那故弄玄虚与浮华的技巧与形式。也许，这个时代本来就是如此，大家更愿意做的是消解神圣与崇高，消解感动与眼泪，而膜拜炫目的技巧与翻新的制作。技术的日新月异的革命带来了一批批人对技术主义的热情，技术主义时代的到来注定我们的文学也走向了心灵的反面。

这就是我们时代的悲哀，也是我们时代的另一病症。大家不关注那丰富多彩的生活，不投身于那火热的广阔世界中去，却在象牙塔内为名所累，为体制内那枯燥乏味的单调生活所累。这哪是作家的生活？又哪是"大师"的作为？

如果我们的"大师"都是这样现身的，那才是我们最大的悲哀！

抱任何幻想与侥幸的心理都是无益的，这样的作家，实在不要对诺贝尔奖有任何企图。他应该先问问自己对生活了解多少？是否离那火热的生活太过遥远，而在文人圈与名利场待太久了？体制内的循规蹈矩的生活与作家的职业显然存在着诸多不适，只是大家都已习以为常。正如卡夫卡所说的"监狱"，大家对"监狱"中的生活都过于满意，没有人反抗，没有人思想，他们抬眼便只能看见"四角的天空"，而对"屋外的世界"茫然无知。

看当下的小说，这种感受是如此深刻，以至于我们已经认同了小说家的弱智与低能、狭隘与无知。他们的"小资情调"与"贵族气息"，他们小说中人物形象的过于单一与生活面的过于狭窄，他们对人物把握的力不从心，他们讲述的故事的乏味无聊，都令我们徒生厌倦。确实，能够引发人阅读欲望的小说是越来越少了。人们读小说，绝不仅仅是猎奇，也不仅仅是看故事，而是要在动人的故事中获取更多的知识与经验，获取生活的激情与盼望，甚至在感动中找到自己，找到爱。没有生活的小说肯定是做不到的，也没有哪部名著是没有绚烂的生活的？每一部名著都有着一幅巨大的生活画面，就像一个奇妙的新鲜的世界，读者可以投身其中，与主人公一同呼吸，一同生活。

如今的小说已经基本上做不到这点了，因为作家本身的生活太过贫乏。生活是想象不来的，故事可以虚构，对话可以虚构，但生活是虚构不了的。生活是活出来的，它要的是经历，要的是体验。

重新回顾二十世纪八十年代的小说，它们之所以还能够活在我们每个人心中，一个根本的原因就在于此。而这批小说恰恰代表了当今许多优秀小说家的最高水平，如余华的《细雨与呼喊》与早期的一些中短篇，莫言的"红高粱系列"与一些关于童年的中短篇，贾平凹的"商州系列"与一些关于农村的中短篇……这样的例子真是不胜枚举，也几乎囊括了中国当下所有优秀的小说家。可以肯定地说，他们当初创作的灵感几乎全部来自于他们非常熟悉的生活，甚至就是他们自己的生活，如曾经创造了高峰的"伤痕文学""反思文学""知青小说""寻根小说""探索小说"等等，它们都让我们看见了那激情四射的生活，令我们神往！故事也清新动人，充满感情，给人以荡气回肠之感。

这样的小说，其影响是不可估量的。这不仅仅在于那个时代对小说的渴求，更在于它们自身散发出来的迷人的光辉。回到今天，艺术的激情在丧失，多姿多彩的农村生活已日渐远去，到处呈现出虚无与冷漠，城市坚硬的面孔折断了艺术家想象的翅膀，生活的单一与贫乏正成为大家共同的忍受。平庸与晦涩由此构成了小说的基本面貌，虚伪与怯懦支撑着毫无意义的文字游戏。

平庸正是这个时代文学的形象概括，平庸的时代造就的正是这种平庸的文学。不仅内容毫无新意，形式与技巧也不见高明之处。生活的平庸带来的恰恰就是这种缺乏想象缺乏激情的写作，仿佛遵循了一定的惯势，如匠人做活一般，没有思想，没有追问，一切按部就班。纵览当今文坛，这种印象是如此深刻，以至于我们竟要怀疑自己的阅读能力。

实际上，这正是我们这个时代最大的病症之一。平庸恰恰是对深刻与意义的反抗，我们并不愿意深刻，大家都更乐意停留在浮浅与流俗。因着虚无与冷漠，也因着麻木与无聊，我们的生活已经不能承受太多的深刻与崇高，更不能承受意义之重。本就活在无意义之中，却要去寻找意义的存在，这种痛苦非人所能承受。我们已经习惯于活在罪中，在罪中取乐，也习惯于同流合污，共同堕落。对黑暗与不公，我们已经司空见惯；对苦难与眼泪，我们已经见惯不惊；对哀号与呼告，我们已经充耳不闻；到处是虚伪与怯懦的文学。

虚伪是指写了自己不愿写无须写的，怯懦则指想写的要写的不敢写；一者不真实，一者不勇敢；怯懦使读者没有机会读到大师之作，而虚伪则让人饱尝了平庸与无聊。太多的乏味，太多的隔靴搔痒，太多的矫揉作态，太多的絮絮叨叨正充斥着文坛的每一角落。不用说作家那冷漠的态度，也不用说那麻木的眼神，单就这点人之为人的本真的勇气与真实，我们的作家又有几个还在持守？本就对生活过于冷漠，过于麻木，没有激情，没有发现，可又偏偏丧失了做人起码的良知与爱心，丧失了勇气与真实，这怎不令人为之扼腕？

确实，没有勇于探索与创新的精神，我们的艺术终将停滞不前，而没有勇气面对现实的黑暗与苦难，我们就不能感受到真、善、美的震颤。良知是勇敢者的利器，它可以穿透黑暗与邪恶；爱心是勇敢者的盾牌，它可以抵御虚伪与冷漠的蔓延。当我们不再怯懦，不再虚伪，不再冷漠的时候，我们创作的自由才会到来，我们的文学才会燃起真的希望，我们的大师才会真的现身。

2004 年 3 月 29 日于福州

无根的艺术

1

维特根斯坦的《哲学研究》告诉我们理论的可能性道路：它可以用诗一样的语言筑成，也可以用朴素简洁的语言说成，同时，它还可以是一块不同毛料做成的地毯。因此，理论绝不是板着脸孔说教的老学究，也不是让人读了头痛或硬着头皮才能读进去的逻辑学，而应该是在随和、轻松的话语中给人以启迪与智慧的朴素的道理。我希望理论也能够和小说、散文、诗歌等一样给读者以兴趣，甚至给读者更多的东西。

2

文艺理论在这样一个时代显得举足轻重，从作家与评论家的关系中我们可以看到，评论不再是可有可无的东西。然而，一个作家与评论关系太密切了，这个作家的成就总是可疑的。而且，评论与创作的联姻总是一件危险的事情，因为它使创作处于被动位置，创作很轻易就浮到表面上来。正确的关系应该是，作家创作，评论家写评论，评论家看作家的创作，而作家看评论家的评论，如此而已，并不存在多大干系，更不存在受制关系，甚至也可以互相不看写出来的东西而照样写下去。

3

理论重要的职责在于澄清错误的认识，并把它扭转过来。这就好像对于一个迷路的人的态度，你知道他是迷路的，就要告诉他，同时指给他出路即正确的道路。但它绝不能叫大家都往一个方向走去，也就是说不是强硬的，而是说服的。

4

二十世纪末本来是一个契机，它提供了足够宽松的学术气氛，然而，没有修养的文人却把它搞得乌烟瘴气。狂乱、呓语、失声、浮躁、迷惘、绝望共同编织了迷津之暗，它如一只大鸟时刻撞击着每个人的心灵。

5

绝望永远不是文学的最高境界，它只是黑夜艺术的顶峰。真正的文学应该是神圣的、崇高的，因而也是给人希望与光明的。这样的艺术是伟大的，也是真正不朽的。我们人类需要的是什么？我想，这恰恰是伟大的艺术之所以不朽的原因。

6

实际上，本来很简单的道理让我们搞复杂了。比如说，艺术为什么要存在？即艺术的根基在哪里？显然，艺术是为了满足人的心灵需要的。它或者给我们愉悦，或者给我们伤痛，总之，都与我们的心灵有关。艺术不是为五官服务的，至少不是简单地对五官负责的。比如说，好看，好听，好读等等并不在说明一种感官的满足，而是在暗引心灵的某种程度的满足与需要。

7

既然是这样，我们的文学就不能满足于建筑乌托邦。乌托邦是一座不存在的岛屿，我们不能把自己的心灵栖息在这样一座岛屿上。这座岛屿被建得越漂亮或越富有诱惑性，那么悲剧就必将越深刻地暴露在我们眼前。

乌托邦有时空之别。时间上的乌托邦又分为向前看与向后看的乌托邦，它不愿意停留在当下情境，即拒绝对当代性做出关怀。它满足于过去与未来这两种时间状态中，以缅怀与空想的形式出现。空间乌托邦则以逃避真实的生存空间的形式出现，它妄想另一个深度出现，但却往往找到话语游戏构筑的迷宫或迷津格局身上。

8

话语本身并不构成深度，依靠话语构筑深度本身就是一个乌托邦。作品通过话语产生，但深度则通过话语背后的意义产生。没有意义的话语产生的是游戏或混乱，它就好像人嘴里说的一大通废话或醉语。

9

作品只停留在写一大通废话，这等于作了一次无意义的旅行，因为它不求达到什么目的。但只要在这一大通废话背后出现一个向度，或是一种批判，那这通废话的意义与深度就显现出来。这就好比两个人在一起讲话聊天，关键不在于这两个人聊的是多么无意义的话题，而在于话语过后有一种向度出来。也就是说需要这样一句话——"哎，又浪费（或无聊）了一个晚上！"——或者类似的话来否决废话本身，只要这样的向度出现，意义与深度就不再停留于话语与乌托邦身上。

10

一部伟大的文学作品其意义绝对不只在于技艺的创新与突破，而更重要于它本身透显出来的心灵的力量。这牵涉一个很简单的道理，即内容大于形式，而形式是为内容服务的。然而，当下的很多文学作品却以技艺形式为生，它让内容为形式服务了。这样的后果是：读者宁愿去看魔术师变幻无穷的技艺表演，也不愿意追逐作品那蹩脚晦涩的技艺游戏。

11

能够吸引人的是故事，一个作家应当把故事讲好。讲不好故事的作家不会是出色的作家，特别是对于小说而言，精彩动人的故事永远都是第一位的。故事情节的贫乏导致的是小说的失败，即使外表多么华丽夺目，读者也不会轻易放过对故事的苛求。

故事更重要的是当下情境的，也就是说它必须更在乎当代性的关注。只关注历史和未来的作家总让人以漠视当代生存处境的感觉；因此，很少有杰出的作家冒这个险。像昆德拉这样能够在历史的维度中透视当下生存境遇的作家是不多见的。

实际上，对当代性的关注这本身就是一种勇气，这种勇气与生存息息相关。更多的作家逃避当下情境，这实际上等于逃避生存的责任。在当下生存日益成为一种危机困扰人们的时候，作家也不例外地身陷其中不能自拔。

12

我们不应该忘记，像巴尔扎克、陀思妥耶夫斯基等这样的一大批作家也曾陷于生存的艰难处境之中，但他们的作品却给我们力量，让我们清晰地看见，或者是批判，或者是揭露。即使在海明威、川端康成等这样迷惘而绝望的作家身上，我们在他们的作品中看到的也更多是迷惘背后老人那微笑面对明天的勇气，或者是伊豆歌女忧伤背后透出的一种极美。这就等于说，作家没有权利把自己的颓废或绝望带给读者，作家的生存也是不应该同构于作品中主人公的生存的。一句话就是，作家说到底是高于作品的，而不是同构的。

13

处在边缘的作家很难有一种超越的眼光，他们与作品基本是同构的。边缘在此代表的是一种地位，而不是状态，它包含两个方面的尴尬：一者，他没有办法进入社会的中心地带；二者，他又没有办法逃避社会而走到局外人的境地，这就产生了一个难处，他只有逃离中心向边缘迁移。

14

文学说到底是人学，关注人也就是关注人的生存。艺术是由人决定的，总的说来，人怎样，艺术也就怎样。我们一直认为人类生存的处境是绝望与无助的，但却从来不认为艺术也是堕落与黑暗的。这导致了一种可悲的黑白颠倒，因为黑夜艺术成了好的真正的艺术，而白天艺术则成了虚假的艺术。

15

现在的作家基本上只在黑夜写作。黑夜代表了几种状态：一者，浮躁的心容易平静下来；二者，创作容易进入痴狂与忘乎所以的境界；三者，黑夜的性

病史

29

质特征容易切合作家的心态。

浮躁是这个时代无法排遣的最大病症之一，在它背后是信仰失落带来的空虚与无聊。真正的作家不可能逃避对它的面对，因为这就是当下人类最为真实的生存图景。

15

艺术家更多面对的是人类生存的图景。作为艺术天才，他必然以揭示这种苦难为根基。因为他们的思索，因为他们更为激烈更为深刻与丰富的感受，我们看到了天才，从而也看到了人类面临的共同处境。

说到底，中国文学最缺乏的就是心灵的力量，或者说就是那能够包容人类的艺术精神。自古以来，"逍遥"与"闲适"在文学中得到标举，这是一种极为自私的逃避，但却得到了士大夫的钦羡。虽然也有"文以载道"这样较有责任心的理论前引，但却总因"道"的过分狭窄与闭塞不明而失去方向。中国的文学便一直徘徊于赏玩人生的境界中，作家没有跨越的企图。他们更多的是对自己的关注，关注的又是如何活得自在逍遥与超脱，或者如何才能以"学富五年"的学识博取一官半职。像屈原、杜甫这样的诗人是极少的，而即便是屈原、杜甫，他们也同样摆脱不了自己的一私之怨以及牢骚满腹的心情。他们的责任心在很大程度上来源于他们自身的悲惨遭遇以及愤愤不平的怨恨，因而说到底也是不彻底与不自觉的。

没有悲惨遭遇或不幸经历的作家是很难创作出同情下层人民的作品的，因而也就不可能有多少责任感和良心。这些作家大多活得比一般老百姓好得多，因而他们的作品更多是一种附庸风雅的产物。即使是郑板桥这样有忧患的清官，他也只能画些竹来表达自己清高自洁的一面，而对于劳苦大众那一面则从来就没有在画中反映过。

16

第一位获得诺贝尔文学奖的诗人普吕多姆出版过两部著名的诗集《正义》和《幸福》，他力图在诗中探索人类意识与现代社会的矛盾，寻找正义和幸福。瑞典文学院给他的评语是这样的："表彰他的诗作，它们是高尚的理想、完美的艺术和罕有的心灵与智慧结晶的实证。"同时认为，"他那些玲珑剔透的抒情诗篇充满了感情和冥思，呈现出一种高贵和尊严，更难能可贵的是那种丰富细腻的情感与优雅精致的文体完美地融为一体，使之独具魅力"。又认为，"他时常在自己的诗作中充分地显示出善于质疑和思考的心灵；他能从道德的范畴、良知的呼唤以及高尚的、责无旁贷的义务中发现人类超乎自然的命运"。我们重提这样的话并非毫无益处。

17

中国文学作品在相当大程度上与建筑及饮食都有相通性，只要看看建筑与饮食的特点，我们就能知道文学作品是怎么回事。在中国古代文明高度发达的历史长河中，建筑所取得的成就无疑在世界上占有一席之地，如长城、故宫、苏州园林等，无不显示了那卓越超凡的技术。然而，这种大建筑并不常见，常见的是那种四合院式的封闭自足的建筑。四合院精神所体现的是一种封闭，一种自足与自得，一种适用，是一种小巧玲珑但却五脏俱全的自恋式产物。它继承了苏州园林式的精巧玲珑、飞檐、画角、回廊、对称、小花小草等等装饰足见其匠心独运，只可惜一把它放在长城、故宫旁边它就只能自惭形秽。正因此，故宫与长城在更大意义上成了中国人的骄傲，这当然是仅仅从建筑的角度去谈的。从另一个角度看，故宫、长城同样体现了那种闭关自守与自足的精神；长城把自己圈在一个范围之内，故宫把皇权彻底隐藏起来，这都是几千年来中国传统的根深蒂固的陋习。我们看到，中国建筑除了把自己固步自封于一个特定范围之内外并不能带来什么意义。而文学作品也是这样，即使像《三国演义》《红楼梦》这样的巨著，也同样存在着类似的局限。它们在更大程度上是中国的，而不是世界的。中国从来就很少放眼世界，自然也就谈不上写出对全人类全世界予以关怀的大气之作。即使是到了开放的当代，作家们更愿意做的仍然是处身国家一方土地作怀旧般的冥想。可以看到，大部分的文学作品仍然局限在中国的小圈子里面，而没有放眼人类放眼世界。作家的胸襟也更多盘踞于地方主义立场上，少有胸怀社会大地的抱负，自然更谈不上为全人类而艺术了。自然，这样的作品更像一件精致的工艺品，它往往精致有余，玲珑小巧有余，底气不足，豪气不够。

18

这就好比中国菜一样，它不仅制作精巧细致，而且注重文化的渗透，人们

病史

31

可以从许多佳肴中吃出诗歌，吃出典故，吃出传说……这真是令人叹为观止。制作过程的繁复精细，成菜的形状、光泽、香气都让人感到艺术的高妙。我们看到，中国菜的特点就在于"一菜多味"，它力求从菜谱到成菜的每一环节都成为餐桌上的美谈。因此中国人可以在餐桌上对成菜褒奖有加，并以为享尽人间荣华富贵。这显然不像西方饮食文明，西方人注重于营养，只要有营养，如何吃是不太讲究的。它不会像中国菜一样对营养科学如此漠视，更不会花如许精力与时间在技艺的修行上。

这正好道破了中国文学的致命弱点，它实际上是高级厨师制作出来的一道高级的中国菜。不论从制作过程还是从成品的色、香、味而言，中国文学作品大都精致无比，甚至让人觉得无处不妥帖，真有美妙绝伦、拍手叫好的赞誉也不过分。然而，这是一种视野狭窄的评论，稍微放宽眼目，我们便发现，中国文学关注的不是实用与营养，而是好看与享受。它更多在于一种急功近利式的享受，说到底，是以好看为目的，以享受为过程的。

19

中国文学的这种短视就仿佛一个常人对鸟儿飞翔的认识。在他看来，鸟儿是因为扇动翅膀飞起来的。他不会想到，实际上，鸟儿之所以能够飞翔主要在于它的骨质而不在于翅膀。在此翅膀可以代表形式，而骨质则代表内容。

20

这个时代作家的写作已经不只在自筑的圈子里游戏。游戏在这个时代里代表了一种情境的出现，那就是创作成了一种不关痛痒的与人类心灵无关的文字制造。由于理论在终极意义的彼端缠绕，作家的创作远离了现实，以感化（或震撼）为前提的艺术意旨被削弱，于是作家便只能用信息共享或相同困境来解释。操作的艰难已经确实地摆在作家眼前，在技术主义流行的时代里，如何面对当代的现实已成了实实在在的难处。

在作家热衷于建筑技术大厦的背后，历史的陈尸被解剖得惨不忍睹。而在平庸的现实面前，作家又往往缺乏明亮的眼睛找到题材的当代性，他们更乐于向历史乌托邦遁逃。不可否认，当代现实是产生伟大作品的契机与触发点，难题在于如何把平凡的现实中那股不小心就可以产生伟大作品的涌动的事件与心灵之潮勾画出来。

21

游戏的目的乃在于愉悦，是对某些感官的满足。以对感官的满足为终极的中国艺术自然与以身心得到滋养使心灵得到满足为终报的西方艺术有本质区别：一者在于逍遥，一者在于拯救。

以感官享受为终极的艺术必然注重愉悦的功能，因为享受不以眼泪为代价，也不以感动或忧伤为目的。愉悦大都难以持久，就好像笑话一样，笑一笑就过去了。

22

游戏自然是短命的，因为它不对心灵负责。作为一种艺术，它必然以对生命与心灵的关怀来取得长久的魅力。形式与技艺容易过去，只有心灵才让我们刻骨铭心。

游戏得越投入，也就越有可能把自己带到一个深渊地带，它必将陷自己于罪恶。这就好比打麻将一样，原本是种高级游戏，但只要人们陷入其中，它就必将违背游戏的良好动机而成为一种用金钱参与的赌博。艺术的无止境游戏带来的也只能是罪恶与黑暗，它必将陷于自己于违背良心的尴尬境地。

23

一个很明显的事实是：一个经常犯罪的人是很难感受到或说根本感受不到诗意的；而一个圣洁的人单纯、纯洁，他感受的事物自然而然也变得美好。他能够在肮脏的世界中感受到诗意的存在，因为他相信神圣与圣洁能够感化每一个人。另外，他知道为什么活着，活着的意义被肯定，他因此有足够的盼望，生存被肯定。同时，他也知道去爱人，爱是喜乐与平安的源泉，我们之所以感到生活贫乏毫无乐趣，一个很重要的原因也在于缺乏爱。

24

伴随着人欲的疯狂增殖，神圣日渐消逝，无聊也乘虚而入，在空虚无聊的间隙中滋长的便是绝望与痛苦，因此富裕的当代人所付出的代价同样是沉重的。

显然，两次世界大战人的彼此仇杀，工业高度发达导致的人的异化都使"理性"走向末日。一方面，它的高度膨胀构成了一个虚假的世界，人在理念支配之下，离开了自然，离开了人的本性，离开了他人，人不是亲切地、实在地拥抱世界，而是隔着一层有色玻璃注视一张地图。另一方面，人们逐渐发现，这理性常常并不是人的全部，从尼采到萨特，从弗洛伊德到马斯洛，都指出人还有非理性的一面。

25

在叔本华、尼采、斯宾格勒的非理性主义的阐述中，西方传统文化的支柱——理性和科学以及人对自身的自信——便又一次被冲垮了。在他们看来，人类前景黯淡无光，世界的荒诞隔绝了人与世界的交流。胡塞尔这现象学大师在追溯了人类意识的历史后痛定思痛，呼吁人从这种积淀理性的框架中跳出来，回到"那种未经污染的原初状态"中，寻找"纯粹内在意识"，对万事万物进行"本质直观"。雅斯贝尔斯则认为，恰恰是哲学家的出现，使"神话时代的宁静心境与自明真理从此终结"，因此，追寻真理，就是打破理性建立起一直束缚着我们的桎梏与一直欺骗着我们的安全感，在"宗教、技术和诗歌之中的原初直观中去探索"，因为"这种直观构成了一种独特的'真理语言'，它在历史上先于系统的哲学思维活动"。而海德格尔进一步从理性的构成质料即语言方面指出，人在语言中生活，而语言则是很危险的，因此，人应该"出到自身之外去"或者"回到无典可稽的起点"上去，因为"最初的'无典稽'的东西，原不过是解说者即人类的不证自明的原初经验"。换句话说，即"万物与我们本身都沉入一种麻木不仁的境界"，在这种心灵境界中，没有理性桎梏，没有逻辑框架，也没有抹杀万物具体性、丰富性的抽象概念。

26

卡夫卡说："这是由人建造的迷宫，冰冷的机器世界，这个世界的舒适和表面上的各得其所越来越剥夺了我们的权力和尊严。"叔本华则认为，人类在世界上生存的本质除了苦难与无聊外，别无其他意义，人类处处为自己的命运前途担忧却无法找到出路，因此，人类和世界文明的最终归宿是无和衰落。

当此之际，"痛苦、死亡、爱的本质都不再是明朗的了"，这是一种对生存的目的意义和终级价值的怀疑的心态，是人类生存的一个无法摆脱的梦魇。正如雅斯贝尔斯在《存在与超越》中所说的："对于人类来说，完全抛弃和忘掉宗教会终止哲学探求自身。哲学会被愚昧的盲目冲动和绝望所取代，会成为仅仅存在于一个个瞬间的生命，成为充斥着混乱的迷信的虚无主义。最终，甚至连科学也会灭亡。"

27

莎士比亚说，这是一个疯子与瞎子共同组成的世界。视觉的盲点在阻挠我们，我们往往看到了世界肮脏的富裕与文明的可怕进步，却不知道人类正把自己投进深渊，等待的是灭亡。古希腊的名言：认识你自己。它只能是对整个人类说的，但我们却没想到人类最大的敌人恰恰是自己。

28

在古代，城市是一个实验场所，它是人类妄图走向光明未来的理想寄居地。当代则有很多人把它当作天堂，以为那是人类的终极栖息地。在富裕豪华的生活方式背后，城市成了各种欲望膨胀的批发站。在这样一个乡村精神被贩卖得一干二净的年代里，城市精神自然招徕了大批顾客。显然，当代人更愿意把城市作为一种乌托邦式的依靠，他们往城市进发跋涉的姿态都令人肃然起敬。

广告的无限延长，建筑的蓬勃上升，无疑都激烈地刺激着城市人的欲望。伴随而来的也就是欲望的再膨胀，疯狂的尔虞我诈式的竞争。生存空间的狭窄导致了更激烈的争夺战，人们不惜付出沉重的代价寻求一席之地作为不动产。面对此，城市人更大程度上便只有面对无聊感的增殖与精神上无可挽回的疲惫。

对于渴望破坏的杂乱而悸动不安的心灵来说，城市人每日消费于"镇静药"的财富都将令乡下人瞠目结舌，这同时也就是城市娱乐业、夜市特别繁荣的缘故。人们没想到，在表面繁荣的城市背后，恰恰是数以万计的无聊与疲惫、喧哗与骚动的心灵筑成了每个繁华景象。

29

在这个失爱的时代里，友情、爱心、尊重、责任感、同情心已经只适用于作中小学校的墙上宣传装饰。在街上，人们戴着面具进进出出，而背地里，人们却干着丑恶不堪的勾当，通奸、淫乱、残杀、谋害、赌博、吸毒等共同编织了一幅世界末日的腐朽巨画。在这样的大背景掩盖下，代沟、冷漠、残酷、离婚、破裂成了前景与中心。神圣已从信仰中退出，而爱情也从婚姻中退出。离婚成了一种时尚，愤世嫉俗被标举，残酷成了一种姿态，所有这些强烈地暗示着爱的缺席。

30

文坛已成了个庞大的跳蚤市场，里面堆满了腐败、狂妄、虚伪、投机、变态的一大批推销商、自大狂、逃税者、投机分子、青春期或更年期疾病爱好者、营养不良的运动选手和面容苍白的业余精神贵族，他们戴着各式各样的面具进进出出，喧嚣、轻浮、骚动、虚假、懦弱、浮肿、模仿成性等等。在生态失衡、人性扭曲、物欲膨胀的今天，大量的伪劣商品充斥市场。人们自身价值的消亡又普遍导致了人生命力的衰退，从而也给艺术的中庸化、媚俗化、商品化提供了繁殖的温床。

31

没有必要再否认这个时代精神的疲惫与衰落，显然，一种精神和心灵的疲乏已经侵袭了为其工作和成就而自豪的当代人。精神的疲乏必然导致对形式与技术的热衷，而技术与形式的无限滋生与繁殖又从侧面对这个时代做出了诊断，那就是这个时代神圣精神的失落。在这个信仰危机的年代里，人们试图通过对技术与形式的没有限期的实验与翻新来弥补心灵空虚，这显然已经失败。因为随着技术与形式的艰难与苍白的探寻，人们身后的漏洞与破口以及心灵的创伤越来越明显，这是一次没有结局的游戏。随着游戏渐渐接近尾声，人们迫切地需要一位至大者的安慰，抚慰那颗多年流浪在外的心灵。

32

单纯以一种技术的实验来突围文学精神的困境，这是不实际的幻想。虽然技术主义曾经给新时期文学带来不可估量的新鲜血液，但更切合实际的事实是，技术背后的文学精神是首要的。因为作为第三世界的中国显然有着与西方国家完全不同的文化背景，西方精神在很大程度上并不等于东方精神，因而，技术的内涵也就存在着迥然不同的差异。欲图把国外的技术主义话语完全移植到中国，这只不过是一些批评家哲学家的良好愿望而已。

33

面对语言的艺术，我们没有理由回避语言的考察，正如洛奇在《小说的语言》中所说，"小说作品媒介是语言，无论他做什么，作为小说家，他都是运用或者通过语言来完成的"。所以说，小说的结构以及小说传达的一切都是靠小说家熟练地操作语言来实现的，同时，也是靠读者富于再创造的同情心，和根据作者所安排的语言线索发现并解放技巧的欲望和能力来实现的。没有语言，就没有能力对这个语言学的世纪做出判断，从而也无法关注这个世纪的文学。

34

信仰的失落使人们失去了与平庸的现实生活相抗衡的能力，而能力的丧失也就导致作家没有勇气面对现实与描写现实，由此，在作家的笔下，现实成了真空，乌托邦成了实在可行的操作。伴随着良心的泯灭，责任感的再度沦落，现实一蹶不振，技术主义形成联欢的局面，语言浮在表皮作狂欢的姿态。这一切都强调了一个声音，那就是良心的沦丧所带来的写作的危险。显然，一旦一个作家纯粹变成为技术写作之后，它的结局已经明确地判定了死亡。

35

小说的语言不断地拆毁和破坏了自身的意义，甚至破坏了所有语词所指的对象，毁灭了人们的交往。它的确"解放"了今日的作家，使他们不必面对重大问题去进行严峻的思索与选择。然而，在他们弃绝了真理、正义、良善之后，文学本真的精神飘逝而去，小说成了无棋盘的游戏。

36

这个时代的作家绝对是聪明过头的，作家自成了一种职业后，策略变得同样重要。现在的作家再也不是那种纯粹意义上只搞创作的人，而是往往没什么作品却名声远扬的名人。到今为止，我所碰到的每位作家都几乎要被名气的子弹打死。作家这神圣的字眼正被越来越多的文学奸客与掮客玷污贩卖。即使是善良的作家，也同样忙于策略，希望通过策略赢得名气。

37

在这样一个崇拜神童的国度里，更多的作家都早慧。他们依靠那一点可怜的经历与似乎异于常人的聪明写作。在聪明的作品背后，缺乏的往往是那颗大质量的灵魂以及非凡的穿透力。

无疑，这个时代的文学机制已经出现了可怕的扭曲与变形，与其说是一种异化不如说是一种聪明人把持的聪明的策略。在善良作家的策略簿上，也不外乎记载着诸如文学圈、关系网、请客吃饭、互相吹捧等等含糊而明白的字眼。

38

技术主义的操作伴随着的是浮躁与喧嚣的盛宴，作为没有信仰的当代人来说，文学在更大意义上是一种策略，它帮助还有一点文学欲望的人装点官阶的排场。

39

无疑，由痞子去搞痞子运动，由流寇去实行流寇主义，本身是很伟大的，但可悲的是他们不承认自己是痞子和流寇。

40

尹吉男先生讲过：当一个大胡子、长发、衣服穿得有点脏的青年自称是来拜访的时候，不用介绍，我已猜出这是一位所谓的现代艺术家。虽然文学没有写在额头上，但是说明身份的标志无处不在。形象一旦可以让读书人进入分类，本身也就成了让大家一说便知的躯壳，表面化到了省事的程度。

在这样一个生活风格与作品风格相挂钩的年代里，生活的先行艺术家化或作家化都可以弥补作品风格的不足。

41

风格，只能是自己觉得正常又自然，不故意又不可避免，但在别人看来却异常得有生命的东西。同时，它往往体现在不可避免、一定如此的人格魅力上。不独作家要有风格，每个真正的人都要有风格，不拘瞬间片刻，还要一生一世。故意做作的不是风格，因为它不长久，故意的东西只能是嘴脸，它是短命的。小到矫情，大至欺诈的技巧都在顽强地支撑着每一幅令人生厌的嘴脸。

42

在这样一个频繁使用策略维持生存的年代里，流派成了一种策略被广大批评家娴熟使用。流派更迭的频繁本身并不在于作品反映确有其事，而在于批评家策略的需要。实际上，所谓的"新历史""新写实""新体验""新状态"都不是什么流派，它只不过是关注的对象所引起的一种极常见的艺术形态而已。

43

在对后现代、后工业、后结构、解构等等主义的搬运过程中，我们看到了理论的苍白的脸庞。实际上，中国还远没有达到解构的条件，它需要的不是解构而是建筑，然而批评已经做出了生硬的反应，一大批文学作品被重新还原成支离破碎的片断或部件。正如美国学者希利斯·米勒描述的那样：其情形犹如一个孩子把父亲的手表拆开，把它拆成毫无用处的零件，根本无法重新组装。解构主义者并非寄生的清客，而是一个谋杀者。他把西方形而上学的机器拆毁，使其没有修复的希望，他是一个不肖之子。

显然，不正视自己的生命状态，不表达自己的真实理解，那么一切的拼贴与招牌都将使自己不伦不类。

44

德里达说过："我不知道我正朝哪里走，我现在所用的词语不能让我满意。"也许，这便是满足于语言游戏的小说家的最好刻画。

45

无疑，作品是说明作家创作态度的最好证明，当人们对虚张的大观念已经普遍疲乏时，作家就要为生命观察发现新的可能，从而使人的存在状态总是处于觉悟和清新之中。

病史

现在可以说是文学上的"散文时期"，平静细腻的体会替代了对强烈刺激的承受。由于文化和经济的发展所导致的普遍精神疲乏都将直接影响这一时期的深化。

在一批二十世纪六十年代出生的作家身上，我们感到的是一种与以往作品有别的品格，他们平静地对待文化上的针对性并纯化作品语言。可以认为，在中国逐渐崛起一个全新的时代，这就是文学的新生代。

46

文学源头那光明、圣洁、清新的抒情与诗意，那歌颂与赞美、灵感与良心都让我们看到文学的神圣与永恒。但丁、莎士比亚、托尔斯泰的伟大作品令我们的心灵充满了神圣的力量与光辉。

福克纳站在诺贝尔讲坛上的声音至今萦绕在我们的上空："人的不朽，不只是因为他在万物中是唯一具有永不衰竭的声音，而是因为他有灵魂——有使人类能够同情、能够牺牲、能够忍耐的灵魂。诗人和作家的责任，就在于写出这能同情、牺牲、忍耐的灵魂。诗人和作家的荣耀，就在于写出振奋人心，鼓舞人的勇气、荣誉、希望、尊严、同情、怜悯和牺牲精神，这正是人类往昔的荣耀，也是使人类永垂不朽的根源。诗人的声音不应仅仅是人为的记录，而应该成为帮助人类永垂不朽的支柱和栋梁。"

47

这几年，不少作家批评家都认真而热烈地讨论过一个问题：为什么中国不能贡献出诺贝尔文学奖获得者？

讨论者的真诚用不着怀疑，事实上对这个问题不是不可能做出学术上的解释。但讨论者没有去问一问：当全民族忙于经商、挣钱，被贫困惊出一身冷汗的时候，当人们争相炫耀物质的成功时，有谁还会为精神忧虑？在这样一个技术主义的时代，我们写作的根基又在何处？

没有作家能够站在生存的根基之上，因而也就不会有作家指给我们道路、真理与生命。我们期待伟大的作品出现，却没有想到，实际上我们更需要期待能够关注人类灵魂而写作的作家。

1995 年 6 月于新泉

无爱的生存

　　先打个比方：假如我们走在人流滚滚的市街一角，我们面对这蚂蚁一样多的人群想到了什么？或者说，假如我们走在城市小胡同的一隅，正好撞上一位高声喊着补伞或收破烂的衣衫褴褛的陌生人，此时我们想到了什么？在此，我不知道中国那么多出色或不出色的小说家是怎么想的，但对于我来说，我首先是辛酸地想到了生存这个字眼。也许这个字眼太过沉重以至于许多作家轻轻绕过，但我想时代已经走到了这么一天，那就是再想逃避生存已经成了小说家的一种罪恶。

　　没有比生存更值得小说家关注的了，我们看到，在这个艰难的世代，人类生存的负重已经远远超出了善良人们的想象。生活在这样一个时代，我们已经正日益走向物质与精神的单一化本质，在这背后，是精神主体的掏空与危机。焦虑的日益严重产生了疲惫与困惑式的迷惘，这是生存的不安定本质带来的精神疲乏，于是，生命中不能承受之轻便席卷而来，填补了心灵的空白与无聊。小说家亦是其中的一员，没有办法超越成了小说家一个既定的事实。我们看到，小说家的创作除了展示之外，亦没有给读者带来什么有益的心灵补偿。神圣的不在场是严重的，它道出了文学精神向度的迷失带来的一系列苦难记忆。显然，没有生存的文学是值得怀疑的，在面对生存的注视当中，我们发现了什么？

一、我们的生存

在一个日益技术化的时代里，生存无疑正被工业品堆积得露不出脸来，几乎没有什么作品真正切入生存的实质与根基。当我们面对生存的艰难图景时，我们面临的是何等尴尬的事实。文学在逃避生存，这说出来并非夸张，因为我们看到人们那冷漠的面孔中所透显出来的残酷。社会的非正常性无疑直接导致了我们生存的畸变，生存没有了直接的依靠对象，作为一个与生存息息相关的背景而言，社会扮演着一个极为重要的角色，它没有给人们带来安慰与温馨，生存的破口漏洞随之而来。在当代人的生活图景中，人们通过遵守公约、服从规章制度来排除了孤独所引起的焦虑感，同时也遵守着工作的惯常性，人因此成了"上午八点上班，下午五点下班的常人"。人们意识到，我们枉费心机，永远把自己一次又一次地置在一个火山口上，这个火山行将爆发是肯定的，只是不确定在什么时候什么地方怎样爆发。我们现在生活于其中的这种状态仿佛是处于死刑缓期执行时期的人。

尼采在十九世纪末说过，现代人迷失了方向，进入二十世纪的西方人才突然感到这个预言的真正分量。人类为了改善自己的物质生活条件，摆脱繁重的体力劳动而夜以继日地发明技术，但大工业使人变成机械的一颗颗螺丝钉，人性丧失了，冷酷无情把个人变成一个号码，一张证书，个人变得软弱无力了。显然，人已成了劳动力的一部分，或是由领导和职员组成的势力的一部分。人几乎没有半点自主性，他要做的事情全由工作机构和部门预先计划好了，甚至上下电梯均无例外。他们以预定好的速度和预定好的方式，做那些由整个系统结构预先安排好的工作。即使是情感、欢乐、忍耐、进取、可靠与信赖以及同每一个人和谐相处的能力，也是设计好了的。开玩笑虽然算不上是很正经的事，可是同样排上了日常计划。图书由资料室选择，放映电影、上演戏剧由电影院和剧院的老板决定，广告宣传费用由他们支付；其余的活动也是一致的：星期天开汽车、看电视、打麻将、参加社会聚会。从生到死，从星期一到星期天，从早到晚，所有的活动都列入了计划日程，一切事先计划好了。这怎么不叫一个沉湎于这种日程计划网的人忘记他是一个人，一个独具个性的人呢？这怎么不叫他忘记他仅是一个只赋有这么一次生命并具有希望和失望、具有悲伤和恐惧、具有爱的渴求与可怕的空虚和孤独的人呢？

面对当代人的生存图景，我们看到了孤独作为一种事实已经成为人们共同的忍受。正是这种大工业化的人类社会本质把人变成了一台机器，这台机器被强大的社会所操纵已成了既定事实。在这背景下，孤独滋长起来，共同诉说这个社会精神的衰落。孤独的经验引起焦虑感，从而成了所有焦虑感的根源。孤独意味着被迫拆散，没有能力利用人的力量。因此，孤独包括了虚弱无力以及不能积极地把握世界——人和物。它表明世界能侵袭我们，而我们却无能力反抗。面对自然和社会的力量，人清楚地意识到自己孤弱无能。所有的这一切使人类寂寞，而孤独的生活处境变得难以忍受。如果他不摆脱它，坦然地走向自己的同伴，走向外部世界，并采用各种各样的方式把自己与同伴，与外界结合在一起，他也许会精神失常。

正如二十世纪初的犹太天才作家卡大卡所预言的那样，他说："一切挂着错误的旗帜航行，没有一个字名副其实。比如我现在回家，然而这只是表面上如此。实际上，我在走进一座专门为我建立的监狱，而这座监狱完全像一座普通的民宅，除了我自己，没有人把它看成监狱，因而就更残酷。任何越狱的企图都没有了，倘若不存在看得见的镣铐，人们也就无法打碎镣铐。监禁被组织得很好，完全像普通的、并不过分舒适的日常生活，一切似乎都是用坚固的材料造成的，似乎很稳固，而实际上却是一架电梯，人们在电梯里向深渊冲下去。我们看不见深渊，但只要闭上眼睛，我们就听见深渊发出的嗡嗡之声。"无疑，在这段具体而贴切地指涉了人类生存的尴尬境遇的文字里，我们至少看到了孤独作为人类生存苦难的噩梦的可怕经历。

二、作家的尴尬：交界生存

面对人类如此苦难的生存图景，作家奋笔疾书，试图写出人类的出路与盼望。然而事实却恰恰相反，作家也没有办法摆脱其本体的束缚。作为人中的一员，许许多多作家同样置身于苦难与绝望的边缘无法自拔。从他们那极端绝望的描述中，我们看到了人类生存的处境没有拯救与出路。当下许多批评家认为作家正处在边缘地带写作，我想这种理论没有实在的根据，它纯粹是一种花哨的说法。就以目前中国小说家的处境来说，尴尬是实际存在的：一者，他没有

病
史

办法进入社会的中心地带；二者，他又没有办法逃避社会而走到局外人的境地。这就产生了一个难处，他只有逃离中心向边缘迁移，在这过程中，很多批评家以为这就是当前小说家、诗人的尴尬处境，其实这是一次误读。至少，批评家还忽略了一个存在，那就是交界地带的写作。因为我们知道，假若把社会比作一个圆圈，那么圆圈之外的部分就是社会外（即局外）的处境，而边缘则仍旧是在圆圈之内的，至于交界则指边缘与局外相通的那一地带。

显然，当今小说家的处境便正是这种交界写作，而不是边缘写作。他们既不想处在社会中心，又不想完全处在社会之外。他们时而在边缘地带，时而又在局外的处境中写作，因而交界地带写作实际包含了两种可能性：一种是边缘写作，一种是局外写作，还有一种是既是边缘的又是局外的写作。或许有些人不承认存在局外写作这种处境，但我却想象一种可能性，那就是许多作家实际上在创作时往往是处在局外人的角度加以实现的。关于这点，可以在时下许多零度情感的小说中找到印证。

閣閣
我们文学的疾病

在这里，我排斥了一种可能性，那就是中心地带写作的可能性。实际上，中心地带的写作是不存在的，即使有许多小说家一边做生意一边写小说，或者像西方一样出现一种什么罪犯小说，写的都是作者自己的亲身经历的事情，但我想，在写作时那一个特定时刻，作者自己一定意识到自己只是一个作家，他希望写出自己心理深处或言行上的一些事实，此时，谁也没有办法说，这是一种中心地带的写作。当然，先假定中心写作的事实，那么我们可推断出一个结论，那就是身处社会中心地带的人们都可以写作，我们暂且不管写出来是否文学作品，单就动机而言，我不敢肯定这是否叫写作，而这个人又能否配得上"作家"的符号。不否认有许多作家边创作边置身于社会中心做各种各样的交易，但我想，当这种交易得到的认同大于写作时，我有权否定这个作家存在的合理性，我更愿意把这个人叫做商人或大款之类的，而不是作家，或者说，顶多是个作者而已。而在此处，我要谈的是作家的写作，因此排除在外。以此看来，一个真正的作家是没有办法进入中心地带的，由此，我们肯定了交界地带的写作。

交界地带的写作是尴尬的，这种尴尬表现在小说家生存进退维艰的路途当中。以其中的边缘写作看来，小说家显然露出了无力深入中心的尴尬，同时，也显露出超越社会的艰难与不可能性。边缘写作是一种状态性质的写作，它不存在持久性，因为当小说家真正意识到边缘的巨大悲剧性时，小说家面临的便是绝望及停止写作。我们看到，边缘不是无限的，它有个界限，以圆圈表示，即那个圆周的线条部分。边缘写作没有办法超越这个界限，它只能在界限之内徘徊。这种徘徊同时又只存在一种可能性，即向中心地带举棋不定地往返推移。

在这个往返过程中，小说家必然和西西弗斯的悲剧一样，生存成了没有办法解释的简单的劳作过程。小说家的悲哀是显然而既定的事实，因为边缘地带同时也在社会这圆圈之内，从而小说家也不可避免地与社会有着微妙的关系。这是一种设身处地的实际存在，边缘人的这种状态代表了一种情境，他没有办法超越社会之外，他与中心地带有着一种极为奥妙的联系。他不存在着局外人的那种性质，因为他被界限所制约。他顶多处于逃避中心的趋势，想挣脱界限的束缚，然而这是一种徒劳。因为只要他一挣脱到界限之外，他就不再是边缘人而是局外人。因而说到底，边缘人的存在是尴尬的，他不仅有逃避中心的趋向，而且也有步入中心的渴望。正是由于这两向性的不可实现，边缘人的处境才出现了悲哀，这无疑是在边缘处写作的小说家的生存境遇。处身于这种生存之中，小说家显然没有能力对人类的生存做出实质性的观照，也没有办法对生存做出审视和判定。这都因为边缘处的写作没有办法对人类生存全景进行审视，因而即使有判断也是无力的、令人不足信的。要对人类生存做出实质性的观照与审视，唯一的办法是超越界限，走到界限之外（即局外），以一种全然超越的视角对生存做出全观。

这种全观便是局外人的写作。在此，有必要声明一点：此处的局外人不同于加缪所说的局外人概念。在这里，局外即指社会圆圈之外的存在与性质，它代表的是一种超越的地位，而不是状态，一般来说，这种局外人的地位是不可能达到的，那些感觉到自己是局外人的人往往只是边缘人。在他们愤世嫉俗的背后，透显出来的是进退维艰的困窘之境。对于真正的局外人来说，他对这个社会（即圆圈之内）的认识是客观的也是深刻的，因而他出示的态度往往不是一种愤世嫉俗或茫然超越的地位（即圈外），他对这个社会是宽容的，平淡的，甚至是一种居高临下的俯视姿态出现在我们面前。在他看来，人类生存的困境已成了一个既定的事实，唯一的办法就是更新。

当然，作为一个局外人，他毕竟是相对于社会这个圆圈而言的，作为一种地位的超越，他仍然对这个社会中的个体负有责任，假若连这个责任也没有的话，这个局外人也就成了非局外人，他只能是陶渊明式的幻想的产物，也就是乌托邦。显然，局外人的生存空间是最大的，他具有无限超越的性质，他除了对圆圈之内的个体负担一种责任之外，他是没有边际的。这种生存无疑只有在精神的存在中寻找答案，在我看来，只有一种人配得上这个条件，那就是寻找到神圣信仰的人。

局外人的写作是不存在什么难处的，但是介于局外人与边缘人当中的交界人却充满尴尬，他们既不愿意在边缘写作，也不愿意在局外写作，或者说没有办法完全超越界限写作。在交界地带写作，局外便只能是加缪所说的局外人的荒诞处境。他们厌恶这个世界，却又没有办法完全超越，他们有时走离边缘脱离界限之外，有时则又越过界限来到边缘向中心靠拢。在这两种趋向里，我们看到交界地带写作的尴尬与难处。显然，交界地带写作指的是在界限两边徘徊不定的这种性质的写作，它有时表现出明显的边缘写作性质，有时则表现出明显的局外写作性质。然而，这两种倾向与单纯的边缘写作及局外写作又有着明显的差异，因为无论哪种倾向，它同时包含着另一种方向的可能性，即朝相反方向运动的可能性。

这也就是当下小说家写作所显露出来的极端矛盾的情境，在这情境下面，是小说家无所适从的一种精神上盲目的写作。它实际上不是边缘写作的更大程度上的绝望，而是盲目往返过程中所露出的极端无知与迷惘。从当下中国文坛的小说看来，对生存的关注一直都是暧昧不清的，更多的小说所显露出来的是一种贫乏的对生存的淡漠，是对人类生存感的消解。它产生的后果是艺术判断尺度的消失，不再关注生存也就意味着艺术走向了人外的自由，它没有了责任与负担向上的力量，崇高因此丧失。我们看到，在这样一个商品时代里，罪恶已经遍及全地，它充斥在每一块角落，艺术也同样没有幸免。

三、罪的心灵与艺术之罪

在今天，艺术同样摆脱不了死亡的结局。在肉体与精神的生存范围之中，我们在吃喝穿的肉体的基本生存需要中已经得到了满足。人们可以看到，时代已经到了这么一天，那就是肉体的欲望膨胀到一个可怕的境地，肉体感官的享受与刺激的寻求已经达到了一个巅峰的状态。随着肉体层次享受的升级，人类空虚感也逐渐上升到生存的表面形态之中，到处充斥着空虚与虚空般的迷惘，人们丧失了生存的最基本方向感与意义感。人活着到底为了什么？这个问题一次又一次地悬置在人们的心坎上。

显然，一切金钱、地位、名利随着人类充足的占有显出了它那无法满足人类心灵的性质，人类没有办法在其中获得生存的满足。在人类物质文明高度发达的今天，我们活着的意义在哪里？这已经迫切需要人类做出解答，因为人类堕落与沉沦已经出现了这样一种图景：到处充满仇恨与暴力，充满自私与孤独，以及无法摆脱的空虚与绝望。无疑，随着肉体层次享受的达到，人们迫切需要得到精神上的安慰与满足，没有精神上的满足，生存仍旧是不完整的。

在吃喝穿等最基本需求的追求上，人们不可避免地在"自我"膨胀中燃起了自私的火焰。自私的出现导致了仇恨与报复，以及恶行与暴力，而在另一方面则是与他人关系的彻底失败，即只相信自己不能相信别人。自我把个人束缚在孤立无援的处境中，人类开始有了苦闷与无聊的记忆，精神的轻度疲惫接踵而来。自我的圆圈开始把孤独的个体推上了社会，在与他人关系的无法信任上，自我出现了极大的困难，爱从此涣散了。在这没有爱的生存境界中，我们看到恶行、暴力、空虚与绝望共同编织而成的迷津之暗。这暗是真正的暗，因为它直接导致了死亡的发生。对死亡的恐惧是亘古以来真实的记忆，它表现在艺术上便是一种颓废与绝望。

这个世纪的艺术来源人类心灵的共同思索与认同。随着人类精神交通的隔绝，心灵之罪一直沿袭下来。在这以后的世代里，艺术也和人的心灵一样透显出那极为可怕的罪恶：到处充满血腥、变态、仇恨与暴力的丑到极处的所谓美。显然，艺术判断的尺度和人的尺度一样无影无踪了。作为一种人类的产物，艺术必然随着人的堕落而走向罪恶。因为文学是人学，艺术是人的艺术，在人类走向沉沦与罪恶的路途中，艺术同样染上了不可救拔的罪恶。在人性逐渐丧失与异化的今天，人已经由异化成野兽与昆虫走到了更为可怕的异化为物的境地。异化人就仿佛亚当怕听见神的声音一样惧怕接触神圣的事物，他们所做的便只能是逃离神圣，躲避崇高，走向邪恶。显然，罪的艺术需要罪的心灵加以体认，同样，罪的心灵也只能创作出罪的艺术。正由于此，我们看到当下艺术走廊充斥的荒诞与变异，血腥与残酷，丑陋与变态等一系列非常态的艺术。正是这种非常态艺术达到了一种新与异，填补与迎合了人类那扭曲的心灵，从而得到了前所未有的赞许。从这个角度出发，我们若再来看时下文坛的一些现象时，我们就不再感到惊讶了，因为一切都印证了这种阐释。

艺术是一直朝困境的角落进发的，自从文艺复兴以来，或者说自从艺术出现以来，艺术就承担了人类罪恶的诉说。开始时还存在一种神圣的崇高的力量加以抗衡，从而是谴责罪恶与审判罪恶。而发展到了今天，我们发现，艺术的黑暗与罪恶正被广大读者所欣赏与认同，这无疑是非常可怕的一种景象。当下作家显然已经无力承担任何责任，在他们连面对生存的勇气也丧失的时候，他们所作的努力已经不是阐释而是展示。阐释是有个向度的，它代表作家的立场与看法，而展示则是自然的、不负责的。在他们联手制造的黑暗罪恶的展览大格局中，向度彻底迷失，没有光明，唯有迷惘的情绪与绝望的声音。这不是一个简单的事实，事实在于，在罪的心灵写作的作家已经无法承受和谐与神圣的美。作家在罪中写作无疑不是作家所愿意的，正如保罗所说的，只是因为肢体中另有个律和心中的律交战，把我们掳去，叫我们附从那肢体中犯罪的律。即是说，我们所愿意的善，我们反不作；我们所不愿意的恶，我们倒去作。随着罪恶越陷越深，作家日渐走向一种绝望的路途，终点也就是死亡。罪的出路除了死亡之外并不存在第二种可能性，同样，罪的艺术亦是如此，随着艺术之罪的花朵越开越艳，它只有走向艺术的反面，那就是反艺术，说到本质上，也就是艺术的死亡。

艺术作为一种魂的产物，它必然随着体的堕落而走向堕落。我们看到，这个时代的艺术已经没有什么神圣的东西存在了，到处充斥着绝望、悲哀、疼痛、血腥与变态等一系列罪性存在。我们看到，体即肉体，它是顺从罪的律的；而魂，也就是心思、情感、意志，实际上也是俯服在罪的律下面的。正是因为有体的堕落，心思、情感、意志才没有办法为善，它想做好却又没有办法做好，这也就是魂的尴尬与悲哀。而作为魂的产物的艺术同样如此，它没有一种来自神圣的力量把它托起，它就只有顺从罪的律向下发展。

四、肯定与爱：重建生存

在拯救之途中，很多人都寻找到"神性"旁边，却不知道"神性"为何物。相对于人性而言，神性是一种特殊的存在，正如第一部分我说过的，我们人是地球的主宰，与其他动物有本质的区别。我们除了具备人性之外，还有一个至关重要的神性存在。失去了神性，我们人是值得怀疑的，至少在生存上是这样。然而许多人以为神性是中国古代传统中那几乎不可言说的"神韵"之类的存在，这令我感到十足的悲哀，因为稍微接触一下西方的文学，我们就知道，神性来源于世界经典《圣经》的阐释。

由于神性的缺席带来了人性的不完整。在这残缺的人性中，我们知道，人性与神性是相辅相成的，没有了神性就没有人性的完整与丰富性；而失去了人性，神性就无处彰显。显然，神性与人性的完美结合才是人类生存的完美境界，正是由于神性与人性密不可分的调和与和谐才导致了人类生存的诗意存在。

在这种结合中，爱是最为关键的因素。只有爱能够把人与人结合一起，而这种人与人之间结合在一起的愿望则是人类进步最强大的驱动力。爱是最基本的情感，是把人类、种族、社会、家庭维系在一起的力量。如果达不到结合在一起的目的，就意味着愚昧与毁灭——毁灭自身与他人。没有爱，人类一天也不能生存。爱是人类的一种积极力量，是一种把隔离人及其同样的大墙摧毁的力量，也是一种把一个人与其他的人结合在一起的力量。爱使人克服寂寞感和孤独感，但爱允许人有自己的个性，允许人保持自己的完整性。在爱中会出现两个人变成一个人而仍是两个人的风趣之谈。保罗说：爱是恒久忍耐，又有恩慈；爱是不嫉妒；爱是不自夸，不张狂，不作害羞的事，不求自己的益处，不轻易发怒，不计算人的恶，不喜欢不义，只喜欢真理；凡事包容，凡事相信，凡事盼望，凡事忍耐。爱是永不止息。由此说来，爱在这里大多是静止状态的，而每一句则又是要行出来的。在此，爱是一种积极的活动，而不是一种被动的情感；它是主动地"站进去"（Standing in）的活动，而不是盲目地"沉迷上"（falling for）的情感。如果用最通常的方式来描述爱的主动特征，那么，它主要是给予（giving）而不是接受（receiving）。也就是"施比受更为有福"。

在物质方面，给予意味着富有。不是一个人有很多他才算富有，而是他给予人很多才算富有。生怕丧失了什么东西的贮藏者，如果撇开他物质财产的多少不谈，从心理学角度来说，他是一个贫穷而崩溃的人。不管是谁，只要他能

病
史

49

慷慨地给予，他就是富有的人。他把自己的一切给予别人，从而体验了自己生活的意义和乐趣。然而，给予最重要的意义不在于物质方面，而在于人性方面。一个人把自己的一切给予别人，把自己已有的最珍贵的东西给予别人，把自己的生命给予别人。这不一定就意味着为别人而牺牲自己的生命，但指的是把自己身上存在的东西给予别人，把自己的快乐、兴趣、同情心、谅解、知识、幽默、忧愁——把他身上存在的所有东西的表情和表现给予别人。在他把自己的生命给予别人的时候，他也增加了别人的生命价值，丰富了别人的生活。通过提高自己的生存感，他会提高别人的生存感。他不是为了接纳才给予，他不以得到报酬为给予的目的，给予本身就是一种强烈的快乐。在给予中，他不知不觉地使别人身上某些东西得到新生，这种新生的东西同时又给自己带来新的希望；在真诚的给予中，他无意识得到了别人给他的报答和恩惠。给予暗示了叫别人也成为给予者；双方共同分享他们已使某些东西得到新生的快乐。由于在给予的行为中某种东西产生，因此涉及给予行为的双方，对于给他们展示的新生活非常感激。就爱而言，这意味着爱是一种能产生爱的力量；软弱无能是难于产生爱的。十分害怕把自己的一切给予别人的人自然也就害怕把爱给予别人，因而也就必然缺乏真爱。

除了给予的因素外，爱还往往包含了爱的一切形式所共有的某些基本因素，这些因素是关心、责任感、尊敬和了解。从而，爱的积极特征便昭然若揭了。爱包含了关心，这我们可以在母亲对孩子的爱中明显地看到。爱就是对我们所爱的对象的生命和成长主动地关心。哪里缺少主动的关心，哪里就缺少或没有爱。

对于母亲来说，责任感，主要是指关心幼婴物质方面的需要；在成人之间的爱中，责任感主要是指关心对方心理方面的需要；而在作家与读者之间，作家的责任感便是关心对方灵魂（或心灵）的需要。

责任感，如果没有爱的第三个组成因素尊敬，那么它会退化成一种支配和占有。尊敬并不是畏惧。根据这个词的词根（其拉丁语为 respicere），就等于"看"。尊敬，意指能客观地观察一个人并能意识到这个人的特性，还意味着让对方任其天性地自由成长和顺利发展以及关心对方的成长和发展。因此，尊敬不含有利用的意思。尊敬只有在自由的基础上才能存在，没有自由的人是不可能谈得上尊敬一个人的；倘若关心和责任感没有了解作为先导，那么这种关心和责任感是没有办法做到的。实际上，这种爱的了解是以神圣的爱为前提的，没有神圣的性情，我们就谈不上这种了解的性情，因此说到底，一切都源于神性。

在爱的这些因素当中，关心、责任感、尊敬、了解是相互依赖的，因为它们同属于一个爱的性情，而这几件因素同时又是只有神性才能保证的。没有神性，这些爱的因素在人性中就无法得到真正的表露与彰显。有了神性与人性的完美结合，我们的生存也就实现了价值，也就因此得到肯定。生存得到肯定，这是一件非常重大的事实。有了肯定，我们的生存便有了意义与实际，而不再是虚空、苦闷、忧愁与绝望。由此，也就有了信心与盼望，而最大的仍是爱。

1994 年 6 月于福州

病
史

病　历

深度的局限
——从福建历史剧创作的局限谈起

福建历史剧创作的优异成果是有目共睹的，这点毋庸置疑，本文期待的是，能够从某个侧面切入，以求在这种近乎苛刻的解读中挑剔它的局限，并试图找到历史剧创作的一些新路。

也许，当大家还沉湎于历史剧创作取得的辉煌时，一个严峻的事实已经迫在眉睫，那就是福建历史剧的创作已经渐趋单一的死板，不仅题材单一，深度也单一。题材几乎不例外地来自宫廷与官场，深度也几乎停留在对人物人性内容的关注上。纵览被认可的优秀历史剧目，这种感觉已经如此突出，它迫使我们有必要重新审视与反思一些基本的问题。

一、历史之维与局限

1. 历史观念的局限

首先要反思的是我们对历史的认识与观念。从剧作看来，我们都很轻易地陷入了历史主义的泥潭。我们追求历史的真实，却不知道历史的真实是什么；我们追求艺术地再现历史，却往往被历史绊住前进的步伐。我们轻易地迷信所谓史实的记载，也轻易地放弃了怀疑与独立思考的能力。

这牵涉到一个根本性的问题，那就是你如何看待历史，或者说，历史是什么？五四时期，曾有不少著名学者展开了轰轰烈烈的对历史的反叛与反思，甚至认为，历史是任人打扮的小姑娘，是婊子。这些话可能是激烈了些，但一个不可否认的事实是：历史是人写的，是由这样或那样有个性有喜好的人所写就的。假若我们忽视了这个基本的事实，把史实奉若神明，那又何尝不是盲从和一种更可怕的悲哀呢？

因此，我们对待历史的态度是，既要研究与尊重历史，又要清醒地认识到历史的局限。能够从历史的迷雾中走出来，不沉湎于历史的神话，甚至对历史有自己的发现与认识，不苟同于著者错误的见解，这才是真正的历史的观念。面对历史粉饰的面孔，我们要善于发现伪装；而面对历史的篡改与遗漏，我们要勇于反抗与揭露。只有这样，我们才能在强大的历史面前不迷失自己，并保持个体人格的独立与自由。

剧作家主体意识的觉醒对历史剧的创作无疑有着深刻的影响。拘泥于史实的记载，并一味地以创作来还原这种史实的"真实"，这种创作是可怕的。且不说这种创作毫无意义可言，单说这种重复劳动本身，它的愚蠢已一目了然。我们需要的显然不是对历史"真实"可笑的重复，而是对历史的突破与洞见，是剧作家智慧的发现与犀利的深刻，是怀疑与反叛，是反思与超越。

2. 深度认识的局限

没有思想的力量，对历史的突破与洞见便是一句空话。福建史剧的突破恰恰在于它思想的深度。如《新亭泪》中对周伯仁这一形象的高度概括便极有力地反映出剧作家对传统文人士子思想的深刻理解与思考；同样《秋风辞》中汉武帝刘彻那深入而准确的刻画也包含了剧作家非凡的智慧与才思。正是这种超越于史实之上的胆识与勇气使他们从史料堆中跳出来，并一举抓住了人物的精神命脉。历史说到底是人的历史，只有对人的深刻洞见与把握，才谈得上对历史的发现与认识。优秀的剧作家无疑深刻地认识到了这一点，他们史剧的成功在很大程度上便建立在人性内容的深度上。

人性的发掘与深入探索是新时期文学艺术领域的新成果。特别是在人性黑暗面的揭示与洞见上，它达到的深度已经有了震撼人心的力量。在小说中，这种力量更多体现于人性罪恶面的展示与发掘；而在戏剧中，这种力量则更多体现在人性深处极为复杂与极为自私的那一面。可以说，戏剧创作对人性发掘的深度与广度甚至超过了小说创作，它对人性的复杂性也做出了更合理与更令人信服的诠释。

遗憾的是，戏剧创作的深度认识大抵也就局限于此，它并没有进一步拓展出去。像小说一样，能够对情感与爱的世界展开新的探索，或者对人的存在的意义发起有力的追问。当然，话说回来，二十世纪八十年代初的话剧是有过这个苗头的，可惜过早夭折了，没有形成真正的气候。于是，我们看到了一种退缩回来的戏剧，这就是后来历史剧的短暂繁荣。说到底，历史剧的创作是对现实生存境遇的一种反照，只不过这种反照过于隐讳，从而也在一定程度上削弱了它的现实意义。从这意义也可以说，历史剧的创作是对现实的巧妙回避，它用历史作掩护，有效地消解了风险，从而也埋没了自己的深度。

由于历史观念与历史认识的局限，剧作家不约而同地选取了同一角度的史实，对史实的理解也都几乎带着一样的观念。可以肯定地说，人性的挖掘已经抵达了一个高峰，再想突破与超越这个高度，那是非常艰难的。我感到不解的是，我们对深度的理解似乎过于狭隘了。

有幸的是，我们还在不同的艺术种类中找到了一些新的寻求与探索。特别是对历史的理解，读者与观众都更倾向于一种新的阐释，一种用今人的眼光和思想来沟通的阐释。历史不再是那种扳着脸孔说教、无动于衷、坚不可摧的事实，而是随着今人意识的变迁而生动活泼并可亲可近的故事。这些故事有血有肉，有激情，有爱有恨，有生之迷惘与困惑，也有死之恐惧与绝望。应该说，这才是真正的历史，才是硬邦邦的史实背后应该有的真实与生命。在这里，我们可以感受到爱的力量与激荡，也可以更深地领悟到人生意义的发问与追寻。看到它，我们感兴趣的不再是历史，而是自身，是对自身生命与存在的一种反照，从而看见自己爱的贫乏，生存的怯懦与虚伪，精神的贫困与苍白。

应该说，这才是与我们息息相关的深度，也只有这样的深度才能深深撼动我们的内心。能够进入这样的深度，史剧的成功自不待言，而从另一角度来说，它也有着更为深厚的现实意义与大众基础。

3. 题材与意识的局限

我们史剧创作的现实意义与大众基础向来比较薄弱，即便就是许多优秀的史剧，这一点往往亦不例外。如《洪武鞭侯》，写的是明朝初年朱元璋惩治朱

病

历

亮祖一事，显示的意义更多在于官场人物不畏强权勇于维护律历的抗争上。再如《黄堂愤》，写的是清末除安得海一事，它侧重于揭示人物性格内在的自私与阴暗面以及由此造成的历史合理化进程，进而揭示了那段特殊历史的特殊内涵与真正面貌。而对于像《林则徐充军》《乾佑山天书》等这样以刻画历史著名人物为主的史剧而言，我们获得的也大都是丰满而鲜明的人物形象，以及特定时代与特定历史事件的准确而合理地把握，至于说什么深刻的现实意义，我想是很细微的。

这实际上牵涉到一个根本性的问题，那就是我们对待历史应该从哪个方面去突破。仅仅局限于史料的堆积与还原显然是远远不够的，而以为占有了丰富详尽的史料塑造出一个有血有肉并符合史实的历史人物就可以满足的观念也大可以过时。难道我们那浩如烟海的历史长廊真的那么缺乏这么几个你塑造的"光辉形象"吗？事情往往就是如此，当你以为写尽了历史并对历史有独到发现的时候，你其实才撩开了历史面纱那微不足道的一角。

历史题材的广袤空间对于我们剧作家而言竟是得如此狭小，这是我们始料未及的。也许，是我们太专注于所谓"正史"的缘故了，或是我们对历史的认识本来就缺乏一种勇气，总之，我们在题材的选择上太过拘谨与单调了。要么是宫廷争斗，要么是众所周知的大人物或大事件，要么又是说不清道不明的官场。反正都离不开政治与强权，离不开冤假错案。看这样的戏，我们总有一种因古老而模糊并似曾相识的感觉，好像古代老百姓总是要与官场打交道，甚至还动不动就要惊动皇帝老子亲自过问。这就让人不解，难道没有官宦权贵出现的戏就没有人看了吗？

事情显然不是这样，关键还在于我们过分拘泥于一种约定俗成的惯性思维，甚至连意识也没有走入当代情境。由于剧作家年龄普遍偏大与老化，我们的创作往往缺乏生机与活力，当代意识过于微弱，题材明显老化与滞后，自然就更不用说什么平民意识、情爱主题了。

意识的滞后带来的不仅仅是题材选择上的僵化，它还同时带来了深度的贫乏。一部剧作如果无法经受时代的考验，特别是今时代的考验，那它又何以立足于艺术之林？这说到底就是一种意识、一种观念，即你是用什么来打动观众与读者的？一部剧作如果无法面对时下的观众与读者，无法面对当代的考验，这部剧作的成功是可疑的，也是不长久的。从这意义上说，实际上我们要求的就是剧作家对现实要有深入的理解与思考，并做出有力的反映。历史剧当然更该如此，不然，剧作家又有什么理由不停地炒旧饭呢？

二、深度空间的构建

我一向认为，作家在创作一部作品之前应该有个基本的思考与态度，那就是你写这部作品想要表达什么？表达这个会有什么意义？不写它行不行？也许，有的作家会反对这种意见，认为是主题先行，但我要说，倘若一个作家在创作之前连这个必要的思考也没有，他作品成功的希望必将非常渺茫。他或许可以成为一个优秀的或好的作家，但他绝对成不了杰出或伟大的作家。只有一种情况例外，那就是他的天才与思想已经让他摆脱了目的与意义的纠缠，直接抵达了意义与深度的核心。

这点并不奇怪，像许多外国文豪，他因为本身坚强的信仰，他的精神始终与创作保持在同一起跑线上。他的思想与创作简直就是一对孪生兄弟，你甚至很难分别开来。在这样的情形中，你自然不必追问他事先想要表达什么，因为他的精神他的思想已经无所不在了。

可是，对于一大批并非天才的作家而言，这个思考就显得相当紧要。许多作品正是因为作家创作指向不明或指向的意义过于贫乏与肤浅而变得单薄无力。在史剧的创作上，优秀的剧作家几乎无一例外地有着这方面的成功经验，像王仁杰、郑怀兴、周长赋等人的创作谈就是最好的印证。正如他们谈到的一样，他们大都有着漫长的材料积累与反复思考的过程。正是因为这种严谨的创作态度，他们作品的深度与力量都得到了充分的体现，也正因此，他们的作品才具备了不断修改与提高的基础。

当然，深度与意义的理解每个人都会有所不同，甚至大相径庭。但有一点可以肯定，那就是你对某个人某件事的看法达到了什么程度，读者是一目了然的。像《西厢记》中张生与崔莺莺爱情的力量，《窦娥冤》中窦娥血与泪的控诉与反抗，读者强烈的共鸣都是最好的注解。这里有个问题令人不解，那就是我们传统对平民喜怒哀乐情感的关注在史剧的创作中竟然丧失殆尽。不仅缺乏平民意识，而且对爱的理解也相当苍白生涩，远没有《牡丹亭》《桃花扇》《杜十娘》中体现出来的丰富与生动。

病

历

这种把历史与平民隔绝开来的看法并不奇怪，因为我们太容易局限在正史的历史观念之下了。沉湎于历史并被历史所笼罩以至于丧失怀疑与反叛的勇气，这已成了一种司空见惯的现象。毕竟，历史太强大了，而个人总是那么渺小，你又有多少力量能从历史的夹缝中找到爱的盼望、存在的勇气？

缺乏社会的良知与责任感，缺乏对自身人文意义上的关怀与批判精神，我们对历史的认识便永远不可能深入骨髓。我们总在历史肤浅的表皮跳舞，吃着人家的残羹冷炙，却还以为享尽的历史的盛宴，这是何等的悲哀！实际上，我们并不缺乏智慧的眼睛，也不缺乏深刻的思想，关键还在于，我们对深度的理解缺少了一种包容性。虽然我们在人性的意义上已取得了广泛而有力的突破，但我们对爱的力量的表达，对自身存在价值的寻求却过于漫不经心。因为题材选择上的过于单一，也因为意识上缺乏面向当代的勇气，上述主题的探查与深入就变得含混不清，甚至于一片空白。

对待历史，我们应该有自己的解读方式。我们要善于发现被史料堆砌的平民的命运，要善于发现小人物的情感世界，他们的喜怒哀乐，他们的悲欢离合。我们不仅要追寻他们人生的足迹，更要揣摩他们活着的迷惘与苦难，绝望与呼告。从平民与小人物身上，也许我们对历史的认识会更加准确与真实；而从他们身上，我们也更容易找到自身的体认与共鸣。面对他们，我们应该把自己放进去，与他们同爱同恨，共思共想。只有这样，这个人物才会从历史堆中站起来，走向我们。

我们应当承认，深度是多方面的。有社会认识的深度，也有政治认识的深度，当然，更多的还是人的深度。人的深度自然也是多方面的，它不仅有人性的深度，有情感的深度，也还应该有存在与精神的深度，思想与信仰的深度。像《丹青魂》《御前侍医》等史剧，他在人物的刻画上是有突破和贡献的，至少，它们生动地塑造了画家与医家的典型形象。遗憾的是，它们都不约而同地把人物放到了宫廷斗争的复杂背景之下，从而在相当大程度上削弱了这一典型的广泛代表性，并进而降低了读者的认同感。再如《陈仲子》，此剧的意义是很明显的，思想的分量也很足，甚至带着明显的探索与突破，但你很难把陈仲子的思想与自己沟通起来。我们看到的是历史上的陈仲子，而不是自身。

这无疑在提醒我们，那就是我们对深度的理解并不全面，甚至也不到位。我们不仅没有莎士比亚对良知与灵魂的热情，也没有奥尼尔、贝克特对人生意

我们文学的疾病

义的追寻与探查。对形而上的漠视使我们陷入了历史坚硬的罗网，我们进入了一个可见可摸的物质化的艺术世界，却找不到一点可感可思的心灵空间。

三、面向当代的勇气

艺术的衰落常常便来自于人们对心灵的冷漠与敌意。作为人学的文学，如果丧失了对人的研究与热情，那它的意义自然将受到怀疑与动摇。而既然是人学，它就没有理由置人的心灵于不顾，更不能对现实世界中人的生存境遇熟视无睹。纵览大师们的著述，这点已不证自明。

史剧作家自然也不例外，倘若他的创作不对心灵负责，那他又用什么串通古人与今人的呼吸？显然，只有面向当代，切实地关注当下人们的生存处境与精神状况，我们才可能对历史作新的阐释与新的理解。而能够从历史维度中透视当下生存境遇的剧作家，他也必将带给我们真正有力量的作品。

面向当代不仅是一种勇气，也是一种意识与眼光。当代意识包含的内容无疑是多种多样的，如平民意识，如求异与创新意识，如怀疑与反叛意识等等。面对历史，我们一定要有能力找到历史题材的当代性，并从历史的维度中走出来，只有这样，我们对历史的理解才不会受到局限，甚至有新的发现与突破。历史也只有在这种不断的解读中获得新生，不然，它永远是死的。如《沧海争流》，它对历史的恩恩怨怨的理解就有高明之处，它不仅把特定历史进程的原因还归于人的本位，而且深入了人物内心深奥的灵魂世界，从而找到了对历史的独特理解。而在另一种意义上说，由于剧中塑造的有血有肉的活生生的人，我们也在一定程度上找到了与历史人物心灵上的某些契合点。

显然，一部史剧的成功倘若缺乏当代意识，那是不可理喻的。所不同的是，当代意识的强弱有别而已。如今，我们史剧创作的当代意识常常得不到体现与强化，这就影响了史剧的现实意义与大众基础。在感慨戏剧越来越不景气的同时，我们是否也应该对戏剧创作的循规蹈矩大喝一声呢？

戏剧创作的现实意义显然是非常紧要的，它不仅关系到剧作的深度，也同时关系到与读者的沟通。因为作品面对的是今天的读者，今天的读者自然就用今天的眼光与意识来读解作品。不了解或不熟悉当下读者的思想与观念就不可能具备当代意识。许多剧作家，特别是史剧作家，并不是不具备当代意识，而是不愿意面向当代。他们更愿意沉湎于历史营造的乌托邦氛围中，对现实充耳不闻。当然，面向当代是需要勇气的，这就像寻求深度一样，需要思想，需要智慧与灵感。

现实常常充满苦痛与不公，充满罪恶与绝望。走向平民，我们需要良知；走向怀疑，我们需要勇气；走向批判，我们需要力量。而这些我们又常常丢失与遗忘。在当代理想与精神的号角吹遍大地之际，我们是否应该彻底清算一下，到底我们落后时代的步伐有多远？

我们是否少了些忧患的种子？抑或少了些良知的敏感？面对苦难，我们没有了同情；面对罪恶，我们没有了抗争；面对麻木，我们没有了愤怒。我们在失爱的时代里麻木地活着，既不寻求意义，也不寻求自由。我们做了权与钱的奴隶，却不知道权与钱要把我们带向何方。

人生的悲哀大抵也就如此。没有面对死亡时，我们个个生龙活虎，活得快快乐乐的（这当然是一种表象），可一旦死亡降临时，人就霎时黑暗了，因为一切不存在了。确实，世间又有多少人真正超越了死亡，真正走向身与心的绝对自由呢？

同样，我们的剧作家又有谁真正担起了当今时代的精神与终极意义的追问呢？

2002 年 2 月 2 日于福州

"漂亮"的后果
——当前戏曲探索的歧途

一、从张艺谋说起

说起张艺谋的电影，大家都是耳熟能详的。特别是他近年来的追求，早已闹得沸沸扬扬、众说纷纭。从《英雄》到《十面埋伏》，批评的声音可谓铺天盖地，但老谋子则依旧不为所动，一副我行我素的样子。老谋子那执着的探索姿态令人感动与敬仰，但有一个问题却无法逃避，那就是他这种追求显然并不受欢迎，至少，他已没有了《红高粱》《菊豆》《秋菊打官司》时的那种待遇。众所周知，张艺谋是个极有想法的导演，他从来都不愿意重复自己，这也正是他的生命所在。没有创新就没有张艺谋的成功，但张艺谋的失败也就恰恰在于此。只顾一味地求新，却忽略了更为本质的内涵与精神的追求，他的失败就这样迅速地到来。

如果说《英雄》还有可圈可点之处，那《十面埋伏》就令人无法接受了。毕竟，前者还是探索，也给人一种全新的体验，而后者就几乎等同于重复，不仅毫无新意，而且在内涵上进一步退缩，令人不知所言。对此，媒体已经有了许多激烈的不留情面的批评，说在《十面埋伏》中只看到了三次"强奸"场景，张艺谋的追求也被冠以"唯漂亮主义"的招牌。从剧院走出的观众，也是一片抱怨之声。这样的结局显然不是张艺谋希望看到的，但他显然没有虚心接受这个事实，而是为自己寻找托词与借口。

实际上，这个问题在《英雄》中就已暴露无遗，只是因为票房的巨大成功，这一事实被轻易地掩盖过去。张艺谋是个很有追求的导演，他一生的梦想与野心显然并未完全实现，这是令他难以接受的事实。他对艺术的始终不渝与不懈追求的精神真是令人敬悚，也正是这一点，观众找到了喜爱他的理由。遗憾的是，张艺谋的声望使他陷入了另一种意义上的危机，就像大多数有成就的中国人一样，未免有些刚愎自用与自以为是。正如一句话所说，自己都"找不着北"了。

这绝不是信口开河，张艺谋在接受采访时就不止一次表达过对剧中某些情节的沾沾自喜与得意之情，如《十面埋伏》中"鼓林打斗"的场面，老谋子就甚为得意，认为有这几分钟就可给人深刻印象，又说一部戏只要有几分钟让人记住就满足了。听了这些话，我真是有种说不清的感觉，仿佛似曾相识又觉得很可怜。一个艺术家，如果走到了这一步，那我想他也差不多了。

也许，老谋子也确实老了，按中国人的想法，他也的确成果斐然、名声赫赫，再难为他也着实不仁。于是，大家便会宽容地给老人家盖棺论定，平时大概也就该把他晾在一边了。碰着节日与需要老人家出来装点场面的时候，自然也会让他出来露露脸，表示尊敬与同情。老谋子显然深知其味，他并不想成为这些人中的一员，他极力折腾的背后正是昭示了这种恐惧。这种恐惧是有清醒头脑的表现，一个没想法的人是不会有这种恐惧的。老谋子是不甘于平庸的，也很会折腾，但却没把精力用在合适的地方。

这里有一个老问题，那就是我们的艺术到底应该关注什么？是形式更重要，还是内容更重要？是看人，还是看物？是看戏，还是看舞台？

不用说，大家都很明白，可一到某一出戏或某一部电影时，人们却常常说不明白，其中的缘由我想是很清楚的。那就是我们受到太多外在因素的制约，特别是牵扯了太多非艺术的东西，如意识形态、市场、人情、道理、照顾、同情、成见、敌视等。非艺术的东西一进来，标准自然就混杂，好坏难分也就是当然的了。这也就是中国特色的评奖历来难以服众的重要原因。

二、也谈谈令人惊讶的"水"

回到戏曲，一个显而易见的事实同样摆在我们面前，那就是有着太多的不明白正在困扰着我们。不说评奖的结果让我们不明白，也不说如今的戏曲看起来不像戏，就说那舞台的设计，也真是大胆得可以，不仅豪华，而且奢侈。似乎是有钱没地方去，都一股脑地往舞台上扔。于是，舞台上有了真正的"小溪"（如甬剧《典妻》），有了真正的"雨"（如舞剧《风雨红棉》），有了升降与旋转的平台，有了许多仿真的花木虫鱼与假山……且不说这种尝试是否成功（有的确实也取得了成功），单从这种投入对戏曲本身的作用看来，这显然是有点本末倒置。如果能把这种钱都用在演员的培养上，那岂不是更好。

戏曲的困境是大家都知道的，有限的经费既然可以拿去打水漂，用了一回就没用，那它也确实没有资格再让人同情它了。目前的状况也正是这样，大家都试图在舞台上一显神通，不是靠演员，而是看谁把舞台制作得更逼真，更炫目，更浪费，而结果就是博取观众那短暂的惊奇。据说，这也算是一种成功。这不由得令我想起"一骑红尘妃子笑"的杨贵妃和因点燃烽火而笑的褒姒，虽说轻重有别，但我还是有些恍惚。

惊奇肯定是会有的，因为谁也没想到舞台可以升降与旋转，而舞台上也会"挖"出条小溪，不仅有流动的水，而且还可以洗衣服。自然，也不会有人想到舞台上竟也下起了"雨"，而演员还真的被淋得哆哆嗦嗦。大胆是肯定的，创举也是肯定的，但创新则未必。难道戏曲的创新就是这些与戏无关紧要的招数？事实肯定不是如此，如果真是如此，那创新未免也太容易了。说到底，这只不过是导演要了点小聪明而已，而且这种伎俩也只能玩这一次，下一次肯定是不灵的。

显然，主要的问题还是在于我们少见多怪，当我们都见怪不怪的时候，那也就是这种"噱头"寿终正寝之时。外表的东西，如果不与内容相结合，那么它就是纯粹的形式。纯粹的形式是很难有生命的，即使有生命，那也是不长久的。这里牵涉到一个问题，那就是形式是要依托于某种内容而存在的。能够感动人的是内容，是内在的意义，形式只不过是为强化这一效果而服务的。

一出好戏之所以备受关注，它绝对不只在于技巧的翻新与突破，而更重要于它本身透显出来的感人与心灵的力量。这牵涉到一个很简单的道理，即内容大于形式，而形式是为内容服务的。然而，当下的很多戏曲却以卖弄技艺与追求形式为生，它让内容为形式服务了。这样的后果是：观众宁愿去看魔术师变幻无穷的技艺表演，而不愿意追逐戏曲那蹩脚晦涩的技艺游戏。

显而易见的是，不论多么炫目的灯光设计，不论多么庞大的乐队，也不论多么豪华的舞美布景，它根本上都是为剧情服务的。脱离了剧情，一味地摆阔，只能是适得其反，得不偿失。并不是每一台戏都适用豪华的舞台，也应该还有的简洁，有的高雅，有的清新，不一而足，这才是戏曲的合理存在。如今大家都往大制作大投入上靠，就像是在"比富"，我真是不知道这些人为何都这么俗气与弱智？一个比较合理的解释是，如今的评奖都不由自主地指向了这一方向，而戏曲恰恰又是没有奖不能活的。

这就是当下戏曲最为可悲的症结之一。当大家都认定只有大投入大制作才能出精品，才能拿大奖，那戏曲显然就发展得差不多了。一门艺术的高低成了钱财的比拼，那是否意味着没钱的人都不要搞艺术了？是否意味着这艺术也太容易了？

三、舞台也要"减肥"？

显然，问题的实质并不在这边，而是我们对艺术的看法出了问题。到底什么才是戏曲的舞台？什么才是真正的戏曲的舞美？戏曲的重心是什么？而中国戏曲的独特魅力又在哪里？这些问题要是都不明了，那我想他是很难做好戏曲的。

如今的导演似乎恰好就是这种不懂装懂的人，他们不仅不懂戏曲，而且还不虚心学习，到处拿出他们那套"放之四海皆准"的手段，看了真是让人倒胃口。不说每出戏都似曾相识，都有着一副相似的面孔，就说欣赏起来也真是"难入佳境"。看也看不舒服，听也听不舒畅，像话剧，像歌舞，像杂耍，既有影视的那一套，又有歌舞晚会的那一套，更恶俗的甚至还有歌舞厅夜总会的那一套（如有些灯光音响的使用）。也许，如今的艺术确实没有什么"国界"了，什么都可以拿来，什么都可以往上套。只要有人叫好，只要能拿大奖，那就什么都可以做。本来就没有什么标准，标准就是奖嘛，这是谁都不会反对的，不信？你拿个奖试试？

这就是当前的戏曲，已经误入了歧途的戏曲。遗憾的是，意识到这一点的人并不是很多，大部分的人都还在津津乐道于别人戏曲舞台的盛大景况，都在慨叹自己的贫穷，都恨不得也能加大投入，"吃"成别人那样的"胖子"。这样发展下去，舞台显然是不够用了，不说堆砌得令人压抑，就说演员的表演，还真是越来越小心。毕竟，到处都是台阶与水沟，是门槛与斜坡，是桌椅与用具，是仿真的花草、树木、假山……一切都越做越实，越做越像，而真正的属于戏曲的东西却越来越少。如演员的表演，传统的程式几不可见，"唱、做、念、打"也是做不到位，打不出来。能够让人全神贯注于演员表演的戏太少了，不是舞美太过刺眼，就是灯光太过花哨，再不然就是空间太狭窄，太压抑，演员因此无法完全施展或被迫分心。

可以肯定，这种"创新"是不会走得太久的，因为它背离了中国戏曲空灵的特有气质。如此写实，如此堆砌，完全不顾戏曲的诗意与虚拟性的要求，这显然不是戏曲的路子。从最近的戏剧节与艺术节看来，这个问题是相当严重的。好些戏曲的舞台已经明显不够用了，除去庞杂的立体的布景不说，单说演员的活动，现在也真像是在捉迷藏。更有甚者，演员还上可"升天"，下可"坠地"，要消失也消失得别出心裁。这些在《流花溪》《第一次亲密接触》《图兰朵公主》《家》《凤氏彝兰》《典妻》《程婴救孤》等剧中都有不同程度的体现。

这样的事实不能不引起我们的注意，特别是当我们又把大奖授予它们的时候，我们是否会因此误导戏曲发展的方向？我们不应该忘记，2003 年的第八届戏剧节刚过，可当时红极一时的《贞观盛世》《小河淌水》《孔雀东南飞》等剧也都如过眼烟云一般。它们也都无不大投入大制作，也曾沸沸扬扬过，而今它们到底留给我们什么？

问题的关键显然不在于外面的热闹，热闹瞬息即逝，只有思想与感动才会长久，这是大家都知道的。能够记住《三娘教子》《状元与乞丐》的人都知道他们记住的是什么，当然就更不用说像《西厢记》《窦娥冤》这样的经典名剧了。即使是从新时期以来，能够让人津津乐道的也不过就是《金子》《节妇吟》《新亭泪》《秋风辞》等这样的名剧。一出戏之所以让人难以忘怀，一个根本的原因就是它内涵与意蕴的深厚以及给人的感动与震撼。共鸣的是思想与心灵，没有共鸣就没有长存的戏。这也就是"一剧之本"的精义所在。

我们并不反对创新，也不反对舞台越做越漂亮，而是反对空有外表没有实质与内涵，反对过分追求舞美的刺激而忽略了更为重要的演员的表演。戏曲的空灵并不是指舞台不要东西，而是指一种境界，一种追求。同样，所谓的"虚

病历

拟性"也是为这一目的服务的。我感到不解的是，如今的人们一谈到空灵就以为舞台不要有东西，一谈到虚拟就以为不要表演技巧，这实际上是恰好背道而驰的。作为戏曲的最高境界，它们恰恰是最难达到的。舞台要简洁，又要有意思，能够恰如其分地表达剧情，渲染气氛，这是远比繁复的布置更高明的手段。这也就是所谓的以少胜多。而表演就更是如此，不借助于过多的外在的实物实景，而纯粹通过想象、投入与高超的表演来完成创造，这无疑是更高的一种境界。谁都知道，没有配乐的清唱是最能展示一个歌手的高下的，同样，不借助过多的舞美灯光与服饰的包装，而纯粹靠表演来打动人，那这个演员的功力也就非同一般。

虽然过去那种简陋的舞台早已成为历史，人们也不可能或不愿意回到那种历史，但戏曲对空灵与虚拟的要求却一直没有变，这其中的原因我想是很明白的。毕竟，戏曲的舞台就只有那么方寸之地。历史上并不是没有人用实景实物排戏，甚至就在水面上在船上演（如郑奕奏就曾在闽剧中尝试过），就好比实景晚会《印象刘三姐》一样，但这种尝试肯定不会一直延续下去，因为戏毕竟是戏，它不是照搬现实与生活的。人们对艺术的理解是建立在虚拟与想象的基础上的，没有这个，艺术也就不是艺术了。因此，对于那种力求逼真与过于写实的艺术，人们总是很快就会将它遗忘，这点在艺术历史中不证自明。

四、大俗还是大雅？

回到戏曲的舞台，我们除了有点舍本求末之外，我们对舞台的理解也太过于片面。我们总是把舞台局限在那窄窄的十几平方米，却没有想到观众的想象力才是最大最好的舞台。作为戏而言，意识到这一点至关重要。能够在弹丸之地上演人间的悲欢离合，诉说人的一生，这本身就是最大的虚拟与假定，观众的想象力肯定不用怀疑。遗憾的是，我们的导演恰恰忽略了这一点，而浪费了巨大的精力与物力在场景的仿真上。且不说这种努力是否有利于观众进入剧情，就说对观众想象力的限制，那也是适得其反的。就如国画一样，完全写实的东西总是不如写意的给人以更大的想象空间，成就也是写意大于写实。因此也可以这么说，中国戏曲不是写实的，而是写意的。

从当下戏曲的发展来看，"减肥"已成必然，"减俗"也迫在眉睫。过实的东西总是免不了空间的挤压，免不了俗化的倾向，当然也容易"腻"。因为实的东西生活中都有，再照搬照抄都是吃力不讨好的。舞台美术的世俗化只会给"写意"的中国戏曲带来伤害，同样，流行歌曲与大歌舞的过多掺杂也会使戏曲丧失原有的品格。

　　不可否认，戏曲走到了今天，它已经越来越多地带上了纯洁高雅艺术的特征。特别是在都市，它几乎都成了传统精英文化的代表。当年的"下里巴人"到了今天的"阳春白雪"，这是发展的结果与必然。作为一种"雅化"了的戏曲，我们再用世俗化的道路来吸引更多的观众，我以为这是徒劳与不明智的行为。就像欧洲的歌剧与芭蕾一样，曾经辉煌一时，但今天的人们绝对不会也不可能再回到那天天看歌剧与芭蕾的盛况中。正是这样，他们不说要重振歌剧与芭蕾的辉煌，也不说要讨好更多的观众，而是把它做得更加精致，更加纯粹，更加高雅，给人美的享受与回忆。

　　这才是真正的精英艺术的所为，而一味地追求那并不存在的虚假的市场，一味地追求那品位低下的"俗众"的捧场，那我想这艺术会死得更快些。如今，我们国内对戏曲的理解与定位就存在这种致命的误区，他们不是从历史与现实出发，而是过多地抱了这种不切实际的幻想。

　　我一向认为，戏曲的辉煌已经过去，如今的现实对许多艺术而言都存在着诸多的不可能。我们之所以称京剧为"国粹"，把昆曲定为人类口头文化遗产，而称戏曲为传统文化，这根本上就是因为它们很大意义上已经过去，而我们的重心就是传承与保护。如果能够认清这一点，那我们在戏曲的改革与创新的过程中就不会走得太离谱，特别是当我们要把过多世俗与庸俗的东西加在戏曲上时，我们就会更加谨慎，而不是随心所欲。

　　一个不可否认的事实是，如今的戏曲并不像我们认为的那么高雅，它的探索实际上充满了世俗与庸俗的成分。如很多大歌舞的场面，很多歌舞厅的灯光，很多流行歌曲的穿插，还有不少时尚而俗气的插科打诨，不少挑逗性的场景（如接吻，如新婚之夜的性爱处理等），甚至连着装也力求性感……这真是说也说不清道也道不明了。不否认这样做会带来更多的观众，但戏曲的感觉确实越来越稀微了。

　　当观众把注意力都放到了这些事物上，那这出戏的完整性就大打折扣了。表面看来，它的剧场效果也很好，而实际上则相反，为什么呢？这就牵涉到如何理解剧场效果的问题了。中国人对剧场效果的理解是越热闹越好，特别是掌声，可以说是追求到了不择手段的地步。所以说剧场几乎都有"托儿"就是这个道理。托儿是请来鼓掌的，当然大多是自己人，鼓掌是不会吝啬的。但也就是这些托儿，常常就制造出许多笑话，有时便会乱鼓掌，弄得人不知何意。这样的剧场肯定是热闹的，可悲的是专家也常常要上这些人的当，以为剧情真的如此感人，以为戏真的好得很，只不过是自己看不明白。

在我看来，感人的戏是刚好相反的，剧场也应当是安静的，特别是真能让人忘情的戏，那是一根针落地都是可闻的。古语早有所言，只是我们都落俗了。就从农村来说，观众也不会走得如此现代，他们不会鼓掌，不会起哄，只会静静地听，静静地看，静静地落泪。最好的剧场效果显然就是这种，这才是对一出戏最高的奖赏。从这点说来，我们又确实太俗了些，连不鼓掌都快做不到了。

五、是水到渠成还是卖弄？

不鼓掌确实是很难的，特别当演员吼得声嘶力竭的时候，或者干脆来一两句与戏并无关联的俏皮话的时候。当然，也还有演员卖弄他的特长的时候，比如说真的来一段琵琶独奏（如京剧《图兰朵公主》），或者干脆自己来击鼓（如京剧《巾帼红玉》）。总之，这种游离于剧情之外的东西只会越来越多，令人目不暇接，眼花缭乱。也说不上是为什么，反正观众每遇此景都会为之喝彩，然后也就趁机放松一下，说说话，抽根烟。大概也真是需要休息一下，而这正是好机会，你可以慢慢地弹奏，我也乐得有此闲暇。这样的时候，我也总是有些迷茫：到底是剧情的需要呢，还是纯粹为了卖弄？或者干脆就是"凑戏"？

应当指出的是，这样的表演对于剧情而言大多是不相宜的。且不说它占用了大段可贵的时间，就说这种表演也大都与剧情无关，不仅不能增加感染力，反而有游离剧情伤害剧情的结果。本来故事在好端端地推进着，却突然来这一新奇的招数，其结果可想而知。这就好比物理学上的合力与分力的问题，这些花言巧语与出格的招数只会分散掉观众对剧情的注意力。

真正的技巧不是做出来的，而是水到渠成的情感的流露与生命的流出。一个演员要是总感到自己在做戏，在卖弄，一味地关注观众所给的掌声，那他是进不了戏的，自然也就不是一个好演员。从当前看来，真正能够"入戏"并融入剧情的演员不是太多，经常可见的是，像歌星在晚会上的作态，或者就像晚会上常常可见的戏曲经典唱段表演。就以《图兰朵公主》为例，我相信许多观众都会有不同程度的这种感受，在此我就不再饶舌了。另外，就说有"越剧王子"之称的赵志刚，他在《第一次亲密接触》中的表现也令人不敢苟同，虽然唱得不错，好像是举重若轻，而实际上则是进不了戏，总之，给人一种自我感觉太好的印象。而这恰恰是近年来舞台一个相当普遍的现象：好的演员转眼就堕落到卖弄与"耍大牌"的境地，不好的演员却又撑不起一台戏。

即使除去演员的问题不论，作曲的问题也是相当严重。本来剧情就没到那个份上，却总是安排高腔去表达，嗓子吊得高高的，给人一种干涩之感。这正是所谓的"情不够唱来凑"了，情感没上去，硬是用高腔来拉，其结果就如拔苗助长，只有适得其反。这样的手段用得多了，整个表演就从剧情中游离出来，不仅生硬，而且给人"不是唱而是吼"的印象。

谁都知道，一部戏有高潮与低潮，有喜怒哀乐等多种感情，没到高潮却把感情用尽，这肯定是演戏的大忌。同样，没有悲痛至极却硬要做出呼天抢地的样子，那我想是谁都难以接受的。在豫剧《程婴救孤》中，主人公程婴用了极富特色的"哑嗓"，这就是一种成功的创新，它不仅贴切，而且极具感染力。当然，它也有用力太过的地方，特别是后半场的程婴，他显然过分地依赖了这一绝技，在人物的对白中也情不自禁地用了许多"哑嗓"，这不用说都"过火"了。病
历

这就告诉我们一个道理，一个演员的特长是要与剧情紧密联系在一起的，假若不遵循剧情发展的规律而一味地自作主张，那他的特长就会变成令人生厌的卖弄。一台好戏肯定离不开好演员，而好演员一定是与这剧情相谐和的，空有一身"武艺"，却与剧情不合，那就是牛头不对马嘴，这也就是导演要选演员的原因。不同的演员必然会有不同的戏与之相对应，如演员的年龄、气质、长相、声腔、特长都不会一样，这自然就要不同的角色与之相对。而即使是同一个演员，如何找到适合其特点与特长的戏，这也是一出戏成功与否的关键。反过来说，一出好戏能否找到最相配的演员，那是这出戏成功的一半了。

确实，我们看一出戏之所以会难受，除了剧本太弱之外，演员占的比重太大了。如何恰如其分地发挥演员的特长，如何让演员有淋漓尽致的表现，这都

是至关重要的。而在其中，剧本毫无疑问要承担最大的责任，因为只有它才是一个演员存在的根基。许多剧种都诞生过非常优秀的演员，而这些剧种往往也都有很优秀的编剧，这些剧作家又大都曾有过为某个演员写戏的经历。这就说明了演员与剧本的密切关系，所谓的"量身打造"也就是这个意思。

如今，能够为某个剧种写一辈子戏的剧作家是越来越少了，就像专为一个剧种存在的导演几不可见一样，稍有能耐的人都走上了"通用轨道"，飞来飞去地周游全国。这样的"通才"也许正是这个时代特有的产物，大概信息社会就是如此的吧。

六、月饼、门票与观众

在这样一个时代，真是什么都有可能，而戏曲之所以走到这一步，市场与观众的因素是不能不考虑的。分析一下观众的组成显然大有必要，因为我们有太多的问题与之牵扯不清。本来，我们的戏曲也还不至于变得如此面目全非，可是由于我们错误地估计了所谓的观众与所谓的市场，我们抛弃许多优秀的传统，从而也失去了更多真正的戏迷。

这并不是危言耸听，只要稍加留心，你会肯定一个事实，那就是坐在剧院里看戏的观众其实大多不是戏迷，比较准确的称谓应该是"戏剧工作者"与"戏剧研究者"。这些人不仅绝大多数不是戏迷，甚至平时也不会主动去看戏，要叫他们掏腰包看戏那就更是天方夜谭了。谁都知道，一种艺术的存在要是没有了真正的观众，那是非常可悲的。对于戏曲而言，这真正的观众就是戏迷，就像足球有球迷，歌星有追星族一样。可如今，这些人却正在渐渐地远离戏曲，这是我们不愿意看到的。

稍稍有头脑的人都知道，如今戏曲的门票价格显然是要拒人于千里之外的。不用说老百姓看不起，就是白领也大都不会花这冤枉钱的。毕竟不是戏迷，而即使是戏迷，那也该是有钱的戏迷才行。以这一届艺术节为例，一张票动辄就要几百元（最高的近千元），最少的也要几十元，这叫人怎么看得起？据说，这还是考虑到了老百姓的要求才有几十元的票，毕竟，艺术节的口号就是"艺术的盛会，人民的节日"呢。

这不由得令我想到中秋月饼的价格。如今的月饼也真可谓邪了门，越是没人吃就越是贵得没谱，越是做得豪华无比。听说竟有上万元的月饼出售，而且数百元的月饼也还销售得可以。说实话，一开始我还将信将疑，可真耳闻目睹之后，我才恍然大悟。原来，上万元的月饼里面有学问，那就是藏了不少金子钻石之类的贵重物品，月饼只是附属品了，而数百元的月饼也大多是单位订购的。中国商人也真是利害，竟是如此细腻地而准确地握住了国情与人伦。只要还有公费与送礼，那什么怪事不会发生呢？

公费是如此好用，难怪乎戏曲走的路也如出一辙。除去公费购票（基本上是"戏剧工作者与研究者"）不说，能够自己买票看戏的人是微乎其微的。而除了这些，所剩的也就是送票上门了，这样的观众，自然有一部分是领导，一部分是圈里人的亲朋好友与家人，另外就是观众代表了（如学生、军人、教师等）。正是因为熟知戏曲观众的组成，聪明的经纪人都会用抬高票价的方式来收取利润与成本。反正总会有那些公费看戏的人，而这些人恰恰又是看戏的主力军，因为这是他们的工作。

于是，戏也就越做越豪华了，越做越没有"戏味"了。就像月饼一样，大包装大制作，是不是拿来吃已不重要，重要的是它要漂亮，要外表好看，要拿得出手，要送人不丢脸面。月饼只不过是一层躯壳，真实的是礼品。如今，戏曲也是如此，大包装大制作，超大阵容，花费惊人，成本如此巨大，一般的观众自是不敢问津的。自然，戏迷是没有这个福气的，就像真正想吃月饼的人不会自己花费几百上千元去买那漂亮的月饼一样。有人送当然好，没有那就只好吃点几元或几十元的了。而真正的戏迷也是如此，要么不花钱在乡村看个够，要么熟门熟路跑到剧团看排练，要么花上几元或几十元偶尔到剧团的剧院过过瘾。戏迷所能承受的就是如此，而如今的大戏显然已经远离了这些真正的观众。

靠虚假的观众撑起来的戏剧注定是要消亡的，这一天肯定不会太远。可以简单地这样预测，那就是当这种靠养的体制解除之后，这种戏曲是肯定不会有这种市场的。而真正能够留存的则无疑是那些质朴而"贫困"的戏曲，这里有民间活跃着的那个群体，也还有坚守着戏曲本体的那一群落。就像真正实在的月饼一样，只要它还保留着吃的功用，那它就不会消失。

2004 年 10 月 25 日于福州

病历

丢失的勇气

——谈福建现代戏创作

福建现代戏创作是相对比较薄弱的，这点不仅体现在数量上，也体现在质量上，而这也在相当大的程度上影响了福建戏剧创作总体质量、地位的提高。特别是近几年来，由于历史戏与古代戏创作越来越难于突破，现代戏承载的意义渐渐凸现出来。如何抓好现代戏的创作，并寻求现代戏创作的新发展，这实际上已经成了福建戏剧创作能否再创辉煌的关键问题。

我一向认为，一个剧作家能否成为一个伟大或杰出的剧作家，其中一个最重要的指标就是现代戏的创作。假若他在现代戏的创作上无法取得令人信服的成绩，那他的地位是很可疑的，也是不可能长久的。因为，只有现代戏才如此真实地贴近了我们的生活，并如此实在地引发我们切身的感受与共鸣。我无法想象，一个对现实生活丧失了热情与发现的人会是一个优秀的剧作家。恰恰相反，每一位优秀的剧作家都是与他们对时代和现实生活的深刻理解与独到发现息息相关的。纵览大师们的写作，这点不证自明。

然而，当我们面对福建剧作家的创作时，我却不得不承认，我们恰恰就落后于此。虽然我们在历史戏与古代戏的创作上取得了辉煌的业绩，但现代戏的薄弱却致命拖住了后腿，就像一个存在先天缺陷的人一样，局部的强壮并不能掩盖整体的羸弱。实际的情形也是如此，福建戏剧创作在近年来体现出的疲软在很大程度上就是现代戏创作的薄弱造成的。至今为止，福建还没有出现一位现代戏创作上的领军人物，这是一种尴尬的局面。这种尴尬部分是由历史造成的，但最主要的原因则还在于剧作家本身。

一、生硬与虚假

　　剧作家的局限首先表现在对生活的体验与理解上。大部分现代戏的创作并不是从生活出发，而是主题与概念先行，非常拙劣地图解生活。在"政治决定文艺"的强大阴影中，在打造时代精品，高唱主旋律的口号下，大部分剧作家在创作现代戏时都不约而同地走入了宣传剧、问题剧与教育剧的死胡同。这样的剧作不仅主题一目了然，而且往往经不起推敲，或者生硬，或者虚假，令人一看就知道不是现实生活应该有的事；编凑的痕迹过于明显，说假话、空话、大话的现象比比皆是；人物的语言脱离真实的生活，被莫名其妙地拔高，人物因此显得苍白无力。

　　就目前一批较为优秀的现代戏而言，除了个别剧目外，也大都逃不脱这个怪圈。如《东邻女》写中日友谊，《丹桂情》写计生题材，《阿美姑娘》写民族情感，都离不开政策与宣传的主调。而对于《孩子剧团》与《侨乡轶事》，则纯粹是一种教育剧，一个教导我们要学习先烈的光荣传统，学习他们不怕苦不怕累，勇于战胜困难的精神；另一个则教育我们要"贫不丧志，富不凌人"，做个有道德的人。除此之外，剩下的也大多是社会问题剧，如《搔皮子七七》《鸭子丑小传》《戏魂》《月蚀》《初春》《芙蓉镇》等，实际上都着力于反映社会现实中存在的某一方面问题。《初春》写的是"文革"后人们思想的转变与觉醒，从而也折射出那段特殊历史对人思想的异化。《芙蓉镇》则直接写那段历史，写人们在那段历史中遭受的苦难与非人的待遇。应该说，两剧都饱含激情，冲突也激烈，具有相当程度的复杂性与生动性，并给人深层的回味与思索，但不容否认的是，它们都是特定时代的产物，都印上了伤痕与反思文学的烙印，说到底，也是一种问题剧。

　　这些问题剧、宣传剧、教育剧的成功自然是很艰难的，因为剧作家要在这大而泛的主题下寻找细部的人和事来体现。且不说剧作家寻找的艰难，单就如何让这些人物发出他们自己的声音，这本身就是一件棘手的事情。《鸭子丑小传》之所以成功，那是得益于作家对农村生活的熟悉与热爱，他能够把当时那种"红眼病"的农民观察得仔细入微。如果不是这种对生活的丰富体验与理解，不是剧作家对人物生动传神的刻画，那这个剧本就很难站立得住。就从今

病历

天看来，此剧的意义已明显不再那么突出，毕竟，问题剧是有它自身的局限的。

　　显然，要从一个大而泛的主题出发去创作，这本身就违背了艺术创作的原则。任何类似于命题作文的形式都是有害无益的，除非你对这个命题有切身的感受。更可靠的办法是，从你自己的生活出发，从日常的生活出发，找出生活中最为生动、最为真实的体验，找出你对日常生活最为本质、有力的概括与理解，只有这样，你才能真正写出具有浓郁生活气息与时代感的作品。遗憾的是，我们的现代戏创作大多都没有触及当前的生活，特别是少有人关注我们的日常生活。这种严重落后于小说创作的状况显然是令人惊讶的。我们不禁要问，是不是我们的剧作家对现实都已经到了熟视无睹的境界，或是我们对生活的把握本身就处于力不从心的境地呢？

二、浮浅与麻木

　　这种状况的出现显然不是对生活不够熟悉与了解，而是我们对生活的感受与理解停留在浅表的层面。要么对时代的认识过于浮浅，要么对现实的体验过于麻木。对于无处不在、无时不在的现实生活，由于零距离或近距离的困难，我们大都缺乏深刻的认识与敏锐的视角。正如"美无处不在，关键在于发现"的哲理一样，日常生活中的感动与震撼也需要我们智慧的眼睛、敏锐的触觉。时代的车轮不息流转，现实的光环瞬息万变，如何握住时代精神的脉搏，如何领悟现实生活的真谛，这都需要剧作家有自己极为清醒的认识与智慧的头脑。

　　在此，剧作家对生活的理解达到什么程度是非常关键的。许多剧作家与普通人并无二样，过的是得过且过的日子，说的是毫无意义的无聊话，忙的也是些不痛不痒的活儿，在这种人身上，你又能获得什么样的人生启迪呢？显然，一名作家仅仅写出这种生活是远远不够的，他要做的应该是发现生活背后的意义存在，发现那种足以引发人们深思与行动的智慧总结。人人都过着一样琐碎而平凡的生活，关键的是你能否出示你对这种生活的理解与发现，你能否超越这种庸俗而无意义的生活，进而呐喊与呼告，甚至指明一条道路，而不是对生活的无知与麻木。

　　然而，能够达到这一步的剧作家是很少的，这样的剧作家首先应该是对存在极为敏感的人。正是因为对人类存在与意义的永恒发问，我们才真正拥有了开启生活奥秘的钥匙，我们对时代的认识才能准确与深刻，对现实的发现才能敏锐与独到。如《威尼斯商人》的生动与准确，如《窦娥冤》的控诉与呼告，如《等待戈多》的无奈与荒诞，便无不是这方面的铁证。

再以《山花》为例，作家对那个特定时代的认识是相当准确的，时代气息的把握也很到位。作家并没有从理念出发，她抛开了一般作品对革命题材的表达方式，而直接从生活出发，通过一群妇女的日常生活的细致描摹，让我们在贴切可感的生活场景中感受了那个战火纷飞的岁月，非常巧妙，也非常生动感人。剧中人物着墨不多，可极传神，活脱脱地写出了农村妇女的爱与恨，写出了她们极为细微的内心世界。应该说，此剧的成功就在于摆脱了主题的牵制与束缚，而还原到真正的生活中来。它不仅对当时的时代背景有着深刻而准确的反映，而且对人物的生活与现实有敏锐独到的发现。整剧选材极为精巧，也很艺术，剧情具有浓郁的生活气息，故事单纯，冲突集中。显然，这是中国戏剧创作的新收获，也使福建现代戏创作走到了一个新的制高点。

三、怯懦与保守

遗憾的是，像《山花》这样的剧作却只是昙花一现，更多的情况是，剧作家缺乏发现与创新，没有勇气面对严峻的现实与琐碎平庸的生活。而即便是《山花》，它离我们的生活也毕竟越来越远了。处在这样的境况中，我们才真正发现，原来我们最缺乏的是勇气与创新的精神。

俗话说，凡事都需要勇气，而创作更不例外。只有勇于冒险与探索的人，他才能真正走在时代的前沿，引领着时代的先河。艺术正是在披荆斩棘中开创了一个又一个新纪元的。当我们一次又一次地呼吸着艺术思潮的新鲜空气时，我们是否意识到这正是勇敢者开拓的疆土？显然，没有勇于探索与创新的精神，我们的艺术终将停滞不前，而没有勇气面对现实的黑暗与苦难，我们就不能感受到真、善、美的震撼。良知是勇敢者的利器，它可以穿透黑暗与邪恶，同样，爱心是勇敢者的盾牌，它可以抵御虚假与冷漠的漫延。当我们不再怯懦，不再瞻前顾后与谨小慎微的时候，我们创作自由的到来才会变成现实。

至今为止，关汉卿依然是我们需要仰视的形象。一部《窦娥冤》写尽的是作家的勇气与傲骨，他与朱帘秀的传奇在另一个版本中又成了许多人竞相吟咏的美谈。同样，一部《西厢记》传达出来的是现行社会中封建礼教对正常人性的摧残，作家勇敢地举起讨伐的大旗，强有力地控诉与揭露了现行社会制度的罪恶与黑暗，歌颂了对美好、自由的爱情生活的追求与向往。相比而言，我们的现代戏创作却有着太多的歌功颂德、粉饰太平，要么是政策的乏味宣传，要么是板起脸说教，要么是机械地反映一些不痛不痒的社会问题，总之都缺乏自己的东西。

这种集体的发言显然是无法给人深刻印象的，也是没有生命力的。创作只能是个体的，只有赋予个体以独立人格与自由思想，这种创作才有存在的空间。人言亦言制造的是垃圾，只有自己的发现与探索才构成创作的根基与生命，而这一切恰恰是创新的前提与基础。一个富于创造力的作家一定是极具个性与勇气的人，因为，正是这种个体人格的释放带给他创作的自由境界，从而给他作品带来新与异的特质。

求新与求异应该是我们作家永恒追求的目标，正如一个人要证明自己与众不同一样，他首先必须有自己的东西。怯懦与保守只会让我们停滞不前，而对新与异的东西嗤之以鼻。继承传统并不意味着固守不变，而是为了更好地掌握传统，并在传统中吸取精华，进而找到一条更有力的途径去突破，去超越。继承必然是以创新为目的的，若不如此，这继承就不是继承，而是模仿与复制，是一味地固守与膜拜。这样的结果，我想不会是"夜郎自大"，也只会是"闭关锁国"的悲惨遭遇。

实际上，我们的现代戏创作最缺乏的就是勇气与创新，这点在众多的小戏小品身上又特别明显。其实，许多剧作家都不缺乏生活，讲起现实生活中的事来也娓娓动人，慷慨激昂，可为什么，他们就写不出让人激动的剧本呢？显然，一个不容忽视的原因就在于他们无法进入到一个自由抒写的空间。面对现实生活，他们有着太多文学之外的顾虑与担忧，有着太多的羁绊与限制。而归根结底，其实还在于一种先天奴性的怯懦与唯命是从，是羸弱的文人性格的延续。

正是这种谨小慎微的性格，他们在创作中体现出来的就是亦步亦趋、因循守旧，别人写什么成功了，写什么没问题，于是我也写什么，大都换汤不换药，千篇一律，令人生厌。

四、冷漠与虚无

这种状况的持续显然严重地制约了整个现代戏的发展，它导致的结果是极度的冷漠与虚无的无限增殖。不仅对生活与真实冷漠，而且对苦难与黑暗冷漠，在这巨大的冷漠中，我们看不到真实的生活，看不到对苦难的同情，更看不到对黑暗的揭露，对罪恶的控诉。

其实，我们的生活并不是一片光明，现实的苦难与罪恶也时时发生，关键在于，我们是否有一双俯视的眼睛，是否有一颗充满良知与爱的美丽的心灵。在面对黑暗时，我们是否承担起作家的责任与使命，而不玷污这份神圣的职业。

在这样的世代，物质与金钱的追求霸占了我们每一个人的生活，当我们洋洋自得地享受着物质的巨大收获与功成名就时，我们没有想到，自私的无限膨胀已经带来了全社会的冷漠，人与人的沟通变得越来越艰难，到处是一片"心的荒漠"。当我们面对邪恶侧目而过，面对苦难没有同情，面对不幸不再有爱……那我们的悲哀与绝望又何其深重呢？而我们活着的意义又在哪里呢？

在我看来，一个作家什么都可忘却，但绝对不能忘却对意义的追寻与发问。正是对意义永无止境的追问把大师与庸人分别开来。一部作品也是如此，是否优秀，往往从意义上看就一目了然。对于伟大与杰出的作品，它必然是能给人非同寻常的震撼与智慧的启迪的。名著之所以能给我们一代又一代的人以营养，其中最关键的还在于意义的确立，这意义自然是非凡的。

从我省的现代戏看来，虽然评论家的指向非常明确，对深度与意义的要求也相当苛刻，但我们还是存在诸多不足。如《山花》，若要吹毛求疵的话，我首先就会放在意义的探讨上。本剧结尾时，秀娘由于七姑的榜样而获得了转变与大家的认可，虽然写得自然，也合情合理，但这种光明的出现还是略显老套与不真实，而且故事发展的节奏被打破，突然变快，与前面的舒缓有致不够协调。另外，由于要出现这种转变，前面就少不了要铺垫，从而给人巧合过多的嫌疑，让人觉得有编的痕迹。在另一种意义上说，这种落套的歌颂与升华式结尾并不是前面剧情所要表达的意义所在，从而在意义上出现了局部的分岔与矛盾，也使意义更加不明。再如《擂皮子七七》，也是由于追求完美结局，意义

病
历

被很大程度削弱了。若能以"七七"为另一种新时代"等、靠、要"的典型结局，那无疑将更深刻得多，也更引人深思与感叹。就像阿 Q 一样，他那临终时极为经典的一个动作与一句话就极为形象地照亮了前面所有的言行。这不仅是主旨上连贯的需要，也是人物自然发展的结果。假若放在今天，我们注定又会把阿 Q 当作有觉悟的革命志士来写，非得给阿 Q 一些思想境界上的升华，从而给读者以希望和光明。这样的结果自不待言，单就意义而言，它实际就等于把前面的努力全部解构了。

我常感到惊讶与不解的是，剧中人物应该是有血有肉有生命的，他的任何变化都应该遵循一定的性格逻辑，遗憾的是，我还是经常看到许多人物转眼之间变成了另一个人，有时这个人又被吊在空中，思想境界高得吓人。这种致命的缺陷在小品小戏中可以说比比皆是，即便就是一些优秀的现代戏，这种情况亦不同程度存在着。如《丹桂情》中的桂珍，《侨乡轶事》中的李振堂，《月蚀》中的汉忠，都把人物的思想境界拔得过高，给人"唱高调"的嫌疑，如果能够踏踏实实地从生活出发，从细微处着手，那显然会更真实，更自然，也更感人。

感人并不是靠拔高思想主题产生的，恰恰相反，要让故事与人物都落在实处，还原到日常生活中来，只有这样，意义的确立才有可靠的根基。丑陋与黑暗并不可怕，可怕的是我们过多的伪装与粉饰。

如果有一天，我们都不必为那"光明的小尾巴"而殚精竭虑，也不必强行扭曲人物前进发展的自然轨迹，而直接走入真实与火热的生活，手写我心，那我想，现代戏的辉煌是指日可待的。

2002 年 8 月 10 日于福州

本体的偏离

——也谈戏剧性与思想性

不可否认，在这样一个时代谈论戏剧是多少有点奢侈的事情，这不仅在于戏剧正离我们日渐远去，而且也因为戏剧正以一种前所未有的面貌出现在我们面前。如今，这种现象的出现已经模糊了我们的视线，使我们对戏剧的理解产生了根本性的偏离。特别是在戏剧优劣的判断上，在戏剧本体的理解上，我们往往丧失了最基本的认识与立场，从而也误导了一些不良现象的膨胀。戏剧的根本要求是什么？什么样的戏才是好戏？这些正成为困扰我们戏剧工作者的迫切需要解决的问题。

一、何为"有戏"？

戏剧的根本要求是非常明显的，也就是说，一部戏的最基本要求是什么？按观众的话说，无非就是要"有戏"。一出戏是否"有戏"，观众当然最有发言权，而这里面的窍门也并不复杂。"有戏"了，观众自然爱看，也才坐得住。可一旦相反，就截然不同了，不仅没人看，还要挨骂。由此可见，"有戏"确实是一出戏的基本要求，它是剧作家首先要做到的功课。当然，"有戏"虽说是最基本的要求，但却不是轻易就可以达到的。相反，想要做到真正的"有戏"却并不是一件容易的事。也可以说，"有戏"甚至成了我们衡量一出戏是否成功的关键因素。

正是如此，研究一出戏是否"有戏"就不再是可有可无的事，而只有真正明确何为"有戏"，我们才能更好地做到"有戏"。在我看来，一出戏是否"有戏"，可以从以下几个方面来看：

一是戏剧的故事。戏剧故事的基本要求是好看，能够吸引人，特别是在这一两个小时的演出时间里能够抓住人。要做到这一点，其中重要的一环就是悬念的设置。戏剧是讲悬念的，一出好戏之所以经受得起时间的无情考验，可以历经几十、几百年而常演不衰，其中一个很重要的因素就是好看耐看。好看才会有人看，而耐看才得以持久。讲清楚一个好故事，这个故事还须耐人寻味，给人一点意思，甚至给人感动与震撼，这无疑不是易事。

这实际上也就是立意的问题，也是戏剧故事更深层的另一个要求。一个故事的选取肯定与作者对立意的要求有着密切的关联，作者思考的深度与广度是决定立意高下的根本原因。每个作家对待不同的故事都会有所侧重，而即使是对待同一个故事也会有不同的理解与处理方式。正是因此，一个作家是否有思想是很关键的，而不是我们常听说的"没有想法"。

二是戏剧的人物。首先，戏剧对人物有自己特殊的要求，那就是这个人物是不是戏剧人物？这个人物是否"有戏"？没有戏的人物最好不要去动他，因为戏是因人而生动的。在生活中，这点道理是很浅显的，正如我们接触的人一样，有的人是天生就有戏的，好玩的，而有的人则是古板的，没戏的，不好玩的。当然，这只是相对的一种说法，关键还在于你是否善于发现。但对于大多数人而言，找到一个"有戏"的人物来写，是可以收到事半功倍的效果的。

其次，戏剧对人物的要求也是相当高的，一出戏要在短短的时间内完成几个人物的塑像，要有血有肉，要能够感染人，这本身就是高难度的标准。在戏剧中，人物不仅要随剧情的发展而发展，人物的性格鲜明与否也至关重要。在不脱离剧情的前提下，如何合情合理地刻画人物，而不是随心所欲地发展，这也是戏剧对人物的基本要求。应该说，一个人物一旦进入了特定的剧情与故事，他的行为与命运就必须遵循一种特有的轨迹。一出好戏肯定是有人物的，这个人物不仅独特，而且往往给人难以磨灭的印象。一个好故事也一定可以找到好人物，这是颠扑不破的道理。剧坛给我们留下了一大批光彩夺目的形象就是明证，如哈姆雷特、李尔王、罗密欧、朱丽叶、娜拉、茶花女，如窦娥、杜十娘、杜丽娘、孟姜女、梁山泊、祝英台、许仙、白素贞、董永、七仙女、张生、崔莺莺等都无不是如此。

戏剧在这个意义上甚至以人物获得了流传，这不能不说是成功塑造了人物的结果。当下的戏剧往往就没有这个荣幸，因为忽略了人物的戏剧性，忽略了人物的情感与心灵，忽略了人物特有的生命力。说到底，就是力不从心，把握不住文学作为人学的本质与核心。

三是戏剧的结构。对于一部戏而言，结构的重要性就更是不言而喻了。戏剧常常讲究局势，讲究节奏，讲究起承转合，这实际上就是结构的要求。我们常说某某戏"有戏"，好看，这在某点上说是指这出戏有悬念，引人入胜，是指"戏眼"与局势设置得巧妙。一个好的"戏眼"是一出戏生动的关键，有的时候，一个好的"戏眼"就可以救活一台戏。如《天鹅宴》中的"天鹅宴"，如《节妇吟》中的"阖扉"，就是如此神妙之"戏眼"。

相对"戏眼"而言，局势则指戏的悬念与设置，这个悬念一旦设置成功，它就自然形成一个期待值，而这个期待值就构成了一个磁场，这也就是局势。在戏剧中，局势营造的成功与否常常是一部戏成功的一半，也是一出戏是否好看的要素之一。一出引人入胜的戏肯定有一个好的局势，这一点在民间传统的经典剧目中比比皆是。如《状元与乞丐》《董生与李氏》就无不如此，它们对于"局"的理解与重视显然帮了其大忙。俗话说，磨刀不误砍柴工，在戏剧中，想好一个"局"就像磨刀一样，它不仅不误砍柴，而且只会节省时间，带来意想不到的收获。

病历

二、戏从哪里开始？

由此也就牵涉到一个问题，那就是如何把握一出戏的"戏眼"与"戏核"？如何知道一出戏从哪开始？一出戏肯定有一个完整的故事，一个故事自然也就有开端、发展、高潮。所不同的是，每一个人对故事的理解各不相同，特别是在立意上往往大相径庭。如何找准一出戏的"戏核"显然是至关重要的，因为它直接牵涉到这出戏的立意与深度。一出戏的戏到底在哪？它吸引人的点是什么？这都是剧作家首先要考虑到的。

戏曲的故事往往是传统而普通的，特别是对于大多数历史戏与公案戏来说，故事常常并无新奇之处，但优秀的剧作家却可以找出它独特的地方，找到自己超凡的理解，这不能不说是一种天才。

就以闽剧传统戏《龙凤金耳扒》为例，它讲述的就是一个很普通的公案戏。说的是清嘉庆时，福清人余世富有两个女儿，长女余桂香许配给杨一清，将出嫁时，与妹妹桂芳争夺"龙凤金耳扒"，想独自占有。刚好表兄陈明亮送玉环来，世富就把玉环给桂芳，而"龙凤金耳扒"一合就作为嫁妆给桂香。后来又发现桂芳与明亮有爱慕之情，因此又把桂芳许配给明亮。

一清成婚之日，巨盗史文龙看中其嫁妆丰厚，冒充贺客，潜身上楼行窃。一清入洞房后，察觉楼上有响声，就到楼上察看，没想到被杀死。文龙趁机化装假冒一清，污辱了桂香，并骗取了钥匙，偷窃了耳扒等物品而逃。第二天一早，案发，一清父母告桂香通奸谋杀，桂香被严刑所逼，妄指与明亮成奸，于是同下冤狱。

案子转到按察司，闽侯知县王绍兰请求代审获准，经慎重勘察，发现线索，终于在连江捕得真凶文龙，因有耳扒为证，一审即伏。桂香当堂撞死，明亮冤乃大白。

显然，这样一个故事初看并无特殊之处，也找不出什么新的东西，但细细一想，却是一出好戏的素材，为什么呢？原因就在于余桂香这个人身上有某种非同寻常的东西。传统本重在故事的传奇与曲折，也重在清官断案本身，但却往往因时代的局限忽略了女主人公的悲剧命运。那个时代不会因为余桂香的死而有任何震动，恰恰相反，甚至还认为她不守妇道，败坏家风，而她的死也不过是一种节气，不死反而不正常的。正是因此，余桂香在那个时代是成不了主角的，即使是主角也是反面的。有谁会同情这样一个弱女子呢？

传统本给我们看的正是这个案子的始末，它的细节与戏都是围绕这一切展开的。它重在讲述这个案情的来龙去脉，甚至还不忘交代姐妹之间的小恩怨与妹妹的婚配。许多无关紧要的游离与枝叶显示了那个时代人们的趣味与好奇心。而从今天来看，简单地复述这个故事已无多大意义，也显得过于老旧，引起我们注意的恰恰是古人不经意中忽略的。这个女人为什么要死？她的悲剧在哪？这悲剧是谁造成的？也许，这才是今天的人们感兴趣的。

一个无辜的弱女子，只因新婚之夜一个并无过失的受辱，却要忍受着巨大的羞耻与无穷无尽的审问，而每一次审问又何尝不是往伤口处撒盐。案情越来越明朗，可这个无助的女人的生命也就一步一步走向了终点。案情大白于天下的时候也就是她的死期。在那样一个时代，谁经受得起这样的羞辱呢？这显然是一出惊心动魄的好戏，它好就好在了这个女主人公的心路历程与案情得到了天衣无缝的联结。旧时代女性在封建礼教的桎梏与束缚下的悲惨命运，以及她那无望的反抗与绝望都是这个故事给人难以忘怀的点。正是因此，因贞节观念的毒害而产生的屈辱就成了一块无形的巨石压在了她的身上，她的性命也因此悬挂在这小小的不可告人的秘密上。当这块遮羞布一层一层地被无情地揭开，她的死期也就一步一步地逼近了。清官断案断得越精彩，凶手日渐浮出水面，这个小女子就越值得同情。这就是这出戏的"戏眼"与"戏核"，而戏也只有从洞房命案才算真正开始。

只有把握住一出戏的"戏核"，我们才能真正知道戏应该从何处开始。而只有知道一出戏从哪开始，我们才能做到尽快地"入戏"，使戏更加集中与简洁。这恰恰是非常重要的一门功课，但我们剧作家却常常忽视了这一点。许多戏之所以不成功，不吸引人，我想其中一个很重要的原因就是没有把握住这出戏的核心所在，不知道戏从何开始，因此也就往往随心所欲，旁逸斜出，令人不知所言。

三、于细微处见戏

对于一出戏，我们不仅要知道戏在哪，戏从何开始，还要尽可能地进入戏的细节，去发掘每一折戏的生动之处，让每一折戏都能吸引人。戏靠一个大架子是没有用的，它只有在细节中才能体现它的精致与完美。我们常常说某个故事是个好题材，这往往是指这个故事"有戏"，有意义的容量，但如何让其有充分的体现与发挥，这又牵扯到一个很关键的因素，那就是剧作家对细节的编织技巧与组织能力。

处理细节的水平常常可以衡量一个剧作家是否优异，而许多经典剧目往往也都有脍炙人口的折子可供欣赏，这都说明了一个事实，那就是忽略了细节的剧作家是很可疑的。戏曲的精髓妙就妙在这细节的处理上，一举手一投足，一招一式都极为讲究。表面上看，短短一出戏就容纳了人的一生，容纳了风风雨雨，悲欢离合，可在细处，它却有闲情逸致，有花前月下，有缠绵悱恻。该疏的疏，该密的密，该略的略，真是疏密有致，起承转合极为自如。欣赏一出精致的戏曲，那种细节给人的空间感是很舒展的，也是最充分的，就像一幅大师的行草书法，写到得意处，兴之所至，往往一字占了几字的篇幅，表面上是多占了空间，但却由此留出了空间，尽得风流，并给了人们无尽的想象，从而也给人以起伏跌宕，灵动飘逸，无不妥帖的享受。

我们常会有一种错误的认识，以为细节处理得过细会让人喘不过气来，会给人造成太密的感觉，而实际上，正是这种细节的铺陈给了我们慢慢欣赏的机会，我们由此才得以领略到戏曲艺术的精妙与闲逸。它的程式，它的空灵，正是在这样的铺陈下展开的。看传统的折子戏，这种印象是极为深刻的。如莆仙戏《白蛇传》中《游湖》一折，从相遇到共渡，从上船到离船，从天晴到下雨，从借伞到还伞，从探问到对答，每一个细节都极有情趣，活生生地刻画出白素贞对人间美好生活的追求与向往，以及她隐隐萌发的爱情与丰富的心理活动。这种惟妙惟肖的细节处理不仅给人以清新的艺术享受，而且由于模拟了生活形态的表演，从而充分地展现了莆仙戏旦角柔美、细腻、委婉的表演特色。

同样，莆仙戏《春草闯堂》中"抬轿"一折也是如此，胡知府急着前往相府探明究竟，可却遭遇春草百般刁难，一个是相府的丫环，一个是半信半疑的知府，一个担心露马脚收不了场，一个怕得罪权贵。春草本想拖延时间，却没想坐上了知府的轿子，而知府成了跟班，短暂的得意忘形已是在所难免，于是便有了这出妙趣横生的折子戏。显然，这种细节并非旁逸斜出，而是塑造人物的极为重要的手段，春草的性格也由此得到了充分的展现。而观众也因此获得了一种轻松的释放，可以悠然自得地欣赏春草的机智与胡知府的傻态。这种机趣显然是至关紧要的，特别对于民间戏曲而言，这种折子就是一出戏的华彩乐章，它会给人们留下难以磨灭的印象。而这恰恰也就是一出戏是否"有戏"的重要构成。

细节正是由此成了一出戏不可或缺的经典部件，而折子则是这个部件中最华彩的乐章。好的折子不仅是为剧情而设的，也是为剧种的特色表演而设的。好的折子起到的作用是多方面的，不论是在出戏上，还是在节奏与结构上，或是在表演上，它都有非常重要的作用。折子戏往往最能保留一个剧种的特色与风韵，看一出传统的折子戏，我们基本上就可了解一个剧种的大概情形。因此，折子绝不是可有可无的东西，它要求我们剧作家对此要有充分的认识，因为要让一出折子集中展示出剧种的个性，要让一出戏因这折子而生动，这并非易事。

四、游离与戏耍

  细节的讲究显然更多在于艺术的追求，它与时代的要求并无太大的关联。可是，戏曲的特征又是与时代密不可分的，即便是折子，我们往往也能轻易地找到时代的影子。特别是在折子戏的游离与戏耍等特征上，我们更是可看到时代在戏曲上刻下的烙印。折子戏常常用适当的游离与戏耍加强了某种戏剧化的倾向，使戏更富于戏剧性。这是一种很奇怪的手段。表面上看是"跑戏"了，戏更不集中了，可更经常的结果是，戏剧性更强了，情节得到了意想不到的推进。如前面提到的《游湖》与《抬轿》就是如此，粗粗一看，主人公只顾玩闹，有些跑题了，与戏的主旨有些背道而驰，可回过头来细想，又非如此。这就是戏曲的巧妙之处，看似游离，实则别有用心，正所谓异曲同工，曲中见奇。

  古典戏曲的这种工巧与举重若轻的特点显然是与时代密切相关的。在一个农耕时代，人们对节奏的理解也与今人迥然不同。在古人看来，这种游离与旁逸斜出的枝叶正是一种生活原生态的情趣，它是适应那个农耕时代人们对闲逸的理解的。可以想象，在一个点着油灯与蜡烛的时代，在一个人们缓步行走的时代，人们是不会觉得戏曲的拖沓与冗长的。这也正是传统戏动辄几十场，长达数小时的原因。传统戏可以把每一个动作都细细分解，让表演的程式得到淋漓尽致的体现。如写一封书信，要先磨墨，拿起笔还要掭一下，抽去杂毛，再一字一字地写。反正就像生活中一样，力求原生态。

  当然，从今天看来，这些过于琐碎的表演已经大可不必，它就像是一场"模拟秀"，在如今司空见惯、见多识广的人眼中已显多余。需要澄清的是，细节并不等同于烦琐的表演，而是刻画人物必要的手段与技巧。一个时代有一个时代不同的细节要求，只有找到适合于今人的细节表达，我们才能做到真正的"有戏"。游离与戏耍的选择就更是如此，虽然它也是戏剧性的一个重要方面，但若是随心所欲，那也将不可避免地带来错误的后果。传统戏中常有随心所欲的旁逸斜出，这更多是一种丧失剪裁能力与不成熟的体现。一出好戏，它的游离是有分寸的，它绝不等同于跑题，而是围绕着中心行进的。

  再以莆仙传统小戏《王安石》来看，它写王安石有一次微服出巡，在上丰

病历

县城发现挂有幅画，上画猛虎一只，并写有一"壁"字，王安石不解，刚好遇上一算命先生，于是邀到家中细问。才知原来是百姓反映青苗钱的举动，"壁"字就是指"宰相从头错，君王一点差"之意。王安石又来到郊外，看见百姓将所养猪羊都取名为王安石，王详加追问，才知因发放青苗钱，污吏层层加利，百姓还不起，于是归怨王安石。就在这时，刚好有县里的衙役催讨青苗钱，肆意横行，王与其理论，被抓至县衙。县官发现是王宰相，欲开释他。王安石却以宰相受刑须天子方能开释为由，负枷到金殿面君，诉说所看到的情况，请求严惩污吏，收回青苗钱，改为不收利息，发放于民。帝准其所奏，当殿开枷。

就是这样一出小戏，我们足可见其取材匠心独运的地方。细节之生动自无须复述，就以结构来看，也颇为大气，大有一波三折之奇效。一开始就有游离之妙，实是欲擒故纵，轻轻一笔荡开，举重若轻，谜底一揭，反映的却是大主题。从一幅看似无关的画开始，悬念已经悄然铺开，谜底一揭，另一疑团又飘然而至。疑问解除，意外接着产生，本想到了县衙一切没事，没想王安石又节外生枝，只到大家的疑问与王安石的问题一起解除。由此，一个敢作敢为、一心为民、有勇有谋的活生生的改革家形象展现在我们面前，真是有血有肉。正是篇幅虽小，五脏俱全。

在民间戏曲中，这种游离与戏耍的特性常被使用得淋漓尽致，从而给戏曲一种别样的情趣，如芗剧《母子桥》就是一个很经典的范例。《母子桥》讲述的故事更是简单明了，它甚至通过一个略显荒诞与滑稽的"找母亲"的主题把一系列可笑的细节串在一起。戏的悬念与结构都非常简明，但不断出现的意外却产生了极大的戏剧性，这种游离与戏耍显然来源于民间独特的智慧，因为它充满了自然的机趣。当然，这种游离与戏耍恰恰是为"找母亲"这一主题服务的，正是由于儿子"娶了媳妇忘了娘"，加上婆媳不和，故事的游离才有其合理的理由。因此，游离是故事在合理性基础上的一种自然延伸，是戏剧性的一个重要组成。

五、何为"好戏"？

戏曲的这些特性由此构成了一出好戏的基础，一出好戏肯定是"有戏"的，但并不等于有戏的都是好戏。好戏的要求除了"有戏"外，它应当还包括好看与深刻等内涵。也可以说，除了戏剧性，一出好戏还应有观赏性、艺术性、思想性等内容。而实际上，这些内容又都是相互关联的。比如说好看时，它往往就包涵了"有戏"，有艺术性，有思想等内涵，并没有截然分开的意思，只不过是有所侧重而已。我感兴趣的是，中国戏曲的审美常常只在意于技艺与程式，只在意于故事的离奇曲折与惊心动魄，甚至只在意于曲子的悠扬与演员的相貌嗓音，而对这出戏能否传达给人思考是不太在意的。

这实际上也就是中国人在对待"好看"上的一个误区，我们常常以为"好看"是表面的，可见的，却没想到"好看"还暗藏着某种精神与心灵的满足。特别是在不可见的思想上，人们由于生存的重负与苦难丧失了思考的兴趣与能力。在这点上，不否认观众的素质与文化水平是有决定性影响的。当你几乎天天脸朝黄土背朝天的时候，当你处在一种懒于思考的状态时，你的兴趣显然就更多在于外在的技艺与声色，而纯粹地欣赏一种艺术的美，在这种艺术上找到愉悦与释放，显然也更符合人性，更符合中国的传统规范。正是因此，戏曲等艺术也就更是力求精致，力求一种外在的可见可感的美，而对于内在的不可见的却不去强求了。这也正是中国悲剧相对缺乏的一个重要原因。

当然，中国戏曲的及时性与思想性还是不用怀疑的，特别是在元代，它书写的正是那个时代特有的历史与现实。时代人物的命运与情感，社会的状况，都在剧作家的笔下清晰可见，如《窦娥冤》《西厢记》等都是如此。元杂剧那极强的现实针对性与其繁盛的关联是很值得我们思考的。在我看来，这种关联的密切是不用怀疑的，正是基于元杂剧对现实非常及时的反映与揭露，元杂剧才深得百姓的喜爱，因为他们被压抑的情感在剧中得到了释放，从而获得了满足。能够把百姓不敢说的说出来，能够为百姓伸张正义与冤屈，这种勇气无疑就是一种思想的体现。

思想性很大程度上是与对现实的思考分不开的。现实的黑暗与丑恶，现实的贫乏与缺失，人在现实社会中的尴尬境遇，都是思想诞生的最直接土壤。一个剧作家若丧失了对现实的敏感性与洞察力，那他的思想是很值得怀疑的。只有深深地根植在现实的土壤中，我们的思想才有鲜活的生命力与针对性。历史题材并不是不能写，而是要看你能触及什么样的现实，能找到怎么样的契合点。当然，通过历史来反观现实毕竟是有隔阂的，它远不如直截了当地面对现实那么有力量。这里就牵涉到环境与社会等诸多因素，也牵涉到剧作家的勇气

病

历

与抗争。如关汉卿写《窦娥冤》就是如此，虽然压力重重，但他还是坚持发出了正义的声音，从而也给我们留下了不朽的经典。

因此说，对于一出戏来说，思想的分量是不容忽视的，有的时候，思想甚至占据了最为重要的位置，它往往能够清晰地决定一出戏的优劣。一出好戏，特别是经典的好戏，它肯定是有深广的思想的，这种思想是可以影响与震撼人的。这说到底就是一种精神，一种思想的感召，而艺术的最高境界莫过于此。不否认中国戏曲在这点上是相对贫弱的，甚至在一部分精品与优秀剧目上，这也是我们戏曲的薄弱环节。我们对待戏曲的评选常常是退而求其次，这点毫无疑问也是应该引起我们注意的。

相对于取得长足发展的别的文艺门类来看，我们的戏曲主要还不是落后在技艺与技巧的修炼上，而是在反映现实的深度与广度上。每看一出戏，我们只看到了古老得老掉牙的无关痛痒的故事，只看到了千年如一日的没有任何创新的技艺，这怎不叫人寒心？戏曲的这种现状显然是不容乐观的，因为我们对什么是好戏已经丧失了起码的标准。在我们一次又一次降低了思想的标准时，我们的艺术注定是空洞而无力的。

没有对时代与社会深入的揭示与发现，没有对现实生活投入火热的激情，那我们的创作注定是苍白无力的。一个剧作家若没有这种时代的使命感，没有敢闯敢为的勇气，只会编些无关痛痒的故事，玩弄些编剧惯用的技巧，那他是很可怜的。从今天的剧坛看来，剧作家大多远远落后于时代与现实，他们翻来覆去搞的也大多是历史素材的"旧饭"，没有太多新的解释与发现，这说到底是一种很可怕的浪费。这样的重复"建设"到底有何必要？真是令人匪夷所思！

六、"有戏"与"好戏"

一出好戏显然不仅是有戏的，而且还应包括思想性的内涵，而思想性恰恰又是有戏的一个重要内容。好戏肯定是有戏的，有戏是好戏的基础。它们之间是相互依存，互为表里的。同样，戏剧性与思想性是完全可以统一的，而不是对立的。强调戏剧性并没有排斥思想性的意思，而强调思想性也同样没有否定戏剧性的存在。它们并不矛盾，也不对立，而是相互依存的。因为，只有思想

我们文学的疾病

得以充分体现，一出戏才更可能"有戏"，才使戏剧性得以强化。一出戏的戏剧性效果是否显著，我想是与它的主旨思想分不开的。脱离了戏的主旨思想，这出戏的戏剧性就有戏闹的嫌疑，从而降低了它的艺术感染力。

正是因此，一出戏的戏剧性往往是建立在思想性的前提下的，而戏剧性往往也包含了思想性在里面。就以前面提到的传统闽剧《龙凤金耳扒》来说，其戏剧性自是很明显的，其悬念与结构也很吸引人，但作为一个老而又老的题材，"炒旧饭"显然没有多大意义，在原有的公案戏的框架上也找不出什么新意。正是由此，如何找到一种时代性的理解与思想？如何在原有的故事中发现新的戏剧性？这就成了非常重要的功课，也是决定这出戏能否出新出奇并获得成功的关键因素。许多传统的题材并不是不能重新上演，而是要看你能否在其中注入新鲜的思想与血液，能否发现别人没有发现的戏剧性。

在《龙凤金耳扒》中，当你把注意力转入到女主人公余桂香的悲剧命运上时，你实际上已经获得了全新的思考与理解。因为传统戏一直是以清官断案为主要线索的，它关注的只是这个离奇的案子与破案的过程，这也就是传统公案戏的戏剧性。显而易见，这种戏剧性是较缺乏思想的，它要么歌颂清官为民申冤，要么控诉旧社会旧体制的黑暗面，总之，还比较难以抵达人性的层面，也比较难以揭开旧时代个体那孤苦无助的生存困境与悲惨遭遇。而一旦从个体的人出发，从人性出发，我们就会清晰地看到女主人公身上所显示出的思想。这种思想所蕴含的力量显然是一般的公案戏不能达到的，而其中包含的戏剧性也明显更加强烈。

一出戏的戏剧性与思想性因此紧密相融在一起，这是许多人都没有想到的。正是没有好的思想与主题，就不会有好的戏剧性。戏剧性正是围绕着一出戏的主题展开的，主题是否包涵了强劲的戏剧性，这恰是一出戏能否成功的关键。我们可以轻易地看到一个故事所具有的思想含量，也可以看到在这个思想背后故事所具有的戏剧性，但奇怪的是，我们剧作家却常常忽视了这一重要关节。有的戏很有思想，但却没有戏剧性；有的戏很传奇很曲折，但却没有思想性。这都是一种不成熟的写作。

如写瞿秋白等革命人物的戏，如写现实中先进典型的戏，大多就如前者，有思想，但却往往找不到戏剧性。这说到底就是不懂得从小处着手（如前面提到的《王安石》就是从小处着眼获得成功），不懂得找正面人物的缺点，而受了"高、大、全"思想的毒害。而思想也是空洞的拔高的思想，只习惯于仰望这种人物，而不敢俯视他，不敢揭其短，从而让这个人丧失了普通人应有的人性与可爱。这样的戏注定是要失败的，因为它不仅没有生动与可信的戏剧性，就连它的思想也是站不稳的。

而对于许多戏而言，特别是在一大批老剧作家与中年剧作家身上，他们的戏却不缺乏戏剧性。他们写历史上的知名人物，写旧社会女子的爱情，往往是驾轻就熟，戏铺展得有条不紊，有传奇有曲折，有戏曲的真韵味，但就是还缺少了一点什么。这种四平八稳的戏在历届戏剧节艺术节上都随处可见，甚至还能大放异彩，真是令人感叹！也许，我们的戏剧真是走到尽头了，不然，我们为什么要如此"轻生"呢？我们确实轻看了自己，因为我们还不至于沦落到如此没有思想的地步。我们的剧作家曾经是最优秀的一个群体，也曾经走在时代的前沿。回想二十世纪的辉煌，我们本不该如此不自信。那这一切到底又是为什么呢？

说到底，就是我们的思想停止了，我们放松了思想的要求。没有了思想，戏剧性又能建立在什么之上呢？一出好戏，归根结底，仅仅有戏是不够的，它还要能给人一点启示，给人一点思考，甚至给人以想念，而这仅仅是有戏就够的吗？有戏说到底只是一出戏成功的基础，是一出戏成功的必备条件。我们不要因此就忽略了更为紧要的思想，因为只有在一个丰满而有力的思想下，我们的戏才会耐人寻味，才经得起观众无情的挑剔与考验，才会真正的有戏。

2005 年 8 月 13 日于福州

病　　理

生活的距离

一、无力深入的生活

如果我们不是睁着眼睛说瞎话的话，那我们应该不会否认一个事实，那就是我们的生活是相当无力与乏味的，我们实际上早已感觉不到生活那绚丽多姿的光芒。我们麻木地张望着外面的世界，空洞地等待奇迹的出现，可一切依然如此了无生趣。生命在枯萎，生活没有色彩，一切按部就班。天天重复着同样的生活，没有创造，没有变化，有的是单位的闲聊与杂七杂八浪费生命的付出，是家庭没完没了的感情内耗与无谓的时间牺牲。为了生活，我们过的是没有生活的日子，为了理想，我们过的是没有理想的生活。这就是我们目前真实的处境。

1. 浮在生活的表层

我们的生活实际上只是象征意义上的符号化的生存，而不是真正的生活。当工业革命把人们变成一张张证书，变成一台台机器之后，我们的生活已经日益演变成一种习惯的手势，一种固定的动作。时间是固定的，办公室的动作是固定的，回家要做的事也是一成不变的，除此以外，一切都不外乎与事业与名利有关的应酬交际。人的发展已被限定为某个目标，他的轨迹就如火车的轨道一样没有意外。人们天天做的都是一样的事，都是一样的波澜不惊的生活，人们所能知道的生活越来越少，也越来越精，可又无一例外地浮在这种生活的表层。

这就是我们当前的生活，是我们生活的实质。表面上看，我们活得多彩多姿，活得有声有色，而实际上，外界一切的喧闹都与我无关，城市大街上的繁华构不成我们生活的元素，我们与这一切色彩是隔绝的。当然，就更不用说城市底层的生活，那些无产者与无业者，那些流浪街头衣不蔽体的人，那些被侮辱与被损害的人，他们的苦难与眼泪，他们的愤怒与绝望，这一切对于我们而言就更像是隔靴搔痒。当我们对自己的生活尚且顾此失彼的时候，我们又有何能力再深入别人的世界呢？在这种枯燥乏味的生活面前，在城市坚硬的面孔面前，我们注定对别人那火热的生活形同陌路。

我们的作家无疑就更是如此，特别是当我们的作家都娇气到只能生活在城市的时候，他们的生活就更是浮在了社会与现实的表层。这点是显而易见的，因为城市提供给作家的住宅不外乎套房与别墅，工作也就是体制内一成不变、养尊处优的工作，除此以外，就是人人趋之若鹜的名利场。自由职业作家表面上看会好一点，时间也宽松得多，可他们又有多少投入那真正的生活呢？还是在名利场，还是关在象牙塔内出不来，他们更愿意急不可耐地推销自己的名声，更愿意急功近利地炮制道听途说的作品，以免消耗尽身上那一点可怜的作家的光环。

世界是如此坚硬，竞争是如此残酷，为了那一点可怜的理想，我们只有和时间赛跑，我们朝着目标飞奔，生活由此变得日渐单一，目标从来也没有这么清晰与直接过。在这种赤裸裸的利益面前，我们别无选择，为了自己，我们注定要掩藏爱与同情；为了功利，我们注定要牺牲更为丰富的生活。在这种日复一日机械重复的生活面前，我们注定无能为力，注定要飘浮在生活的表层。

2. 想象的大限

当一个作家浮在了生活的表层，他不可避免地要动用想象的武器，因为他的生活非常有限，可又要不停地写下去。这样的时候，他一方面要借助于信息的来源，一方面又要借助于想象的能力，依赖于超乎常人的想象来完成作品的创作，这是每个作家都要做到的。所不同的是，有的人可以用纯粹的想象去完成，而有的人不行。不否认有这样的天才，但这样的天才绝不可能一辈子都这样做，因为想象是有大限的。

想象的大限还是在于生活的不可重复，每一个人的生活不会重复，同样，作品中的生活也是不可重复的。当我们只依赖于自己的想象的时候，我们注定要编造，而编造就会有痕迹，会重复，这样，读者肯定是不会满意的。因为生活对于某个具体的人来说是真实而唯一的，是鲜活的，它不是编造所能完成的。想象只有建立在丰富的生活经验之上，它才会有扎实而可信的根基。即使就是科幻类的作品，它的想象同样是建立在现实生活的根据之上的。过分脱离现实生活的异想天开是不能让人信服的，也是不可能取得成功的。

说到底，作家的想象大都离不开自己对生活的体验，只不过是把自己的经验嫁接到主人公身上而已。所谓的想象也大抵如此，并不是凭空捏造，更不是无中生有，而是在自己的生活库藏中找到最适合于作品中人物的材料与细节。许多名著看起来有着无比丰富的生活，想象极尽绚丽，而实际上又无不是作家自己生活的写照。要么是写自己，要么是写自己身边最为熟悉的人物与生活。因此，想象就更像是攀爬在生活大树上的藤蔓植物，没有了生活这棵大树，它也就无从生长。

这就是想象的大限。一个作家如果过分依赖于想象的能力，而忽略了真实的生活，那他注定会被想象的贫乏所困扰。因为没有了多姿多彩的生活，想象必定要枯竭。编造虽然可以没有止境，可脱离了生活的编造又是毫无意义的。人们对作品基本的要求是真实，是善与美，而不是虚假的胡编乱造。

二、表层：欲望与符号

1. 作家眼里的现实

这个时代的作家注定要穷尽想象的大限，因为他们自身生活的局限是显而易见的。正是因为这种局限，作家眼中的现实也就变得捉襟见肘、模糊不清。可以看到，大部分作家对这个时代的思考都是漫不经心的，他们对现实的把握更多是无能为力的，因此，作品透出来的更多只是一种表层的现实与生活，而对底层深层的现实避而远之。作家无力做出深入现实生活的准备与承诺，同样，他们的作品充斥着的便更多是一种无病呻吟、无关痛痒的生活。

作家生活圈子的狭窄注定是要影响到他的创作的，尽管大部分作家对此都不以为然。读遍作家们的创作，我们可以发现一个铁定的规律，那就是没有充足的属于自己的生活积累是不可能创作出令人耳目一新的厚重的作品的。特别是那些光彩夺目的佳作巨著，其中那波澜壮阔的生活与现实，那恢宏的历史画卷与翔实的细节，无一不是作家生活与经验的写照。即便是那些看起来只靠编造而成的"成人童话"与侦探小说，它们也无不以作家的生活与丰富的学识研究为根本的。柯南道尔与金庸的博学自不用我啰唆，就是他们亲口讲述的关于写作技巧的话里，也没有多少关于想象与编造的技艺，而更多的则是情感与生活的积累，是知识与学习。

俗话说，文学即人学。高明的作家注定不会把兴趣仅仅停留在编造曲折离奇的故事上，更不会把写作基本功的技巧与想象当作最大的敌人，而是要把焦点对准活生生的复杂的个人，因为人是宇宙间最奥秘的存在，也是吸引作家无尽创作的动力与源泉。作家眼中的现实只有一种，那就是人，是活在社会与现实中的形形色色的个体。他们的丰富性与复杂性折射出来的正是这个时代、社会的变化与特征。

每一个作家都在写这个时代与社会中的人，他们笔下的人物也或多或少地寄予他们的思考与期望。有的人对时代与社会的思考是极其深入的，因此他们发现了那个时代与社会的典型人物，这种人物因此成了那个时代的象征与写照，成为文学长廊中不朽的形象。这样的作家自然是成功的，也是不朽的。但对于大多数作家来说，他们却还有一个自始至终也没有解决的问题，那就是他们一直也不明白人物对于作品的意义，也不明白"文学作为人学"的本来意义。他们对人的研究与思考都只停留在大众水平，没有更多自己的东西，更没有发现能够表现与揭示这个时代社会本质的人物。

我以为，这样的人物不是表层现实中的，也不仅仅是代表成功的大人物，而是没有被社会现实完全掩盖的那一小部分，是社会最真实的隐藏最深的那一部分，是底层的不起眼的小人物，是备受欺侮的不屈的小人物，甚至是这个社会的"多余人"。如守财奴葛朗台，如德伯家的苔丝，如《巴黎圣母院》中的敲钟人，如《红与黑》中的于连，如卡拉玛佐夫兄弟，都是如此。因此，我们眼前的现实并不能轻易成为作家眼里的现实，作家眼里的现实是经过思考与过滤的，是更为准确而凝练的现实。当我们以为任何人物都可以进入我们创作视

我们文学的疾病

野的时候，我们实际上已经放弃了我们对现实最基本的思考，也放弃了对写作最起码的尊重。

2. 城市的欲望与表象

既然现实是作家眼中的现实，作家对现实思考的深度与广度便举足轻重。一个作家的成功显然也就与他对现实思考的深度与广度密切相关。如今，我们的作家已经几乎成了城市的上层物种，不敢说他们都成为上流社会的一员，但至少都有点小资产阶级或中产阶级意味。前一段就有不少学者大谈中产阶级，现在暂且沿用这一说法，既然是中产阶级，自然就还有"上产"与"下产"阶级，这和以前提地主、富裕中农、贫下中农实际上是一个意思，还是一种占有物质多少的区分。作家能够集体进入中产阶级，这大体上也是这个时代的中国特色。而在古今中外大多数作家身上，我却不敢那么乐观，如果平均起来，那我想顶多也就是解决了温饱的阶级而已。

即使从一些富足的作家身上，我看到的也往往更多在于一种精神与生活的富有，而不是金钱与权势，如托尔斯泰、莎士比亚、海明威、川端康成、鲁迅等都是如此。他们并不是以物质的富有为己任的，而是在灰暗与复杂的现实面前点亮读者的眼睛，让读者的心灵得到启迪与营养。

如今，我们的作家已经没有了如此远大的志向，他们与我们一样身陷意义的迷茫，处身于乏味的都市，他们的眼睛里同样只有欲望与物质的追逐。名利在招手，繁华的大街在招手，别墅与宝马在招手，他们有的是凡俗的心，就像这个时代的许多出家人一样凡尘未了，独独缺少了静心与指引心灵的追求。什么样的心灵就会写出什么样的作品，没有一颗大质量的心灵作后盾，想要写出厚重的指引别人心灵的作品是不可能的。因此，一切还在于自己是否有一颗追求与负重的心，是否要为别人做些什么，而不仅仅是制造文字垃圾与泡沫。

显而易见的是，如今的作家对城市的现实丧失了最基本的思考与判断能力，他们同构于城市表面的繁华与欲望，同构于城市那浮浅而坚硬的生活，他们的生活是单调的，他们对城市的认知也是极为浅表的。除了自己的上班下班，还有家庭，我想如今的城市人最丰富的生活就是外遇了。正是因此，时下大部分的小说出示的生活也不外乎这么几点：要么是一种工作形态里的故事，要么是一种与家庭相关的故事，再者就是这种形形色色的外遇故事。或者是自己的，或者是听来的，或者是看到的，反正是道听途说的一类，加上点自己的小聪明发挥一下，都在炮制生活的泡影，都不是真正的生活。表面看来，小说有感受，有生活，也有细节，可这些细节组成的生活说到底还是泡沫，为什么这样说呢？因为他们都只写到了我们目前这种无聊与乏味的生活，只写到了这个城市生活表层那光怪陆离的泡沫，而与城市生活的实质相去甚远。

实际上，大多数人对于城市也谈不上有什么深刻的认识，大都也只有一种模糊而不确定的印象。城市到底意味着什么？我们的生活是否幸福？没有人深入地追问，更没有人揭开城市生活的本质。大多数学者与作家对此的态度是极为暧昧的，甚至于还有不少人对此抱着极为低俗的物质欣赏的态度，这真是令人发指！想起当年的卡夫卡，还有更多的前卫艺术家们的杰作，他们对城市人的存在所作的思考与发问，对城市所代表的欲望的分析，我真是忍不住一阵阵的悲凉。

到底是什么瓦解了我们对城市的警惕呢？又是什么遮蔽了我们对城市本质的认识，并让我们对城市投寄了如许多献媚的眼光的呢？城市真的只是繁华的商业大街与购物？或者只是享乐与欲望的无限扩张？什么是城市的表象？什么才是城市的实质？这些不由得我们不去思考。

说到底，我们的作家与大众最大的区别应该在于他们的思想，在于他们思想的过人之处。也就是说，当我们大众的眼里只剩下钱与享乐的时候，他要指证我们这样不行。当我们说有钱凡事都行的时候，他要告诉我们有钱并不是万能的。当我们热衷于名利与地位的追逐而不顾一切的时候，当我们的社会遍布了冷漠与无爱的时候，他要揭示这样的社会是一种病。只有这样，他才能真正进入城市生活的本质，才能发现同样的司空见惯的生活背后的实质，才能把作品带到一个更高的境界。

3. 符号化的农村

还有一种现实也同样免不了被不断地误读的命运，那就是农村。大概是这几年城市进程的迅猛发展，我们作家对于农村的误读要远远大于城市。农村的现实在作家的笔下正日益呈现出一种符号化的倾向，大多数作品对农村的理解与描述还停留在二十世纪八十年代以前，表现的无不是苦难、落后与田园的诗意。要么是诗情画意、善良纯朴，有着田园牧歌式的美丽，代表着人类精神理想的家园；要么是苦难、贫困与落后的代名词，是一种与城市文明相对的愚昧落后。总之，摆脱不了这两种很容易被符号化的倾向。

可事实真的是如此吗？或是还有更大程度上被我们忽视的东西？就像城市被我们简单地理解为欲望或堕落一样，难道乡村就是一种田园与诗意的象征，或是简单意义上的苦难与落后？显然，这一切都未免有些太过简单。农村的实质是什么？农村与城市的区别在哪里？它对我们到底意味着什么？这些问题只要我们没有仔细地想清楚，那我们注定是写不好农村的现实与生活的。

在中国这片广阔的土地上，农村的分量无疑是很重的。在某种意义上甚至可以说，离开农村的现实就等于离开了中国的现实。中国说到底还是一个以农业为主的国家，农民说到底还是国家的主体。对这个事实熟视无睹势必看不清现实的实质。因此我以为，中国的巨著是离不开对农村现实的书写的，至少就眼前而言，农村都是中国作家绕不过的一道关键课题。说这些目的只有一个，那就是强调中国作品的农村品格，强调中国作品必需关注的现实，脱离了这一现实，这样的作品到底能否代表中国文学的成就？这是非常可疑的。

这就是一种认识上的问题，也是一种态度上的问题，中国作家对农村现实的处理首先就存在这种认识与态度上的问题。只要这种问题没有解决，中国文学的希望就是很微小的。俗话说，态度决定一切。没有一个正确的态度，一切就不会有好的开端，更不会有好的结果。农村之所以被拒之千里，我们与农村之所以如此隔膜，关键的原因也就在此。因此，解决我们作品对农村现实书写乏力的症结就在于我们的认识与态度，只要这个态度没有转变，现实与我们的距离注定是无法解决的。

没有对农村与农民的热情，没有对这片土地刻骨铭心的热爱，写作说到底就只是一种文字游戏，是一种无意义的劳作。农村之所以被无限期地符号化，农村的生活之所以离我们如此遥远，说到底就在于我们的作家对农村缺乏热情。由于长期生活在城市，长期与农村隔绝了血肉联系，农村的形象被固定在某个特定的记忆之中，特别是童年对农村的记忆，总是被作家们不经意地放置到今天的语境中。这就是一种错位，这种时代与记忆的错位就导致了明显的判断失误，从而加重了符号化的倾向。

三、对真实的畏惧

1. 现实是什么？

显然，造成这种现实理解误差的正是源于我们对现实热情的缺乏，而对现实丧失热情也正是我们创作乏力的最根本原因。现实是什么？我们生活在什么样的境况之中？这是我们必须清楚地认识到的。一个时代，一个国家，一个民族，他们眼前面临的困难是什么？他们生存的指望在哪里？他们的追求与盼望，他们的困惑与迷茫，都是我们要深入了解的。只有与现实生活同呼吸，与时代社会同脚步，我们才能真正把握住时代的命脉，才能看清现实的真实状况。

很多时候，不是我们对现实缺乏了解，而是我们不敢去深入，怕深入带出现实的真实。当我们习惯于生活在虚伪与温情脉脉的现实中的时候，我们对真实免不了存在一种畏惧感。我们惧怕真实的裸露，惧怕赤裸裸的揭露。现实不总是一片美好的，生活也不是一片光明的，当你的眼睛投注到现实的阴暗面的时候，一切也就有着更为本质的认识。遗憾的是，如今的人们往往只相信可见的，只相信表面的，而对深层的、不容易看见的既往不咎，或者是力不从心，或者是一叶障目，总之缺乏应有的警觉与判断力。

以城市而言，城市绝不是欲望的简单符号，而是在社会大变革与时代进程中一切矛盾的集中营。以城市为背景照样可以反映出这个时代恢宏的画卷，关键还在于你是否深入到城市剧烈动荡的核心，是否真正进入了城市生活的中心地带。只停留在想象与书斋显然是不够的，而仅仅满足于"小资"生活的狭小空间也是捉襟见肘的，因为生活的广阔无法复制，更无法编造。如对于城市中很重要的一个群体——失业者与农民工的生活，我们作家的笔就相形见绌了。至今为止，我还没有发现对城市底层人们投以极大同情与关怀的作品，更别说能够准确而令人信服地反映他们的生活。更多的情况是，那些生活都是靠一点可怜的想象编造的，其中不是塞满了诗意，就是隔靴搔痒，极不真实。

农村的情况也不例外，可惜的是没有人思考，没有人直面这种真实。想当年，鲁迅以一篇《故乡》直抵当时农村的苍凉与世态变迁，以一篇《祝福》直达农村社会的炎凉与人情的冷暖，而《阿Q正传》对当时社会的准确反映就更不用说，它们虽用墨不多，可却远胜于时下许多无病呻吟的中长篇小说。我在想，只要稍有一点经验的人都会对春节回乡村过年有深刻的感触，而乡村变化之大也是轻易就会有的印象。乡村社会结构的巨大变化，传统道德与伦理的土崩瓦解，美好与诗意的分崩离析，人情冷暖的巨大变故……所有这一切，我想只要稍加深入就会有明确的认识，而不是总在作品中写那无谓的久远的记忆。

这种现实为什么总是让我们的作家熟视无睹呢？说到底就是没有生活，回乡也是浮在表层，只知道访亲问友，只知道装模作样地嘘寒问暖，目的也就是炫耀自己的成就与地位，直到走了才想起，原来连停下来与亲朋好友深入交谈的机会也没有，都只是蜻蜓点水，哪能了解农村的实质？我每年都不止一次地做这样的往返，当然就更知道这样的往返有多大的欺骗性。可我们的作家却连这样的往返都要数年才一次，却硬要说自己是农民，称自己是农民的儿子，称自己是深刻了解农民的，这真是莫大的讽刺啊！

现实就是如此，当我们农村的现实离我们越来越远的时候，我们的作家都还在信誓旦旦地声称，他们最了解的正是农村的生活，因为他们对城市本来就谈不上有多深的了解。这正是我们作家眼前最为真实的写照：对城市的生活不深入，所知甚少，对农村的生活又停留在记忆之中，隔膜得很。

2. 遮蔽与裸露

当然，现实之所以如此容易被误读，其中一个重要的原因还在于现实常常是被遮蔽的。裸露的现实可能也是极为重要的，但仅限于对裸露的现实进行观察肯定是远远不够的。就像我们的生活，裸露的常常是我们愿意展示给大家的部分，而更为真实的却是被掩藏的。我们文学的意义更大程度上不是展示裸露的这一部分，而是挖掘出被掩藏的更为真实的那一部分。因为遮蔽的才是更为本质的现实，是真正意义上的现实。

裸露与呈现在大家面前的生活与现实说到底有诸多的虚假与欺骗性，当一个作家毫无选择地把它展示在我们面前时，我们免不了要受骗上当。而更进一步地说，这种现实如果没有更深的意义指向，那它存在的价值就非常可疑。因此，文学并不是简单地还原一种生活的形态，也不是把大家熟知的生活简单地展示给读者，而是要发掘被人们忽视的那一部分生活与被遮蔽的现实。正是因为它那全新与陌生的阐释，我们获得了新与异的震撼，也获得了全新的认知世界的方式。

从另一种意义上说，现实虽说是常常被遮蔽的，但一定也会有无法遮盖的那一部分，这一剩余部分也就是我们文学存在的价值。现实是非常强大的，也是不讲道理的，当经济与上层建筑的铺展覆盖到社会的角角落落时，文学的价值就在于发现未被遮盖的那一部分，或者是某件事，或者是某个人，而说到底就是具体的人。这样的人可能与这个时代格格不入，不为这个社会所容，但他却恰恰代表了某种真实而可贵的存在，代表的是某种不屈的声音与反抗。正是这样的人，表面上看是不合时宜的，是社会的极少数与"多余人"，而实际上却是正确的，代表的是真理行进的方向。

这样的人，表面上看是被社会与时代抛弃的，是落后与不合群的，是被遮蔽的，但他靠仅存的一口气活了下来，是勇气给了他不屈的坚守与抗争，而这种抗争组成的合唱最终会有重见天日的那一天。因此，他们说到底还是无法被彻底遮蔽的，只要我们善于发现，勇于挖掘，我想，这个社会被遮蔽的那一部分与剩余的部分就会渐渐显露出来。文学的意义肯定就在于这一部分的价值，在于肯定他们存在的意义，而不在于人们司空见惯的权势与名利。

这实际上也就是另一种意义上的真实，是现实的背面，而不是正面。当大家的眼睛里只有现实表面那醒目的繁荣与欲望，只有"各私其私"的利益的时候，现实必定还有隐藏在另一面的坚守着"道"的小部分人，这些人正是这个社会最为尖锐的抗争者，他们与社会的紧张关系构成了这个时代最令人难以忘怀的风景。在这一部分人身上，凝聚的恰好就是这个社会最为集中的矛盾，折射出来也正是这个时代最为有力的缩影，因此，写出这一部分人的伤与痛，写出这一部分人的爱与恨，恰好就是最为直接与最为有力的对现实的反映。现实是什么？现实通过哪些人来反映？我想，只要仔细地想清楚，一切也就迎刃而解了。

3. 真实距离我们有多远？

能够拨开遮蔽在现实表面的烟尘而直抵真实的那一部分，这样的作家显然是有思想的。一个作家倘若没有思想，那他注定只能触及现实的表皮。这点在时下一大批小说中可以很清晰地看到。当然，还必须看到一点，那就是这种思想并不仅是停留在现实的发掘与理解上的，它理所当然还包括了对人物心理现实的把握与探求。我们之所以会认为某部作品、某种现实提供给了我们无比真实的感受，我想一个重要的原因是它暗藏了我们内心某种隐晦的欲望与动机，揭穿了我们真实的某一部分内心生活。现实绝对不仅仅是一种表面的可见的生活，而是内心生活更大程度上的指称。文学是人学，它直指人的内心，只有勇于探索人的内心世界，真实才不会距我们太过遥远。

我们的作品常常让我们看不到现实真实的存在，其中一个重要的原因就是我们对现实过于疏远，对生活没有热情。而具体到人，那就是对作品中的人物不熟悉不了解，只靠一点可怜的想象与小聪明在编造，在复制。我以为，这种状况的形成有客观的原因，但更大程度上还是作家自身的问题。特别是自身思想的贫乏，丧失了思考的能力，导致了作家的整体思想贫血症。这个时代的作家真是无法望前辈作家的项背，更不用说"五四时期"的作家。确实，这个时代的作家从来就没有担当起任何思想的责任，更不用说疗救什么。思想的合唱是不可能的，独唱也是屈指可数，而且微不足道。处身于这样一个群体，你又能指望他们给我们怎样的作品呢？

我们到底是在什么时候陷落到如此悲惨的境地的呢？到底又是什么，让我们失去了追寻真实的渴望与勇气的呢？说到底，一切的症结又还得回到人的自身，扪心自问，我们什么时候真正关心过自己的灵魂？我们的灵魂什么时候栖息过？我们不都在为名为利奔波吗？我们的眼中不都只剩下享乐与欲望了吗？谁还在为别人的事忧虑？谁又会为苦难与不公不义驻足？爱已经远去，神圣更是做成了道具挂在教堂，没有人摇旗呐喊，没有人振臂高呼，更没有人反抗，到处一片死寂，有的是冷若冰霜与麻木不仁。

这就是我们的时代，我们的社会！面对它，你又还有什么话可说？当物质席卷了精神的高地，当享受占据了所有的生活，我们注定要在真实面前失守，在现实面前俯首称臣。在这样一个时代与社会里，千万不要指望伟大作品的诞生，正如不要指望一个行将就木的人成为运动健将，我们只有回到自身，为自己，为别人，祈祷吧！祈祷新生命的降临。

2006 年 6 月 15 日于福州

病
理

堕落的形式

　　我一向认为，中国的文学批评是很可悲的，也是不值一提的。中国根本就没有什么真正的批评，更没有什么批评大家。如今已经成为所谓的著名批评家的或正在走红的很多批评家，他们都不过是徒有虚名而已。这种名气很多是来自于他们的聪明与圆滑，来自于他们的工于心计。他们出名根本就不是凭什么真才实学，而是凭厚颜无耻的作秀与圆滑世故的做人。当一个个奖项成了利益的相互交换与私情的支付，当一次次会议成了圈占势力范围的协议，成了互相吹捧、共同快乐的约定的时候，我真的不知道这样的文学还会有什么希望？一个神圣的事业，就这样成为圈子内自娱自乐的玩笑，这样的文坛不用说也是非常可怕的，可怕就在于它不仅堕落了，而且堕落了还不知道。大家都在惺惺相惜地维护和瓜分这一点可怜的残羹冷炙，这就是典型的"圈地运动"，也是一个艺术门类日渐衰落的象征。

　　从当前看来，中国批评家的堕落大体有以下几种形式：

一、掉书袋式的批评

　　这是中国人做学问的传统，总喜欢没完没了地引用前人的成果，引用中外名人的话，引用别人的大段大段的资料，从而以充自己的渊博与学问。聪明一点的会尽量抹平引用的痕迹，让你以为他信手拈来，写到哪想到哪，好像名人的话古人的资料他熟得不得了，殊不知这也是一种欺骗，和江湖骗子的手段并无多大差异。文章如何做出来，这是谁也不知道的，唯一知道的就是作者本人。以我而论，大量引用别人的东西的做法肯定不是即兴而为的，而是有准备的。由于大家都不一定有天才的记忆力，因此我更多地看到这样做学问的人都是有备而来的。简单地说，桌上没有个十来本书是写不出这种文章的。当然，比较可敬的就是做些笔记，把自己喜欢的资料抄在一个本子上，分门别类，用时也相当方便，这样做学问常常是被视为正途的，也是下功夫做学问的一种方法。

我是一向不理解这样做学问的意义的，因为这实际上是一种最为低能的写作，就像我们小学生作文一样，总要用别人华美的辞藻来提升自己文章的质量，从而也可得到老师的表扬。这样的文章常常引经据典无数，辞藻也很铿锵，可自己的东西呢？没有，不要说一点自己的思想，就是意思，也是没有的。这让我想起一个有趣的故事，这个故事讲的是一个年轻人带了自己新做的乐谱，去演奏给巴哈听。演奏着演奏着，巴哈就站起来，脱下帽子，敬个礼；演奏着演奏着，巴哈又脱下帽子，敬个礼。如是再三，年轻人很奇怪，问这是干吗？巴哈道："这曲子里熟人太多，所以不断地给大伙打个招呼。"

这真是一个绝妙的讽刺！可我们中间到底有多少人在不断重复着这样的演奏呢？翻开时下所谓"天才评论家"与著名评论家的文章（我想根本不用举例，随便拿一个都可），我真的是不忍心作这样的设想：那就是只要把他们引用的一切资料与一切名人的话删去，那这样的文章真是连骨架都没有，更不必说什么新观点。

正是从这意义上说，中国人的批评无论有多新都是可疑的，只要你细心去读书，没有一个理论的"新"观点不是从国外或古人的哪本书偷来的。所谓的"新"也并不新，任何"新"的，看起来都很面熟。聪明的不过是谁在合适的时机把古人重新翻动一遍，谁先把"老外"引进过来，于是这人便成了这个"老外"的专家。如尼采如此，康德也是如此，而实际上却往往连别人的屁股都没摸着。这也是抢夺话语权的一种，也就是"首发权"，谁先说话就是谁的。各人只要抢上一个"老外"，又写过一两篇关于他的文章，那他就拥有了西方的话语权，俨然也就是一个学贯中西的大学者。

这真是一种可悲的行为！我们的学问竟然就是这样做出来的，也难怪自春秋战国以后，我们的思想就几乎停滞不前。孔子之后几千年儒家思想就没有发展过，跑出来个朱熹，也只不过是以注释老掉牙的祖宗出了名，骨子里还是没有什么底气的。大家都在亦步亦趋，循规蹈矩地承继着老祖宗的思想与理论，从来就没有想到要闯出一条自己的路来。于是，才有所谓做学问的方法，什么义理、考据、辞章，谈的都是无关痛痒的东西。思想与观点首先不谈，谈的都是如何做好一门学问，如何论证充分，如何有理有据，只讲道理，只讲四平八稳，以中庸之道说服人。这样的结果自然可想而知，那就是造就了一大批看似有学问而实际上又是很无聊的论证来论证去的文章。这种文章在学院里相当盛行，不客气地说，大部分学院文章都是这样做出来的，看起来四平八稳，很有学者风范，而实际上是什么也没说，或者说干脆就是炒旧饭，翻来覆去都是一件东西。

二、搬运工式的批评

如果说掉书袋是中国人做学问的一种传统，那做个搬运工就是今天的学者所最喜欢的了。俗话说：天下文章一大抄，看你会抄不会抄。当我们步入了高校的大门，这个至理名言也就得到了正言。当我们看到了层出不穷的文章剽窃案的时候，当我们看到那么多学者照抄照搬，照猫画虎，完全没有自己的东西的时候，"学术腐败"作为一个名词得到了社会的重视。由于互联网越来越普及，引用也变得越来越便捷，越来越普遍，搜索引擎的好处带来学问的越来越不可信，到底还有多少是真才实学？这是我们要反问那些掉书袋式的写作的。

梳理"搬运工"的工作是离不开对掉书袋这一做学问传统的考察的。正是因为我们有着这一深厚的传统，我们才很容易滑落到剽窃这一层面而不以为耻。对照西方与国外的做法，他们对这一现象的严厉打击与我们的姑息纵容正好形成了极为鲜明的对比。这深层的原因无疑就来自于我们的传统，正是因为我们做学问历来就讲究要沿袭古人，要有根有据，要有出处，要有翔实的资料论证，所以我们的文章是做出来的，而不是想出来的。这也正是千年来的八股文给我们的根深蒂固的毒害所造成的，这种毒害就是在今天许多学者教授身上仍然依稀可见，具体表现就是只接受论据充分、资料翔实的立论平庸的论文，而对有思想有创见有全新观点但不用资料论证的文章却不以为然。包括刊物也是如此，都是这样的教授这样的高校培养出来的人在掌管着，因此也就可以想见结局都是大同小异的了。这样的文章，不用看都是一样的，都是论点、论据加论证，都是绕来绕去谈些几十年来如一日的无关痛痒的话题，没有创新，没有突破，更没有思想。

我一直在想，孔夫子说，三人行，心有我师。他并不要论证，也没有论据。毛主席说，枪杆子里出政权。邓小平说，不管白猫黑猫，能抓老鼠的就是好猫。又说，发展才是硬道理。也是论断，都不要论证。但它就是著名的论断，甚至超过很多无聊的学术论文。这样的话不一定在任何时候都完全正确，但它能给你想象的空间，能够启发与触动你。假若你去阐述或论证它，那倒反而是画蛇添足了。因此，我认为，不一定什么都得论点、论据加论证，只要有思想，有观点，不要怕以偏概全，也不要怕说错，说出来就是好的，就能够造就人。

在一个博士、博导满街跑的年代里，学院内激烈的竞争与不公平的机制必然引发腐败的进一步升级，做学问的急功近利已成定局，到处都是浮躁成性，抄袭成风的局面。只看发表的量，只看刊物的权威，这是高校文学院与社科系统年终考核与评职称普遍采用的方式，而这种考核又直接关系到工资与奖金，这也就难怪真正做学问的人越来越少，而腐败也就大行其道了。

当然，腐败并不只是学院的专利，与之相关的方方面面，特别是刊物也很快地走入了这个阵营。当刊物的生存举步维艰的时候，几乎每一个学术刊物都不约而同地想到了高校这块肥肉。走向市场或创收成了这些刊物收取版面费的合理正言，而背后一样的是金钱交易。我感到悲哀的是，竟有顶尖的学术刊物也堕落到收取版面费的队伍。而更可笑的是，它们生财有道，越是权威的评职称刊物就收越高的版面费。而至于医学等理工科或教育类的刊物就更不用我废话，收费早已是明目张胆地广而告之了。

正是由此，腐败成了一条循环链，只要有钱，还做什么学问呢？抄它一篇不照发吗？显然，由此产生的消极后果是不堪设想的。前不久，中央电视台的"新闻调查"对学术剽窃现象适时做出了反应，这也从一个侧面印证了这个现象的严重性。学问与科学的尊严肯定是不容抹杀的，当我们正日益被这种腐败所围困的时候，可以想象，它们的末日也将不远了。

三、术语大全式的批评

还有一种学术腐败就是术语大全式的写作，这种写作往往更能迷惑人，所以一般不被人发觉。而本质上，这种靠一大堆术语来蒙人的写作是非常小儿科的，表面上看，很高深很有学问，而骨子里却是贫穷得很。这个道理实际上非常简单，因为你本可以用一句大家都听得懂的话来说的，可你非得用一大堆术语搞得人云里雾里，这自然只能说明你的表达能力有问题。俗话说，文章要做到深入浅出，言简意赅才是好文章。可现在人做学问恰好相反，非要弄得你看不懂才是学问，才表示自己高人一等。社科系统的学者如此，高校的教授更是如此，好像这样的文章才有学问。越是权威越是如此，难道他们以为那几个术语会难道只有他们才能达到熟练使用的地步吗？世上要是还有什么弱智的人，那我想，这样的教授可算得上一个。

术语竟然成了许多学者文章的招牌，这真是出乎我的意料之外。我仔细聆听过许多教授的教导，当他们不在念教案念文章的时候，术语的洪流也就烟消云散了，特别是在对话与即兴谈话的时候，他们说的话都是人话，大家也都听得明白。可一回到书面上，大多数人又听不懂了。

这真是极为可笑的一种风气，可以想象，这样的学者不用术语可能连文章都写不出来，因为他只有在用这些术语的过程中才能找到自己文章的自信，他们的文章除去术语的堆砌也确实没有什么值得一看的东西。需要说明的是，这些术语大多是西方的舶来品，是西方翻译文本的一次生吞活剥，有的是翻译图省事生造的词，有的根本就是子虚乌有的，可就是这样的生硬的舶来品却被我们的学者当作了制胜的法宝，这也真可称得上一次学术界的大笑话。

四、其他"无力"的批评形式

除了以上三类批评，还有几种批评我不想过多地深入论及，因为这种批评一看便知，关键就在于读者的眼睛是否明亮。我想，这些无能的批评是不应该蒙蔽住我们的眼睛的，只要我们都去读原作，而不依赖所谓的批评家。我的建议就是，相信自己的眼睛，去读作品本身，不要被这些肮脏的批评弄瞎了自己的眼睛。

1. 旧瓶装新酒式的批评

说的都是真理，或者都是至理名言，但也就是这种陈词滥调，没有更新，没有变化，放之四海皆准，套在谁的头上都是这一套。这是一种大而空的批评，这样的批评是很可恶的，因为你初看还可以，可一旦多看了就会作呕。这种批评显然是不准确的，因为不可能每个人都会适用这唯一的标准。这种现象在产量极高的批评家身上几乎概莫能外。他们要么将陈词滥调换上华丽的外套，再以全新的姿态重新出售，要么将过时的思想重新时髦打扮一番，于是也能蒙蔽许多人。正如有一个人说的："狗屎嚼上三遍也该觉得臭了。真理虽然不臭，但是被嚼得太多，也会产生催吐的效果。"

2. 读后感式的批评

这种批评只会跟在作品背后，说些好话，再谈些建议。这是绝大多数批评的套路，也是中国式批评的典型。中国人不习惯做坏人，但也不习惯毫无保留的表扬别人。因此，这样的批评往往大行其道，这种批评的好处是：说了大体上等于没说，是一种环保型的批评，不伤人，也不会让作家患高血压。这种批评的缺陷是明显的，那就是没有前引，没有指向与预见性，只会拾编辑的牙慧，没有发现，没有观点，跟风。

3. 关系网式的批评

这也是中国式批评的典型，几乎囊括了所有的批评家。这种批评把做文等同于做人，做人极为精明圆润，做文也是极尽巧舌如簧。中国人做人向来是离不了圆滑与世故的，于是见朋友就说好话，极尽阿谀献媚，不是朋友就说坏话，极尽人身攻击。是朋友，再不好也不说不好，稍有一点好就吹上天，说得天花乱坠。谁得罪了我就批谁，谁对我好就捧谁。还有一种则是别人说好了就好，别人都说不好了也不说好，随风倒，不得罪人。而更多的是，开了研讨会就说好，吃了人家的就说好，互相吹捧，共同快乐，这已成文坛司空见惯的现象。当下出尽风头的两种批评家即出自于此，一种是表扬家，一种是谩骂家。表扬家的批评以某个刊物维系的批评家圈子为代表，网络上读者给它改了个更为恰切的名字，叫做"当代作家表扬"。至于谩骂式的酷评就无须举例了，报

病

理

111

刊媒体甚多，而大多也是因为看不顺眼某某而产生的过激的言论，大都不是真正的批评。

这种批评的害处是不用多说的，我想不通的是，那么多关系网式的批评竟也叫批评，也能在众多媒体大行其道，而且骗了那么多的人。

4. 没有激情的批评

没有伟大作品的出现也是好批评缺乏的一个重要因由。好的作品才能激发好的批评，坏作品只会让人丧失批评的激情。大凡大批评家辈出的时期也是大作品层出不穷的时期，这是相辅相成的。如今的批评普遍缺乏激情，我想也是与好作品大作品太少密切相关的。有人以为这是会出伟大作品的时代，但我的看法却不尽然，因为好作品都被埋没了，也大都出不来，因为没有那样的环境。参天大树的长成是要相对原始的森林的，可我们却没有这样的森林，到处都是急功近利的人群，才长成有些可观的大树，就被急不可耐的人们砍去做家具了。

还有一种可能，那就是"关系稿"太多，求你捧场的太多，或者干脆就是约稿太多，一味地应付，疲于奔命。这实际上相当于命题作文，来不及深思，更谈不上有什么思想，匆匆上阵，交差了事。中国人的圈子是很有意思的，你一旦出了名，你就有了开不完的会，而这样的会大体上都是有任务的，因为你又吃又拿，不写点东西是说不过去的。于是，硬着头皮也要写上两句。这样的文章自然是没有激情可言的，因此要好到哪里去也是不可能的。这正是出了名的中国批评家的经典写照。古语有御用文人一说，说的是为帝王写命题文章的文人。而今，这么多不同类型的为这为那的文章，我想也可叫做"役用文章"，因为都不是自己乐意写的，自然也就谈不上什么激情。

5. 没有思想的批评

思想的缺失是我们批评乏力的最根本原因。没有人关心自己的思想，因此也就不会有真正的批评。正是因为没有人关心自己的思想，都只关心自己的享受，只关心自己活得牛不牛，滋润不滋润，因此，我们的作品更多只是小家子气，缺少大家气概。没有了精神底气，我真的不知道这样的作品如何称得上伟大。

我们的批评就更是如此，大都没有自己的东西，人言亦言，没有主见，没有思考，别人怎么说就跟着说，只有受启发的思维，而没有自己一套思考问题的方法，更没有思想的高度与思想的体系。正是因为没有思想的力量，这样的批评大多只是一时的情绪与错觉，都是经不住时间检验的。

历史上的文艺理论与批评也大体如此，如刘勰的《文心雕龙》、严羽的《沧浪诗话》、李渔的《闲情偶寄》等，应该说他们是有独到的观点的，但他们几乎毫不例外地停留在了技艺的探究上，而且过于喜爱用一些玄虚的比喻来描述对作品的感受，因此给人的印象还是不甚了了。它们大都是一种既有经验的归纳与总结，开创性不多，思想性就更是凤毛麟角。作为批评，它们更像是读后感式的批评；作为理论，它们也更多是一种滞后的理论概括。

正是因此，我们呼唤好的批评、真的批评。好的批评是能够带给作者与读者以生命的写作，它会点燃读者的思想，照亮作品的光芒，会给作者以全新的启迪与生命。这样的批评是有思想的，因为只有思想让人活着。而这一切无疑都要批评家从自身做起，只有人格相对独立与自由了，他发出来的声音才是真实与可信的。也只有这样，他发出来的声音才有可能是自己的，个性的，而不是人言亦言的。我坚信，思想是来自于个人的，是一种独立的精神，没有人的抵达就不会有思想的抵达。

病理

2006 年 2 月 9 日于福州

通俗的水准

祸害不是来自创作吸引人的、容易理解的作品的目的，而是来自那些为了获得成功而轻易降低自己水准的艺术家。

——〔匈〕阿诺德·豪泽尔

一

很久以来，通俗艺术一直是没有办法得到澄清的概念。在许多人眼中，包括一批学者都以为，通俗艺术是一种通俗的艺术，它仅仅是一种字面上的意义。现在看来，这种理解显然极端片面。作为一个专有名词，通俗艺术是不可分割的，它不是惯于字面剖析的中国学者所认为的那么简单。要对通俗艺术真正理解，一个不可避免的事实是，我们必须面对读者以及读者处身的社会。

这个社会与社会中的人一个显著特征就是无聊。无聊——作为以受过一半教育和未受教育的人为消费对象的通俗艺术的原因——是不停地寻求刺激的城市生活方式的产物。农民不会感到无聊，当他无事可做的时候，他就睡觉。不管怎样，农民对城市居民因无所事事而产生的那种惶恐和空虚是不甚了解的。城市大众对艺术的需要，跟他们的其他文化需要一样，仅仅是对一种物质饥饿的满足。艺术本身不过是一种燃料而已——一种可怕的权宜之计。他们真切地感到自己被剥夺了些什么，却不知道到底缺些什么。因为他们实在不知做些什么好，所以只好读小说，看电影，放录音机——或放得震天响，或放得轻轻的作为一种背景音乐。对中产阶级来说，十八世纪的读小说、十九世纪的听音乐从一种难得的快乐变成了一种狂热。但现代人对艺术的欣赏已从狂热转为习惯，转为对某种需要的满足——只有在这种需要未获满足的时候，我们才会认识它。

真正的、高雅的艺术中的严肃性和严谨性到了通俗艺术，便成了一种快乐、轻佻的情感或完全的刺激。纯粹的消遣和取乐几乎成了真正的艺术的代名词。这是一种虚伪的田园诗，是刺激官能、麻醉意识的廉价的多愁善感，或者是一种发泄情感的喧嚣。娱乐、放松、无目的的玩耍是生活不可缺少的一部分，从心理学和生理学上说来，是保持和焕发旺盛的精力、刺激和加强活动能力所必需的。从另一方面看，纯艺术纵然对许多人来说可以是纯粹的自我实现，但不一定是一种现实必需品。高雅艺术与通俗艺术、难懂的艺术形式与简单的艺术形式常常是紧密相连的，相互也总是制约着。通俗艺术的不完美不仅仅因为它是娱乐性的、好笑的和轻松的。毫无疑问的是，莫里哀和塞万提斯也要取乐，甚至库泊尔和莫扎特也为娱乐而谱曲，而奥芬·巴赫作品的易懂并不意味着质量的降低。祸害不是来自创作吸引人的、容易理解的作品的目的，而是来自那些为了获得成功而轻易降低自己水准的艺术家。①

只有有了艺术需要的时候，艺术才会产生，才会有价值，但如果艺术仅仅是为了制造或加强一种需要而创造的话，那么它又会失去自己的价值。每种真正的艺术都要完成一种社会功能，但艺术的质量不会在它的功能中消失。既要完成社会功能又要有艺术性的作品必须包含某种无法用社会学范畴表达的特性。非社会学学科无法回答什么是社会的这一特殊问题，社会学则无法回答上述特性的问题。汉纳·阿伦德把对通俗艺术的欣赏解释为最像经济消费的一种行为。她说，通俗艺术不过是一种效果短暂的刺激品。当然精英艺术作品也要被"消费"的，也要经历新陈代谢的过程。精神产品的消费总是意味着一种破坏，这种破坏在历史条件下——即在通俗艺术中又在精英艺术中——也能引起一个积极的意义上的新陈代谢过程。艺术质量的提高和降低可以发生在两个范畴中，不仅发生在接受的过程中，而且发生在生产的过程中。精英艺术作品如

病
理

---

① 参见 ［匈］阿诺德·豪泽尔《艺术社会学》第 231 页，学林出版社 1987 年出版。

果传播得太广，也会呈现廉价的、直截了当的娱乐特征。然而，这种情况的出现只有在作者欣然接受广泛传播的条件下才有可能。

面对豪泽尔的论述，我们应该形成如下共识：在通俗艺术问题上，纠缠于"雅"与"俗"的不切实际的空论，乃是理论上的最大误区。通俗艺术和精英艺术（或说高雅艺术）其实并无可比性。与其去比较它们在艺术上孰高孰低，还不如去单独探讨、描述它们各自的功能和规律，因为它们任何一方的艺术标准都无法代替另一方。根据普遍接受的现代艺术批评原则，对通俗艺术的掌握及其受众的不断扩大是民主的胜利，是教育的普及，在艺术领域中对经济效益的追求与竞争的风行的结果。工业——商业时代，艺术品的商品性对所有艺术生产都是重要的，并非通俗艺术所特有，其区别在于：市场和商业经济的决定性作用在一种艺术中比较隐藏，在另一种艺术中则比较明显。通俗艺术的商品性因作品的权宜之计而表现得特别明显。严肃的精英艺术的目的是安抚，是使人们从痛苦之中解脱出来而获得自我满足，是催人奋进，使人开展批评和自我检讨。通俗艺术的受众往往对作品没有明确的态度，他们是以非艺术观点来看待艺术作品成就的。他们对于作品的美学价值——那艺术上的优劣——常无动于衷，关心的只是作品是否涉及他们的实际利益、是否反映他们的思想和目标。如果作品符合他们的需要和希望，能消除他们对生活的恐惧，增强他们的安全感，那么他们也是无意贬低作品的美学价值的；但对他们来说，重要的作品反而不易获成功，因为他们未受过良好教育，没有特殊的审美经验。

通俗艺术可使他们逃避现实，逃避责任，模糊对道德沦丧的严重性和危险性的认识。对将来感到迷茫的不仅是下层社会，占据着统治地位的中产阶级也是不无忧虑的。这就是通俗艺术如此混杂的原因。但我们不能把通俗艺术质量的低劣归咎于要求不高的受众。不能说受众仅仅是求其所欲，每一种艺术都要适应它服务的受众趣味；不管一般的受众能否获得符合他们要求的作品，不管作品被接受之前他们是否需要接受训练，艺术作品的质量总是不变的。因此，不能说受众仅仅得其所欲而已，受众应该得到比较好的东西。

以大批受众为对象的艺术当然不是可以任意处理的，也不是可以强迫人家接受的；它至少部分地要符合受众真正的、自发感觉的需要。应该看到，精英艺术可以吸引广大的未受过良好教育的社会阶层，而通俗艺术也可以取悦于文化要求较高、有审美眼光的知识分子。卓别林的艺术是扎根于大众化音乐厅和马戏团的，但喜欢他的艺术的人来自所有的社会阶层，他的名声首先归功于制造了关于他的天才神话的知识分子。

通俗艺术最显著的特点是，它反复运用传统的容易处理的格式。格式化的东西本身不是反艺术的。甚至像荷马史诗这样一类最高级、最成功的作品也是非常格式化的。但对格式的运用难免机械化，而且包含着影响艺术质量的危险——尽管有时候又可能会获得异乎寻常的成功。通俗艺术的另一个重要特点是，它总是机械地套用某些创作规则，即坚持那些畅销的、红极一时的东西的标准。某种手段一旦获得成功，就百用不厌，不管是否已经用滥了。纯粹以消遣和娱乐为目的的实用性艺术难得由于内在原因而改变形式。但在精英艺术创新因素的影响下，通俗艺术的风格形式也会改变。纵然它有机械重复和依赖非艺术因素的倾向，但它仍然是总的艺术风格发展史的一部分。

二

要提高通俗艺术的创作和接受水平，就必须提高作品的质量，但如果以为受众的文化水平可以完全一样、可以按照相同的趣味原则来接受作品，那么这跟希望产生一个没有权力分层和能力差异的社会一样，是一种乌托邦的幻想。我们不能用通俗艺术并非全无是处一句话来说明这种艺术的全部问题，事实上它的作品常有时好时坏的现象。至于它究竟是否可以称作"艺术"这一问题就难以回答了。如果我们的原则是：艺术就是人们认为艺术的东西，那么我们就必须容忍通俗艺术的存在。应该看到，通俗艺术和精英艺术是两种不同的艺术，自从启蒙运动以来，文化教育为人垄断的现象已不复存在，文化精英的艺术当然有着较高的质量，但这种艺术不再仅仅属于一小部分人了。我们确实不能以相同的标准来评判通俗艺术和精英艺术，但通俗艺术仍然有自己的独特性。

因为许多精英艺术的作品为了传播的需要也带上了某种"通俗"的性质，所以艺术特别是音乐的通俗性界线变得难以划分了。然而在艺术上未受过教育或只受过一半教育的受众却没法真正欣赏到纯正的艺术作品，因为事实上受众不过是从整体中抽出了一些零星的成分而已，自以为理解和掌握了整部艺术作品，其实没有。在艺术领域内，解释的一半就是彻底的蹩脚解释。

在当今的社会条件下，要弥合通俗艺术与精英艺术之间的差距是不可能的。因为纵然我们成功地扩大了精英艺术受众的队伍，真正的艺术——在现在的经济和社会条件下——将又会成为一小部分特权阶层的财富。无论在实践上，还是在原则上，普及精英艺术的道路有着几乎无法克服的困难，这就是说，为了让文化水准较低的人赶上文化水准较高的人，就不得不停止发展的过程，但这是不可能的。这等于给一辆奔驰着的汽车调换轮子。发展过程的中断会导致我们要解决的问题根本不再出现这种情况，因为我们的任务不是赶上一个永不停止的过程，而是与这个过程保持同步。

三

在艺术的通俗化过程中，一个可怕的事实是那么多优秀的艺术作品被那么多不懂艺术的人去"消费"了，而有勇气承认不懂艺术亦无妨的人又是那么的少。在这点上，没有任何形式的艺术比音乐受到更为明显的糟蹋了，因为音乐每个人都认为可以理解的。文学或绘画作品往往粗细易分、泾渭分明。但音乐不同，哪怕最难懂、最高雅、最深奥的作品，经过机械复制，也会变成纯粹的娱乐和消遣，变成如品尝佳肴那样的享受。由于无线电广播、唱片和收费合理的音乐会的发展，音乐——甚至高雅的古典音乐得到了前所未有的传播。在舞厅、卡拉OK厅以及歌舞厅等等名目繁多的音乐盛会上，音乐已经失去了以前的神秘色彩，它成了一种交友的便利，也成了人们发泄情绪及情欲的便利。无论是多么神圣的曲子，只要一到了这些场所以及听众身上，一切便变得污秽不堪。无疑，这种通俗化让我们看到一个惨重的代价：任何通俗化都是对高雅精英艺术的强奸，精英艺术与通俗艺术是不相妥协的。

我们没有必要再为纯艺术走向通俗艺术呼吁，因为这种呼吁是幼稚可笑的。现在我们所能做的是探索通俗艺术本身内在的规律，让通俗艺术重新发出它应有的光辉。而不是把高雅的精英艺术拉到通俗艺术行列中，那只会令人感到一种不伦不类，也只会引起整个艺术水准的下降。当然，无论是上层还是下层，通俗艺术的范围都是难以界定的，其性质无论从精英艺术的角度看，还是从民间艺术的角度看都是难以把握的。在这里，任何贴标签的办法都显得不可容忍。

四

在通俗艺术中，文学始终以自己突出的成就占据着一席之地。现代通俗艺术的实际历史是以上层和中层资产阶级对英国的启蒙运动文学和法国十七八世纪的廉价小说发生兴趣为起点的。随着人们对上流作者无法满足的阅读需求的增长和新的审美标准的发展，成功的文学的水准渐渐地降低了，作品普遍变得粗糙了。多愁善感的作品受到了幼稚的、缺乏批判鉴赏力的人的青睐，这样文学便充满了对感情的分析，这种传统一直延续至今。

在商业化的文学中，最重要的发现可推廉价的恐怖小说。这种小说可谓集现代煽情文学之大成，犯罪、情爱、秘闻、残暴、恐怖无所不包。这些东西曾在旧时的骑士文学、惊险小说和民谣中出现，但大部分无真正历史源头可溯，一般与中世纪的前浪漫主义者的兴趣有关。这种小说的直接变种是二十世纪上半叶出现的街谣，后来一路为侦探小说，另一路变成专写世事浮沉的现代社会小说。通俗小说的读者除农民以外包括各种社会阶层，但多数未受过良好教育。通俗小说——在十九世纪的上半叶和中期包括像巴尔扎克和狄更斯这样一类作家的作品——很快就跌到了奥克塔夫·弗耶或马里耶·科雷利的水平。

在中国，曾经名噪一时而今仍散发出极大魅力的《三国演义》《水浒传》等古典名著也都是通俗小说，到而今的通俗小说却每况愈下。审美趣味逐步粗俗化给通俗小说带来的是濒临死亡的衰败气氛，色情小说的泛滥甚至给通俗小说的声誉抹上了不可磨灭的耻辱。新东西的出现就意味着水准不断地、无可避免地下降，当然，"审美情趣低下"的现象并非始于昨天或前天。现成的陈词滥调、对艺术之外的感情和效果的玩弄等玩意儿的历史已经很长了。在艺术史上，几乎没有哪个时期能够完全摆脱这些玩意儿的诱惑。现代的通俗艺术与以前的通俗艺术的不同只是在于这样一个事实：人们已经能够用前所未有的技术，很有把握地来制造垃圾的劣品了。

以言情小说和武侠小说看来，一个很明显的特征就是粗制滥造。言情小说在港台琼瑶、岑凯伦等人的兴风作浪下一夜之间便洪水大发，无数的言情小说充斥港台文学所应有的每一角落。而武侠小说则在金庸、梁羽生等人的发端之中渐渐泛滥成灾，一大批质量低劣的武侠小说流窜街头小巷。面对这种现象，我们感到痛心疾首，正是这些垃圾般的复制品破坏了通俗小说的美名和声誉。

五

重新对通俗小说进行一番审视是必要的，因为在时下已经有很多读者对这个概念感到模糊了。作为通俗小说，它的对象乃是不同职业、不同阶层、不同时代甚至不同国别的最普泛的读者，它的目的最主要的便是达到娱乐所具有的性质。它的一切艺术手段和艺术处理都必须为这一目的服务。这就要求通俗小说的主题必须是单一的、分明的，但同时又必须是兼容的，只有这样，才能做到通俗小说的较高层次的雅俗共赏。作为娱情的通俗小说，假若主题过于复杂，那么它便只有失去娱情的特征与目的而让读者大倒胃口。同时，消除读者间价值观念上的差异、寻找出尽可能宽广的故事主题，也是通俗小说获得成功的一个关键因素。因为一般说来，越简单的东西，它的普适性就越好；而越复杂的东西，它的横向区域就越窄，偏重于纵深的发展。[①] 在此，要提到一点，那就是通俗小说与纯小说都将造成适得其反的结果。通俗小说就是通俗小说，它绝对没有余地让纯小说家肆意攻击与沾染。但话说回来，通俗小说同时也完全可以用纯小说的一些技巧和手法让许多纯文学爱好者心醉神迷。在这点上我们可以金庸的武侠小说为例，几乎每位中国纯小说家一谈到金庸都流露出极为钦佩的神情，因为在金庸的小说中，他们不约而同地被这艺术大师的优美文笔以及高超绝伦的想象力和渊博的知识所倾倒。显然，一个富有才华的天才通俗小说家，他同样具有纯小说家那样的天资和聪慧，他同样必须具备优秀的写作才能，而不是许多人以为的庸才。我们必须确定一个认识，通俗小说家同样是伟大的，因为他创作了一大批大众所喜爱的小说作品，它丰富了广大人民的生活。在某种意义上，通俗小说甚至比纯小说作出了更大程度的贡献。

通俗小说之所以能够得到读者那超乎寻常的热情与喜爱，一个不可缺少的就是它那紧张、惊奇、夸张及诱惑性的风格。在简单主题的单一、明了基础上，通俗小说的情节必须远比纯小说惊奇、曲折、充满悬念，只有这样，通俗小说才能做到浅白易读，却又能够吸引大众，让读者爱不释手。这无疑便是每

---

① 参见李洁非《通俗文学艺术规范初探》，《通俗文学评论》1993 年 2 期。

一位通俗小说家的难题，一个通俗小说家是否优秀，关键一点也就在于他是否善于设置悬念，把小说的情节弄得波澜起伏，妙趣横生。在此，夸张是不可缺少的，从来没有一部成功的通俗小说会没有用到夸张这艺术手法的，但好坏的区别乃在于，夸张用得是否得当。有的通俗小说家一味地夸大其辞，却不顾现实基础，以为越夸张越惊奇与刺激，却不知道这种夸张已经失去了根基，宛如吹牛皮一样徒添笑料罢了。这对于通俗小说而言同样是致命的，因为通俗小说的艺术真实是同样不可缺少的。作为不用夸张的通俗小说而言，它的成功希望是值得怀疑的，特别是在惊险小说、武侠小说此等通俗小说身上，没有夸张就意味着彻底的失败。不管是故事而言，还是具体的细节而言，夸张都代表了使故事情节更加离奇惊险以及更大的诱惑，正是通过这更加紧张、刺激的渲染来增强读者体验情节时的心理压力，以及赋予人物以更多的传奇色彩。

　　要做到这一点，一个不可缺少的是题材在某种意义上的特殊性。通俗小说的题材显然有别于纯小说的题材，它很大程度上是与日常生活相异的，或者说是日常生活中较特异的人与事。它一般来说是极少数人才拥有的一种生活或者非生活。比如说谋杀、乱伦、复仇、阴谋、残杀等等的暴力与风流事件，以及江湖武侠、恐怖间谍等一些离奇行迹。当然，言情小说似乎是个例外，但它也不得不添油加醋，让主人公爱情经历极尽挫折，以便于读者也因此缠绵悱恻，更何况，它的主人公却又往往是什么豪门巨富、明星名流之类的特别人物。因此，言情小说能够吸引人也就不是一件奇怪的事情。由此，我们看到，通俗小说无论在题材上还是在情节上都免不了夸张，正是由于这夸张，读者才会被它那与生活常态迥异的外观紧紧吸引住。在小说中，读者能够感受到一个新鲜、陌生、令人惊叹的带着神秘与诱惑的世界，这在相当大程度上正好应和了广大读者寻求新与异的需求。

　　由此可见，通俗小说的题材也并不算太广，它甚至远比纯小说的题材来得窄。然而通俗小说却一本本复制出来且能得到广大读者的喜爱。这就不能不让人思考一个问题，那就是通俗小说复制的功夫远超纯小说所能容忍的界限。在通俗小说中，复制的成功与否与"布局"是紧密相关的。"布局"也就是"设局"，即设置情节。在同一样的故事中，设置情节的曲折离奇与生动往往截然不同。由此而造成的陌生化的想象力，这是显然的事实。这种想象力与纯小说家的想象往往有别。这也就是许许多多纯小说家试图写通俗小说却惨遭失败的原因之一。作为纯小说家，他不晓得通俗小说的基本风格以及它如何对读者构

病
理

成兴奋点、冲击力的根本原因乃在于通俗小说与纯小说截然不同的风格特征。一个纯小说家去写通俗小说是相当危险的事情，特别是作为一个有出色成就的纯小说家来说，通俗小说就仿佛是一个陷阱，诱惑着他往里掉。

六

当前通俗小说创作一个很显著的特征也就是纯小说家涉足通俗小说领域。其原因比较复杂，但也不外有三：一是社会因素。可以说当前小说创作并不景气，特别是作为纯小说创作，想来读者并不很多。加上商品经济的冲击波影响，小说家已经没有很大的兴趣静下心来创作纯小说。因为通俗小说的市场明显比纯小说的市场大，因而创作通俗小说的利益也就不言自明。二是创作主体因素。也就是小说家本人甘愿冒这个风险。在小说家看来，创作通俗小说的利益不仅远比纯小说来得高，而且通俗小说也似乎更容易写，那就是说，通俗小说可以胡编乱造。三是一些外在的因素。比如说一些出版社或个人为了赚钱的目的，或者也为了通俗小说的前途着想，试图让纯小说家写通俗小说扩大影响，自然也就免不了提高稿酬一类的报答。然而，令人失望的是，这些纯小说家创作的通俗小说往往不堪入目，不是写得不吸引人，就是写得不太像通俗小说。寻根究底，那就是对通俗小说艺术风格的彻底陌生。从眼下贾平凹创作的《废都》等通俗小说看来，贾平凹还算是比较精于此道的；而至于声势不小的"布老虎丛书"的纯小说家创作的通俗小说看来，这个问题却比较明显地存在着。

单以贾平凹近期的创作来说，贾平凹似乎已经有志于在通俗小说领域一展风采。以《废都》而言，原本并不算是通俗小说文本。然而，由于廉价夸张的新闻媒体的渲染，《废都》仅存的一点纯文学气质已经消失殆尽，剩下的便更多是一种商业性质的通俗文本。在《废都》中，过多的性描写富于诱惑色彩，这已成了通俗小说一个本质的印证。也正是由于这性描写的大肆渲染，《废都》才得以在通俗小说阵营站稳脚跟，这已经成了众所周知的事实。但情节说到底还少了悬念的美，不够吸引人。从这角度而言，贾平凹还缺乏布局的能力，故事与题材也缺少一种新与异，缺少一种离奇与非常态的震颤力。这是许多纯小说家创作通俗小说时遇到的难题。在"布老虎丛书"当中，洪峰、赵玫、铁凝等人的创作同样具有这个不足。在他们那过于文学化的语言当中，通俗小说的

我们文学的疾病

风格首先受到了拦阻，更何况小说的故事又缺少大起大落，令人不惊不奇。显然，这批纯小说家遇到了一个障碍，那就是如何抛弃那习惯的纯文学语言以及纯小说创作风格特征去建造一座全新的通俗小说艺术大厦。也许，这些小说家根本没有意识到通俗小说也是如此讲究的一种艺术，以致他们轻易地接受了通俗小说的挑战。或者说，是他们太小看了通俗小说的创作，以为它真的是随意可写就的一种文体。毋庸置疑，这批通俗小说的出现无论对于作家本人还是对于通俗艺术而言都是一记警钟，它敲响了人们对于通俗小说那极端片面的认识。

七

当前通俗小说创作的另一个显著特征是纪实文体的粗制滥造。它印证了一个事实，那就是垃圾产品的复制速度日益加快。时下，我们可以看到诸如"新移民小说"等等名目繁多的通俗小说充斥文坛。当然，其中并不缺乏较好的作品，如《曼哈顿的中国女人》《北京人在纽约》等，但更多的却是赝品和复制得极为粗糙的作品。这种作品被当作纯小说是个可怕的事实，因为评判的尺度只能来自通俗小说而非纯小说，无论从题材还是从风格上看，这种作品都印证了通俗小说的特色。不容否认，这些作品在通俗小说行列中还算是比较优秀的，相对于那么多复制品来说，也可以说是凤毛麟角了。

在这些纪实小说当中，有一个明确的方向，那就是商业化倾向。随着市场经济与商品经济的冲击，通俗小说显示了它的优势所在，即向商品化靠拢。众多的粗制滥造和远比纯小说热火的纪实性小说的出现只能说明商业化的时代已经来到。文学商业化同样是不可避免的文学现象。在钱的魔方里，文学创作受制也就不足为奇，因为在商品时代，还没有哪样东西不受到商品的限制与侵袭。文学作品成为商品在时下已经成了一个热门话题，虽然众多批评家与作家表示了某种程度的不屑与沉默，但更多的是无可奈何的默认。我们不能逃避一个问题：文学的商品化到底是利多还是弊多？对这个问题可以分解成这样来解答，那就是纯文学的商品化是危险的，而通俗文学则是自然的。正如前面论述到的一样，通俗艺术本身就具有商业化的特征，商品化对于通俗艺术并不是奇怪的事情。当然，商品化对通俗艺术同样具有危险性，那即是商品化往往造成通俗艺术水准下降，庸俗的复制与垃圾产品增多。正是由此，如何看待商品化的倾向同样成了通俗艺术面对的一个问题。

除了"新移民小说"比较兴盛之外，我们还可以看到诸如"法制小说""婚恋小说""言情小说""新一代怪异现象小说"等等粗制滥造的小说文本。奇怪的是，在这些小说中往往可见一些纯小说大家的名字，这令我感到惊讶。难道商品真的如此神速地占据了每一位作家的心灵？抑或作家真的迷上了这些文本？细细想来，也许两者兼而有之。在这世纪末颓废的图景中，不否认作家思想里一些潜在的软弱与无力。而在另一面，则是纯粹的急功近利的商品意识的萌醒。在此，我无意否定纯小说家创作通俗小说的热情，但却也不能容忍一些纯小说大家去创作那没有一点艺术水准的所谓"通俗小说"。它不仅使小说家本人声誉大跌，而且也有损读者对通俗小说的期待。论述到此时，我有意提到一位小说家，他就是冯骥才。无论是《神鞭》还是《三寸金莲》，以及稍后的《炮打双灯》，都不失为优秀的通俗小说。作为一个纯文学作家能够对通俗小说做出如许的贡献，这无疑正是人们所期待的。当然，我们不能由此以为通俗小说要向纯小说靠拢，正如前面提到的一样，纯小说家创作的通俗小说往往既不高雅又不通俗，它只能是"伪通俗小说"。通俗小说有其自身的创作规律，任何把纯小说与通俗小说强扭在一起的方法都是行不通的。而作为纯小说家，也不能都以为可以创作通俗小说，而把通俗小说看作是比纯小说容易写的小说文体。实际上，两者之间没有可比性，它们是截然不同的两码事。

八

很多人认为名作家要带头创作通俗文学以提高通俗文学作品的质量，并以《水浒传》《三国演义》等作者为例。这显然是相当偏颇的观点。放下名作家能否创作出好的通俗文学作品不说，单就其举的例子而言，难道施耐庵、罗贯中不正是由于创作了这名噪一时的通俗小说名著才出名的吗？更何况通俗小说也不是名作家说写就能写好的。显然，这种说法不无幼稚，但从一个侧面来说也不无可取之处，因为纯小说家创作通俗小说时只要能够入化是能够提高通俗小说创作的整体水平的。当然，要想提高通俗文学创作水准，一个关键的因素还在于对通俗文学规律本身的摸索。特别是在语言、人物、主题、情节与基本的不可缺少的方面，需要及早补课。

我们文学的疾病

我们看到,在当前许多通俗小说家身上,他们基本上还不知道如何去编一个能够吸引人并能令人一口气读完的故事。他们的语言不是纯文学味太浓,就是粗俗得让人看了难受。对通俗小说的语言风格、语感、节奏等全无把握的结果就是语言给读者带来了障碍。另外,他们的人物色彩黯淡、举止不清、特征模糊、支离破碎,因为他们不是从类型化原则出发考虑人物造型的。而在主题方面,较多的是一种混乱局面,有时则试图塞进一些"重大的"意识形态内容,从而显得装模作样。显然,这说明通俗小说家在很大程度上对这种文体彻底陌生,很多通俗小说家甚至简单地凭借看过的几部通俗小说就大肆营造自己的小说,这都令人感到担忧。通俗小说艺术同样是一门专门的艺术,对这种艺术的彻底外行与陌生同样创作不出好的通俗小说。特别是在故事情节的设置方面,很多小说家同样不懂什么情节模式,以及怎样运用模式化方法将故事置于特定的情节逻辑之中,于是,在每一个故事里,读者看不到所预期的情节要素,看不到那类故事的典型的最有魅力的矛盾冲突。

俗话说:"巧妇难为无米之炊。"这句话同样适用于通俗小说领域。没有较为渊博的知识,没有丰富的题材,就没有精彩绝伦的通俗小说。即使是一位娴熟的通俗小说家,假若没有以上条件同样等于零。以美国作家诺曼·梅勒的《刽子手之歌》来说,假若没有犯人提供素材,诺曼·梅勒就不可能写得那么惊心动魄。而对于金庸来说,假若他不对历史掌故以及江湖上三教九流的知识的熟稔把握,他同样写不出一部部风格各异却精彩绝伦的武侠小说。以此看来,创作与生活是密不可分的,但在这点上通俗小说与纯小说创作有些许区别:通俗小说对知识的倾向较重,也就是说间接经验比较看重;而纯小说则着重于体验,即直接的亲身经验。再看当前通俗小说创作,小说家在这点显然就没有达到要求,他们的作品往往干巴巴的毫无趣味性,这只能归结于知识的贫乏。而作为通俗小说,知识性、趣味性是相当大程度上不可缺少的。

纵览当前通俗小说创作的不足,我们也不必感到失望。作为一种艺术形态,通俗艺术同样需要一个过程,这个过程并不需要太长。无论从中国的电影艺术还是电视艺术看来,我们都应该对通俗艺术有信心。只要坚持对通俗艺术加强理论指引,它必将健康地走上自己的轨道。

病理

1994 年 3 月于福州

大众的界限

泰勒说过：文化或文明，就其广泛的民族学意义来说，乃是包括知识、信仰、艺术、道德、法律、习俗和任何人作为一名社会成员而获得的能力和习惯在内的复杂整体。① 由此看来，想要对一种文化进行阐释也就免不了对这些方面作应有的考察。抱着这样的观念，本文侧重于对大众文化的以上方面作适当的剖析，以此需求获得对文化的更深一步的了解。不管怎么说，大众文化并没有一个明确的界限，就好像谁也无法界定文化一样，大众文化的概念仍然是模糊的。也正由于此，本文力求在文化的诸多方面对大众文化做出相应的解释，而不求概念的创新性解释与逻辑式论证。

在我看来，大众文化首先是大众的，这也就是大众文化的最突出特征。没有大众也就没有大众文化，因此在这里涉及受众的问题。面对受众，自然少不了研究受众的普遍面临的问题以及受众所具有的特征。而清楚了受众之后，便只有面对这种文化本身。这种文化存在的依据是什么？这种文化将如何发展？以及它将产生什么样的影响？所有这些，都是我们应当去解决的。同时，文化的很重要一面的艺术到底又是什么情形，这同样也是我们应当关注的。

---

① 参见泰勒［英］《文化之定义》，《多维视野中的文化理论》第 99 页，浙江人民出版社 1987 年版。

一、文化大众的危机与贫困

关注文化大众是了解与阐释大众文化的先决条件。作为大众文化的受众，它是广泛的、普遍的。无论是电影、电视还是流行音乐、通俗小说都有自己的"广大受众"。受众越多，它的消费行为就越被动，越无鉴别性和批判性，它就越是欣然接受那些标准化的、效果有所保证的文化产品。因此，从有选择性和批判性的受众变为在文化上无动于衷的"大众"，其中一个必要条件就是受众人数的大大增加。从这点上来说，城市的大众文化永远比乡村的大众文化来得发达，无论是从数量上还是从品种上，乡村都远远地落后于城市。然而随着城乡差别的缩小，这点仅有的差距也正渐渐地消失，因此说，大众文化的地域之别并不明显。但从目前看来，特别是中国，这种地域之别还是相当明显的。这说明了一个问题，那就是大众文化的受众在地域上是有别的。

受众的城乡之别导致了一个问题，那就是研究大众文化的受众到底以什么为限？对于熟悉城乡之别的人来说，这个问题并不难回答。虽然乡村的受众似乎比城市的受众少些生存的重压感，但我想，作为生存，任何人面对的都是一样的选择，那就是活着呢？还是死去？显然，面对这问题每个人的地位都是一样的，因此，在本文中侧重于城市的受众为代表。

大众文化的受众不是一个综合体，而是一个混杂体。它完全是由在本质上相互独立、缺乏共同经验的个人组成的。大众文化受众的一个特点就是社会成员的混杂和个人特征的消失，但这种消失并不是共同体意识取而代之的结果。他们同处一个空间，但相互毫不相干，他们可能有共同的需要，但这种需要对彼此没有意义，正如一切运动会的观众彼此不发生关系一样。受众的多而杂无疑是大众文化的最显著特征，大众文化在很大程度上正是由于这点决定的。然而，受众虽然多而杂，甚至遍及每一个角落（如电视的受众），但它都有一定的共同之处。这个共同之处不在于文化意义上，而在于精神意义上。

首先，文化大众都普遍面临着一种危机的出现，那就是我们该如何生存？生存的意义何在？其次，也就是面临这样的问题所出现的贫困，贫困在此特指大众面对这种文化而产生的危机以及危机无法解除的困惑。无论是在艺术当中，还是在夜总会、卡拉 OK 歌舞厅当中，或者在快餐、街头文化之中，受众都不可避免地要面对人生的悬置之谜发问：活着到底为了什么？是天天悬浮在大众文化的表层呢？还是天天都满足于劳碌奔波与生计？显然，当代人的生活方式已经明显走向单一化了，上班、下班、工作娱乐……似乎已经没有第三种生活方式，即使有也可望不可即的。面对如此贫困的生存方式与环境，人们普遍意识到了生存的危机与艰难，还有什么比这更可怕的呢？

毋庸置疑，当代人同时亦是可怜的。虽然每个人都知道生存如此尴尬，但却没有人敢于站起来宣言这个时代精神的贫乏与意义的丧失，同时更没有人能够指出一条通向家园的路途。大众沉迷于文化制造出来的繁华景象之中，知道是假象却没法不依赖，知道缺乏意义却不去寻找。在这样的生存图景中，大众普遍丧失了为人的尊严与品格，如果说得过分一点的话，那就是与昆虫走兽活着没有什么区别。人们仅仅知道为活下去而活着，没有人愿意为精神而活，为理想而活，为信仰而活。正是由此，危机日渐显露出来，是具体的也是抽象的。面对危机的无法摆脱，贫困也便随之而来。贫困最大程度上无疑是精神的，精神的贫困正是当代人生存面临的最大难题。

在夜总会、歌舞厅、卡拉 OK 以及快餐厅、街头文化共同围剿的文化大众面前，大众文化已经足以满足大众的需要。当然，这种大众文化在很大程度上是由低级的娱乐与充斥肉体感官刺激的低级的艺术共同组成的。不排除存在着水准较高的大众文化，但说实话，这种文化同样也以降低水准的手段来寻求大众的更为普遍的掌声与喝彩。正由于此，大众文化的受众更多的是庸俗不堪之辈，以及知识水准较低而又少去涉及生存问题的相对麻木的人们。这种人有一特点，那就是他们在很大程度上依赖于大众文化填补他们的空虚与无聊、痛苦与绝望、愁闷及忧郁，因此，这种人同样成了大众文化消费的生力军。可以这样说，没有这种人也就没有大众文化的出现。大众文化的繁荣只能说明一个事实，那就大众欣赏水准的普遍下降以及由此带来的文化的衰落，而不是进步。大众精神的贫困与危机是大众文化繁荣的必不可少的先决条件。纵观文化的进程可以发现，文化的进步与文明的兴盛与那个时代精神的相对富足是分不开的，在人们慨叹文明已经逝去，文化已经进入低落的同时，我们更应看到世纪时代精神的危机与贫困。

显然，这个世纪的精神是可怕的，而在这个世纪末的时代钟声中，精神的危机更是接踵而来，这是谁也没法逃避的问题。时下，大众精神的危机与贫困并非中国特有，它早就存在于这个星球的每一角落。还在古希腊的伟大诗人赫西俄德的笔下，这个"黑铁的世纪"便全是罪恶，人们"夜以继日地工作和忧虑……它带给人类的除了悲惨以外没有别的，而这种悲惨是无边无际的"。接着，犹太天才作家卡夫卡又做出了世纪的预言，在他看来，"一切挂着错误的旗帜航行，没有一个字名副其实。比如我现在回家，然而这只是表面上如此。实际上，我在走进一座专门为我建立的监狱，因而就更残酷。""一切似乎都是用坚固的材料造成的，似乎很稳固，而实际上却是一架电梯，人们在电梯里向深渊冲下去。我们看不见深渊，但只要闭上眼睛，人们就听见深渊发出的嘶嘶声和呼啸声。"① 显然，这代表的是人们的共识，随着尼采、施宾格勒、叔本华、萨特以及雅斯贝尔斯等人的诉说，这个世界所代表的人类生存的虚无暗夜便成了一个梦魇徘徊在人类中间。人类的危机处境从此暗示了这世纪的绝望境遇，空虚无聊的大量增殖共同诉说人类生存意义的缺席。

然而，就是面对着这样可怕的生存图景，却仍然没有人去寻求意义，恰恰相反，更多的人寻找的是一种消解意义的途径。在他们满足于大众文化的消费过程中，我们可以看到一个更为可怕的危机，那就是精神的贫困已经悬浮于每个人的生存方式上。触目可见的危机只有更进一步地催化生存的苦痛与绝望的诞生，而不是消解危机的爆发。此时的我们就仿佛坐在即将爆发的火山口上，再不寻求出路便只有坐以待毙。

二、萎缩的生存空间与大众文化

显然，已经没有别的选择，危机的爆发已经是指日可待的事实。在这大众包抄而成的生存空间里，人们已经不存在所谓的"自由"，只有蒙在鼓里的人才以为大众文化给他们带去了享受与满足。实际上，人类是以神圣品格的沦丧换来大众文化的繁荣的。大众文化在相当大程度上替代了人类对神圣的向往与追求。取消了神圣的在场也就意味着通俗的泛滥，同时也意味着道德尺度的消失而失去了评判的标准。许许多多低级的文化消费成了人们口头津津乐道以及心中急切向往的事实，原因便正在于此。大众的生活方式的单一化，内容的空

① 参见古斯塔夫·雅·努施［捷］《卡夫卡对我说》，第 53 页至第 54 页，时代文化出版社 1993 年版。

洞与贫乏，意义的缺席与无聊苦闷的增殖，所有这些都是大众文化存在的依据。可以这样说，假若人们的精神是富足的，那么也就不存在什么大众文化。大众文化存在的依据与人类生存的背景无疑是息息相关的，就是在这样萎缩的生存空间里，大众文化扩展了大众的生存空间所包含的欲望范围。以欲望的填补式扩张来满足大众由于萎缩的生存空间而导致的贫乏，这正是大众文化的特色以及成功的地方。大众文化正是通过这种间接的但却是便利的途径使大众的浅层欲望（很大程度上是刺激感官）获得满足。当然，这种满足实现得越好也就寓示大众文化越成功或越繁荣。

大众文化需要发展，它同时还需要不断地创新。在这个机械复制的时代里，只要复制的技术过关，大众文化也就越有被推销的可能。现代大众文化的社会特点并不在于希望制作容易广泛传播的产品——在这以前人们已希望这样做了——而是在于希望找到这样一种生产方案：根据它相同类型的产品可以及时地、畅通无阻地到达相同的接受对象那里。娱乐产业忠实的拥护者们常常因为死抱已经用过的类型不放而遭到谴责，他们之所以不放，因为同类产品在长时间内畅销可以给他们带来利润，但同时他们也由于人为地制造对新型式的需要、制造对快速变换时尚的渴望以求增长消费而遭到责难。正如西梅尔所说："东西不是生产以后才会变得流行的，东西是为了流行才生产的。"事实上，两种方法——坚持时尚和改变时尚——是结合在一起、根据具体情况交替使用的，大众文化生产的组织也依赖于对受众需要的操纵。当然，就娱乐产业而言，它不会去教育大众，去提高他们的艺术鉴赏能力。指责出版商、戏剧导演和制片人有意阻碍受众鉴赏能力的成熟，是把事情简单化了。①

大众文化不仅把艺术标准降到一个较低的水准，不仅使人们在思想上、感情上变得麻木不仁，不仅会导致盲目服从和不负责任，而且也开了许多人的眼界，使他们了解了从不知道的事情和价值。因此，它不仅解除了人们精神上的武装，而且也铺平了批评和反对的道路。正是由此，我们到目前为止仍然少见批判大众文化的文章，这与其说是不了解毋宁说是没有那份胆量。

当代工业社会的程式化生活，大城市生活的机械化，个人对共同的生活方式不知不觉的适应，逐渐出现了个性丧失的趋向。大众媒介——广播、电视、

———————————

① 参见阿诺德·豪泽尔［匈］《艺术社会学》第 256 页至第 257 页，学林出版社 1987 年版。

电影、报纸和路牌广告，总之我们所能看到和听到的一切——正在推进这种趋势。必须发现的事实、必须回答的问题和必须分享的观点都是现成地摆到了我们的面前。我们看到，每当文化大众的圈子扩大一层，他们的鉴赏水平就下降一级。在他们那狂热的赞同声音当中，个性丧失已成了一个突出的事实摆在我们每个人面前。可以想见，伴随着激情与狂热的消失，剩下的还有些什么？在这因疯狂无知与愚昧共同编织而成的受众世界里，我们到底还有多少余地不受干扰而令自身富足？

事实是最好的法官。在时下发达的感官世界中，大众文化的泛滥成灾已成了众目所聚的焦点。形形色色的大众文化无孔不入地侵占了人们可能有的每一块空余时光，人们已经别无选择地就范，似乎没有出路。生存空间由此出现了前所未有的萎缩，除了工作、吃饭、睡觉，别的一律逃不脱大众文化的可怕入侵。在某种程度上，大众文化已经成了一剂麻醉品，它麻醉了每一位受众的空闲时光，而更甚的则侵入了工作的每一个单位时间。这种生存图景不能不说是令人忧虑的，因为"空虚和无聊决不是一件可以轻视的灾害，到了最后，它会在人脸上刻画出真正的绝望"（叔本华语）。绝望并不可悲，可悲的是绝望已经到来还不知道。在这样一个麻木不仁的世界之中，我们发现，人们已经不会在神圣面前寻找真正的出路，（因为这条道路充满了荆棘与苦难），他们不约而同地寻回到这个自己配制的由空虚与无聊共同编织而成的生存苦酒之中。这无疑是一条消解之路，在这循环反复的过程中，我们看到空虚与无聊在一定意义上得到消解，但同时却在另一种意义上繁殖衍生。就在这样无尽的灭与生、生与灭的循环中，人们享受了生存的酸甜苦辣，没有激情，没有英雄主义，更没有浪漫与诗情画意，一切都是枯燥的、乏味的，它只适用来打发日子，而甚至谈不上过日子。大众的麻木由此可知，可悲也由此可知。

不可否认，大众文化在相当大程度上的确加速了大众的成熟，而这成熟更多的是限于麻木与无聊的认识上的。就在这无聊充斥的大众生存图景中，大众文化一次又一次地创新与发展。它在这样的大众世界中寻求突破其实并不是一件难事，只要它对大众的特征作一次民意测验（这种方法日益被利用了），它便能投其所好地制造出一批又一批投合大众口味的文化产品，然后投放开放的市场媒介机制并转到消费大众手上。所有这些在当今社会都伴随着机械复制的利用，正是由此，惊人的速度正在成为大众文化消费又一特色。当然，所有这些都是与大众文化的营业目的分不开的，大众文化说到底就是为了赚钱与取得利润，因此只要投大众所好，大众文化也就名利双收。一者在于赚了大量的利润；二者则由此扩大影响，为下一步的努力方向打开了坦途。大众文化并不考虑自身会给社会带来什么后果，它的本质就在于经营本身，它纯粹是一种经济的产物，与文化的关系也仅仅在于它利用了大众精神的缺陷来捞取利润，这正是经济飞速发展的副产品。说到底，这种文化虽表面关注人，但却是以营利为出发点的，这就好比别的任何商品一样，提高商品的质量或降低商品的质量原因都只在于寻求更好的销路。因此说来，大众文化是不为神圣负责的，只要不触犯法律（但实际上却朝这方向冒险），它都尽量地扩大自己的势力范围。当然，这个势力范围更多是以受众的经济能力来衡量的，而不是以文化程度来衡量的。正是如此，在时下市场经济飞速发展的今天，大众文化正日益成为受众消费的最主要内容，而这恰恰是精英文化无法比拟的。从某方面看，大众文化的繁荣是伴随着精英文化的衰落同时出现的，其中，大众文化的兴起往往成为先导，而大部分则又往往同步进行的。它们之间并不存在互为因果的关系，一切的原因都应该到社会中寻找，即经济的发展及大众精神的变化趋向上。

大众文化并不会那么容易衰落下去，只要经济文明继续发展，大众精神持续于危机与贫困状态之中，大众文化便有足够的环境适合它继续繁衍生长。纵观全球，大众文化都已获得了前所未有的声誉与影响，要想它在一夜之间或短时间内失去宝座地位无疑是不合实际的幻想，面对大众文化的统治，我们当下之急并不是去改变经济的发展速度，而应该从自身出发，去寻求与大众文化相抗衡的力量，而这力量也便是神圣品格的重归与定位。

三、大众化：艺术的没落

信仰及相应的神圣的失落无疑正是当今社会的症结所在。早在尼采那句惊天动地的宣言之后，我们便来到了这样令人难堪的一方处境，谁也没办法自救，也没有办法被他人所救。既然信仰的"上帝死了"，那我们还能相信什么？信仰的迷失换来的不是轻松，恰恰相反是沉重，是更为黑暗可怕的"世界之夜"。这已经不是人为的杜撰，只要头脑相对清醒的有识之士都没法不亲临这个世纪的绝望与黑暗。在此没有必要花上冗长的篇幅去举例，因为这种例子俯拾皆是。我所愿意做的是，人们要认识到这社会的本质而不是盲目狂妄、麻醉不醒。只有清醒地处身于这个世界，我们才会发现原来一切已经发展到何等可怕的程度，也只有这样，我们才能客观地看待每一个问题。

在此，这个问题就是大众文化到底应该怎样看待？作为文化一方面的艺术到底如何？而大众文化的繁荣是否意味着文化的进步？所有这些无疑都是应当解决的。在本文前面，我想我已经把大众文化的问题作了适当的分析，这里我只想把文化重要方面的艺术剖析一下，看一看大众文化这罪魁祸首对真正艺术的干扰是何等严重。

可以先下一个结论，那就是大众文化兴盛的结果便是艺术的没落。在此，艺术特指纯艺术或精英艺术，也即高雅艺术，因为在相当大程度上，艺术的进步是以这种艺术为标准来衡量的。没有必要讳言大众文化本身存在的不足，只有面对它，我们才能看到精英艺术所面临的处境是何等的尴尬。实际上，精英艺术在当下境况中已只能在大众文化的缝隙中寻找生存，它再也不像以往那样倍受上层社会的青睐与宠爱而成为整个社会的主流。目前，精英艺术正处在前所未有的低谷之中，虽然有许许多多有识之士在为其处境奔走呼号，但这声音与大众文化的喧哗成势显然有着天壤之别。渐渐地，也就少却了许多如此清醒的"勇士"，一切又归于沉寂。当然，精英艺术永远还没有到达灭绝的边缘，而且说到底也不会灭绝，但我们有责任为它的复兴尽到自己的一份菲薄之力，就好像我们仍要为这个时代的神圣复归奔走呼号一样。也许，再也没有比这更令人惊心动魄的了，这事业的艰巨无疑是需要几代人共同努力的。虽然危机与贫困已经到来，甚至发展到一个可怕的程度而面临崩溃的危险，但这精神的麻木与黑暗却从此永久地积淀下来了，消除这可怕的积淀永远不是件容易的事情。这就好比要除去人生的堕落与罪恶本性一样，绝不是三天两头可以解决或一劳永逸的。它需要的是我们的耐心与持之以恒的激情，只有这种对神圣的仰望姿态才能使我们保持对目标的清晰度而不至于迷失。

重建家园的渴望与重构精英艺术的迷人框架是互不可分的，只有重建起对家园的企盼，精英艺术才有希望。没有对家园的企盼之姿，也就没有精英艺术的复兴。说到底，精英艺术与对人的精神关怀及灵魂探索是息息相关的，因此，只有致力于人的终极关怀以及对人类灵魂的无偿责任感及良心才有资格称得上精英艺术。与这些无关的便只能称作通俗艺术，而大众文化则是通俗艺术的进一步发展，它大体上以受众的数量来衡量。只有受众达到一定数量的通俗艺术才称得上大众文化。精英艺术永远都不可能成为大众文化，即使它通过各种媒介可能成为众所乐道的文化，但它本质上只能是精英艺术。

大众化无疑只能带来艺术的没落，大众文化的繁荣无不是伴随着精英艺术的没落而出现的。在大众化的过程中，我们可以看到诸如电影、电视、卡拉OK、报纸、杂志及形形色色的舞台等大众媒介使得通俗艺术或精英艺术（部分）转化成了大众文化，它或使受众欢迎（大部分，即使时间很短），或使受众难受。然而不管怎样，大众文化都必然要形之于目或声之于耳，只有这样，它才尽可能满足受众的感官需要，从而达到消费的目的。当然，大众文化更多的只是一次性消费，因为它不是一目了然的就是直截了当的，只有这样，它才能吸引忙碌得像机器一样的大众，也只有这样，它才能一次又一次地更新换代，推陈出新，从而达到再生产的目的。从目前所见，艺术的大众化程度及媒介对通俗艺术的传播范围都是相当大的，而通俗艺术的再生产速度则更为惊人，它说明一个事实，那就是艺术投放市场机制之后已经发生严重后果。

与精英艺术相比，通俗艺术不是一种效果短暂的刺激品。当然精英艺术作品也是被"消费"的，也要经历新陈代谢的过程。精神产品的消费总是意味着一种破坏，这种破坏在历史条件下——既在通俗艺术中又在精英艺术中——也能引起一个积极意义上的新陈代谢过程。艺术质量的提高和降低可以发生在两个范畴中，不仅发生在接受的过程中，而且发生在生产的过程中。精英艺术作品如果传播得太广，也会呈现廉价的、直截了当的娱乐特征。然而，这种情况的出现只有在作者欣然接受广泛传播的条件下才有可能。

在工业——商业时代，艺术品的商品性对所有艺术生产都是重要的，并非通俗艺术所特有，其区别在于：市场和商业经济的决定性作用在一种艺术中比较隐蔽，在另一种艺术中则比较明显。通俗艺术的商品性因作品的权宜之计而表现得特别明显。严肃的精英艺术有一种迷惑人的效果，常会给人带来痛苦的折磨；通俗艺术的目的是安抚，是使人们从痛苦之中解脱出来而获得自我满足，而不是催人奋进，使人开展批评和自我检讨。

经济上和文化上没有地位的社会阶层无论对精英艺术还是对通俗艺术都没有明确的态度，他们以非艺术观点来看待艺术作品的成就。他们对作品的美学价值（即艺术的优劣）常常无动于衷，关心的只是作品是否涉及他们的实际利益，是否反映他们的思想和目标。如果作品符合他们的需要和希望，能消除他们对生活的恐惧，增强他们的安全感，那么他们也是无意贬低作品的美学价值的。但对他们来说，重要的作品反而不易获得成功，因为他们未受过好的教育，没有特殊的审美经验。通俗艺术可使他们逃避现实，逃避责任，模糊对道德沦丧的严重性和危险性的认识。对将来迷茫的不仅是下层社会，上层社会同样也是不无忧虑的。这就是通俗艺术受众如此混杂的原因。

但我们不能把通俗艺术质量的低劣归咎于要求不高的受众，不能说受众仅仅得其所欲。每一种艺术都要适应它所服务的受众的趣味；精英艺术作品则超过了一般人的希望和期待。不管一般的受众能否获得符合他们要求的作品，不管他们在接受作品之前是否需要接受训练，艺术作品的质量总是不变的。因此，不能说受众仅仅得其所欲而已，受众应该得到比较好的东西。[①]

然而，人需要赚钱和获得长期这样做的手段。为达此目的，他们要选择拙劣的艺术品，而不是优秀的艺术品。因为，首先他们一般分辨不出孰优孰劣，其次抛弃质量低劣的作品要比抛弃好作品容易得多。大众文化产品质量的低劣可以——至少部分地可以——用文化的民主化和资本主义的竞争经济来解释。然而，更好的解释却只有来自大众的鉴赏水平的高低，因为它直接地影响了大众文化产品质量的高下。要想洞悉大众鉴赏水平的高低，一个不容忽视的媒介便是电视。在大众媒介中，电视的受众最多，也最为混杂。作为一种娱乐产业，其产品之多和质量之低都达到了极点。电视主要是用来消磨无用的时光的。那些在晚上或周日无所事事的人总会坐在电视机前，以为自己在享受生活，或者什么也不想。看电视的人一旦打开了电视机就以为他看到的就是生活中的画卷，而不是缩小的图像。电视观众之所以对电视节目如此着迷，那是因为电视接收机对接收者的接近、家庭的接收气氛的亲密和接收范围的狭小。从这当代人们最主要的娱乐产业之中，我们看到大众消费文化的水准已经是何等的低下。人们更多地停留在"好看"与"不好看"的鉴赏水平线上，从来没有什么人发表出什么高深的见解。

在这大众化日益深入的今天，过多的抱怨都是无益的，因为艺术的没落已成为事实。当然，真正的艺术不会消亡，它必将随着时间的流逝再次验证出自

① 参见阿诺德·豪泽尔［匈］《艺术社会学》第 234 页至第 253 页，学林出版社 1987年版。

病
理

己的实力，它那夺目的光彩必将在大众艺术走向衰落的过程中渐次开放出来。这个过程也就是神圣复归的过程，是良心与责任感重返心灵的过程。对此，我们拭目以待。

1994 年 6 月于福州

我们文学的疾病

病　　例

戏剧的营养

——小说问题之一

在我看来，新时期中国小说家的素质一直存在着某种先天的不足，因此在创作中就显露出各种各样的缺陷，而在这些缺陷之中，戏剧营养的缺乏就是其中很重要的一环。实际上，自"五四运动"以后，特别是新时期以来，大多数中国小说家对戏剧的重视程度不仅很低，而且还有些无知。他们不仅不了解戏剧，而且对戏剧漠视有加。显然，这种状况并不是我们乐意看到的。

稍加考察，我们就会发现一个令人惊讶的事实，那就是戏剧并不像我们想象的那么遥远与隔膜。恰恰相反，许多有着杰出成就的作家都受到了良好的戏剧熏陶与锻炼，不说莎士比亚、易卜生、斯特林堡、萧伯纳、奥尼尔、贝克特等以戏剧创作闻名的作家，就以比昂松、梅特林克、豪普特曼、高尔斯华绥、皮兰德娄、萨特、索因卡、契诃夫、高行健等一大批在各自不同领域做出卓越贡献的作家而言，他们对戏剧的热情以及在戏剧创作上的非凡实绩也是众所周知的。当然，就更不用说那么多从小就深受戏剧影响的作家诗人，虽然他们没有创作过戏剧，但他们的创作都或多或少地吸取了戏剧的营养。

就以中国为例，鲁迅、郭沫若、茅盾、巴金、老舍、曹禺、夏衍等人就无不受到戏剧深厚的影响，特别是郭沫若、老舍、曹禺、夏衍等人，他们不仅有着丰富的戏剧创作实践，而且都获得了相当大的成功。至于明清小说，特别如四大古典名著，它们对于戏剧营养的吸收就更无须赘述。《三国演义》《水浒传》都与民间说唱、民间戏曲的流传息息相关，而《红楼梦》的作者更是精于诗词戏曲，文中不乏大段大段的对戏曲的描述。再如李渔、徐渭等人的戏曲实践与著述，不仅充实了他们的艺术成就，而且也让人感受到了当时戏曲的强大感染力。由于现实中戏曲的演出随处可见，作家从小就耳闻目睹，深受其影响是毫无疑问的。这点就是"五四"时期的许多作家都承认，包括鲁迅也是如此。

这一切显然都在说明一个事实，那就是戏剧对于小说家而言并非可有可无，小说不仅能够从戏剧中汲取有益的营养，而且显得相当必要。戏剧与小说在许多方面的共通性也说明了这一点。而回到当前的小说创作，一个很突出的问题就是大多数小说家明显缺乏戏剧方面的修炼，他们的小说要么没有故事，要么有故事却没有悬念，不能吸引读者；要么人物单薄，没有性格，人物不随自身的轨迹行进；要么结构松散，随心所欲；要么对话贫乏，苍白无力，不符合人物身份。而所有这些缺陷又无一不与戏剧修养的缺乏紧密相连。

考察一下戏剧的特性是很有裨益的，特别是当我们对戏剧一无所知的时候。从它与小说的密切关系看来，我想从以下几个方面来分析它对小说的重要性。

一、对话

戏剧的语言即是对话，这与小说略有不同。小说重在讲述故事，至于如何讲，那是千差万别的。有人侧重叙述，有人重在描摹，有人重于刻画，有人甚至只沉湎于回忆……不一而足，各显神通。小说技法的千变万化由此形成了纷繁复杂的小说流派，但万变不离其宗，其主要目的都只有一个，那就是为了更好地表达作者想要表达的东西，为了更直接地进入人物与故事的实质。语言若不为这个服务，那我们就有理由怀疑它的存在。对于戏剧来说，这点再清晰不过了。戏剧是靠对话来实现整个故事的讲述的，对话的质量直接关系到这部戏剧的成功与否。因此，对话的功能就很明显了，那就是要深入刻画人物，要清晰地讲述故事，要带动故事与情节的发展，要解决一切的冲突与矛盾。显然，这种只用一种语言方式即达到讲述故事的最终目的的手段是令人惊讶的，其中的技巧与难度可想而知。

对于小说而言，这种难度得到了大幅的降低，因为它除了对话之外还有多种多样的语言手段帮助其完成。从这意义上说，小说在对话上的要求远远没有戏剧那么严格。但我们也不要忽略一个事实，那就是对话对于一部小说的重要是别的小说技法所无法比拟的，特别是对于长篇小说而言，对话的能力更是考验一个小说家能力的至关重要的因素。可以这样说，一个写不好对话的小说家是写不出杰出的长篇的，而对话的能力恰恰可以作为衡量一个小说家是否优异的关键因素。

翻阅经典，这种印象是如此鲜明，以至于我们无须求证。而如今一批又一批正在茁壮成长的小说家却根本就没有意识到这一点的重要性，他们对于对话技巧的修炼不仅没有，而且极不重视，他们小说的单薄与无力由此可见。靠纯粹的叙述来完成一部小说与一个人物的塑造，这本身就是吃力不讨好的行为，更何况还要达到一种高度。就从技术层面而言，对话的好处也是显而易见的，它不仅可以改变因一味的叙述带来的枯燥与乏味，而且也可以让读者更直接地进入主人公的形象与内心世界。谁都知道，要想了解一个人，最直接的方式就是见其人闻其声，仅仅靠别人的讲述是远远不够的。而在小说中，描述与叙述都只是类似于讲述的间接经验，只有对话才能让人如见其人如闻其声。因此，任何忽略对话来塑造人物的行为都是可疑的。

如今许多小说家并不是不想用对话来塑造人物，而是觉得艰难。对话在诸多小说技巧中的难度无疑是最大的，这也就是如今许多小说家害怕写对话的根本原因。实际的情况也是如此，目前在写对话的大多数小说家也基本上用不好这一技巧，不是人物不到位，就是废话连篇，不知所言。总之都太过漫不经心，对于对话的严格要求缺乏认识。而更多的情形则是避而远之，尽可能地不去接触对话，一味地叙述，一味地翻新技艺。这样的小说家常常是难以为继的，因为不使用对话更艰难，更难于那种没有表情的写作。这点在九十年代先锋小说的转型期表现得非常明显，先锋小说之所以转型，显然是与它那种坚硬的叙述难以为继密不可分的。从另一方面来说，一个小说家也应该会有这种体验，那就是当你进入小说人物的对话时，你才会有真正的不能控制自己的感受。人物到了一定的情境与局势时，他是会自己说话的，而这往往会出乎作者的意料。

不论从何种意义上说，对话都是非常直接而有力的塑造人物的方式。一部长篇小说若没有强有力的对话的支撑是不可思议的。如今的小说家在经营长篇的同时往往忽略了这一重要的元素，这也就是目前大部分长篇小说失败的一个根本原因。高行健的小说我不敢说有多么杰出，但有一点是肯定的，那就是在《灵山》与《一个人的圣经》中，他对人物对话的处理是目前绝大多数中国小说家所无法达到的。可以这样说，高行健能够轻而易举地把人物置身于一种对话的环境与氛围中，然后在对话中静静地发展故事与人物。一次相遇，一夜温情，不用一句叙述，而是通过长达十几、二十几页的对话来展现，来解决，这不能不说是一项超凡的技艺。许多人往往对此不以为然，可当他真正付诸实践时，他才会明白其中所蕴含的难度。因为，写一段长长的对话容易，但要在对话中展示人物的性格与内心就相当困难，更何况还要推动故事与人物矛盾的发展。比较常见的情形是，对话与故事的主题无关，与人物的性格也是格格不入，不仅不符合人物的身份，而且反显得多余。说到底，就是不了解对话的特殊要求，不懂得对话的重要性，在对话上缺少基本的训练。正是由此，高行健的成功绝不是空穴来风，而是与他在戏剧上的修炼密不可分的。

戏剧不仅善于在对话中不知不觉地展开故事，在对话中不露声色地刻画人物，而且善于在对话中悄悄地展现矛盾与处理问题。如莎士比亚的戏剧、易卜生的《玩偶之家》、奥尼尔的《遥远的旅程》等都是如此。它们都在生动形象的对话中赋予了人物丰富的性格与激烈的冲突，不仅有很强的动作性，而且带动了整个故事情节的发展。这就是戏剧的独到之处，我期待的是小说也能够从戏剧中汲取这丰厚的营养，从而改变那单一而贫乏的叙述方式。

二、故事

戏剧故事的基本要求是好看，能够吸引人，特别是在这两三个小时的演出时间里能够抓住人。要做到这一点，其中重要的一环就是悬念的设置。戏剧是讲悬念的，一出好戏之所以经受得起时间的无情考验，可以历经几十、几百年而常演不衰，其中一个很重要的根由就是好看耐看。好看才会有人看，而耐看才得以持久。讲清楚一个好故事，这个故事还需耐人寻味，给人一点意思，甚至给人感动与震撼，这无疑不是易事。

这实际上也就是立意的问题，也是戏剧故事更深层的另一个要求。一个故事的选取肯定与作者对立意的要求有着密切的关联，作者思考的深度与广度是决定立意高下的根本原因。每个作家对待不同的故事都会有所侧重，而即使是对待同一个故事也会有不同的理解与处理方式。正是因此，一个作家是否有思想是很关键的，而不是我们常听说的"没有想法"。

从当下小说家看来，"没有想法"的还真不是少数，他们以没有思想为时髦，以没有立场为骄傲，以能写为荣，殊不知，写出来的大都是垃圾与泡沫。不用说他们大都连故事都讲不清楚，就说这种小说也真是难看。他们的能耐大概也就是把一个简单扼要的故事弄得复杂难懂，不忍卒读；或者干脆就缠绕于晦涩的语言与多变的技巧上不能自拔。这样的小说家，其骨子里的缺乏是一目了然的，那就是用外在于心灵的东西遮掩思想的贫困。

这样的小说家却常常占据了小说期刊的大部分显著的位置，这总让我非常吃惊。如果我们的小说已经堕落到这种境地了，那我们还有什么必要再关注小说的发展呢？接触了戏剧，我才猛然醒悟过来，原来最好看的作品并不是小说，而恰恰是戏剧。经典的剧本是很好读的，不仅不晦涩，而且还相当吸引人；不仅不浮浅，而且还很深刻，很震撼人。不说莎士比亚、易卜生、奥尼尔、贝克特等人的戏剧，它们的高度显然不需要我去粉饰，就说中国一大批传统的剧目，如《窦娥冤》《西厢记》《牡丹亭》《杜十娘》《赵氏孤儿》《三娘教子》《团圆之后》等，也是光彩夺目，流传数百年而不衰。

这样的作品我们不去研究，不去想想它们为什么有如此巨大的生命力，那我们肯定是有问题的。特别是对于一个作家而言，盲目地写作是很要不得的。我们应该好好地想一想，它们为什么能流传？为什么有这么多的读者与观众？它们讲故事有什么特别的能耐？它们是否仅仅满足于讲一个好玩的故事？而作家关注的点又在哪里？显然，只要深入去思考，问题的实质就将暴露无遗，而我们也就不至于饱尝晦涩、平庸与无聊的诉说。

故事的重要性是铁定的一件事实，一个轻易否定故事重要性的作家绝不可能是好作家。即使是博尔赫斯这样以技艺取胜的小说家，他的短篇小说都有着极为精巧与引人入胜的故事，如《死亡与指南针》就一点不亚于一部精彩的侦探小说，而《刀疤》干脆就以主人公讲述一个生动而令人惊讶的故事来结构全篇。博尔赫斯的小说之所以有着如此巨大的影响力，恰恰与他对故事的挑剔与巧夺天工的剪裁是分不开的。由于博尔赫斯侧重于对事物本质的揭示与对人类精神的书写，因此他的小说常常会给人一种错觉，以为他关注的只是形而上的意义与迷宫的设置，却没想到他对故事的挑选同样极其苛刻。

在另一方面，博尔赫斯同时是作为一个优秀的诗人出现的，但在他的小说中却读不到一点诗的味道，这同样也给我们的小说家一个暗示，那就是我们没有理由把小说写得像诗一样。如今的小说家真的应该好好补习一下相关的课程，要学会如何把小说写得像小说，而不是"四不像"。如今的小说家大都有一种随意的习惯，不仅讲故事的能力很差，而且也缺乏刻画人物与结构全篇的能力，他们习惯于随心所欲，把小说也散文化，诗化，甚至干脆就没有故事，没有人物，而这还美其名曰：创新与探索，这无疑是本末倒置、黑白不分。还有一种情况，那就是一个优秀的小说家同样也会有偷懒的时候，只要悄悄放松一下，他也会不由自主地走到这一步。

可以肯定的是，小说家不仅要能讲一手漂亮的故事，能够吸引人，而且还要有求新的意识，要把故事讲得与众不同，而最重要的则还是故事背后的精神指向，是小说家对于故事的理解与阐释的深度。杰出的小说家善于从人们司空见惯的故事中发掘出人类最本质的概括与最普遍的境遇，这样的时候，故事好像并不重要，而实际上这也是一种误读。如托尔斯泰的《伊凡·伊里奇的一生》，应该说是大家司空见惯的一种小市民的生活，但恰恰是这种大家习以为常的生活，托尔斯泰发掘出了大家忽略的人类普遍的悲剧，从而给大众提出了一个命题，那就是除了名利与物质的生活，我们是否忽视了更为紧要的生命与灵魂的自由。显然，假若没有作家笔下细致动人的故事与生活的细节，没有与我们的感同身受，那这一立意就是无源之水、无本之木。因此说到底，对于小说而言，一切都是通过生动感人的故事来实现的，而不是简单乏味的说教。

三、人物

戏剧对人物的要求也是相当高的，一出戏要在短短的时间内完成几个人物的塑像，要有血有肉，要能够感染人，这本身就是高难度的标准。在戏剧中，人物不仅要随剧情的发展而发展，人物的性格鲜明与否也至关重要。在不脱离剧情的前提下，如何合情合理地刻画人物，而不是随心所欲地发展，这也是戏剧对人物的基本要求。应该说，一个人物一旦进入了特定的剧情与故事，他的行为与命运就必须遵循一种特有的轨迹。一出好戏肯定是有人物的，这个人物不仅独特，而且往往给人难以磨灭的印象。一个好故事也一定可以找到好人物，这是颠扑不破的道理。剧坛给我们留下了一大批光彩夺目的形象就是明证，如哈姆雷特、李尔王、罗密欧、朱丽叶、娜拉、茶花女，如窦娥、杜十娘、杜丽娘、孟姜女、梁山泊、祝英台、许仙、白素贞、董永、七仙女、张生、崔莺莺等都无不是如此。

戏剧在这个意义上甚至以人物获得了流传，这不能不说是成功塑造了人物的结果。当下的戏剧往往就没有这个荣幸，因为忽略了人物的情感与心灵，忽略了人物特有的生命力。正如当下的小说一样，小说家往往也不重视人物的塑造，他们满足于讲述一个没有悬念与没有意义的故事，或者干脆把故事写成传奇，离奇古怪，危言耸听，投机取巧。这样的小说其意义是显而易见的，说到底，就是力不从心，把握不住文学作为人学的本质与核心。

文学即是人学，假若文学不关注人的生存与存在，不关注人的现在与未来，那文学的意义就很可疑了。说到底，文学就是一面镜子，它不仅反照出了人生中的喜怒哀乐、悲欢离合，而且也反照出了人性深邃的堂奥，以及人类生存的思考与命运的感叹。人是个极其复杂的存在，文学的丰富性就根植于此。一出戏、一部小说所能反映的肯定只是人的一个侧面、一小角落，它所能揭示的深度与广度也是有限的，但正是这些不懈的努力构成了文学艺术辉煌的巨幅画卷。一个个光彩夺目的文学形象，一首首人生与命运的颂歌，就这样汇聚在读者的心中，涤荡与感动着每一个善感的心灵。

文学的意义是如此简洁明了，可我们却常常不知所归，这是很可悲的。小说家到底该如何创作，该写什么样的东西，我想只要明了这一点就会好办得多。说到底，文学并不深奥，也不复杂，就是写人而已。写自己或写别人，关键就是要把人写好。哪一天你把人写好了，你就成功了，就这么简单。现在的小说家恰恰对此视而不见或相当无知，这是他们小说写不好的最重要因素。一篇小说出来了却拿不出一个像样的人物，读者对小说中的人物没有印象，没有共鸣，这篇小说注定是失败的。

并不是每一种人物你都可以写，也不是你想写谁就写谁，这世上并不存在通才，因此你只能老老实实地写你身边最熟悉的人物，最有意思的人物，最能给你感动的人物。不了解的人物最好不要去碰，因为你的想象与生活并不能取代他的生活与内心。听来的东西毕竟是有限的，去写你不了解的人还不如直接写你自己。如今的小说家不知是没有生活还是没有勇气写自己，他们总是习惯于写一些自己不熟悉的人物，这显然是吃力不讨好的。

关于这一点，当前的戏剧则有过之而无不及，不是写历史人物，就是写传奇，基本沾不上现实的人间烟火味，这实际上是很危险的写作，可我们总是期待它的成功。不否认有一批作品确实因此获得了相当大的成就，如《秋风辞》（写汉武帝）、《曹操与杨修》、《沧海争流》（写郑成功与施琅）等，但它们的成功毕竟是少数，而且也毫不例外地与当下现实的紧密结合与思考是分不开的。更多的情形是，作品停留在历史的层面，只是就历史写历史，就传奇写传奇，人物单调与雷同，不仅没有个性，也没有生动的情感。不说平庸之作，就说郭沫若的《蔡文姬》与田汉的《关汉卿》，如今看来也是很难想象它们当时的那种声誉。在我看来，它们与同时代的《雷雨》《茶馆》是有距离的。毕竟，历史剧的当下意义也会随着当下的迁移而日渐丧失，它的意义是比较经不起时间考验的。

从这意义上说，作家如何确立自己的人物观念是很紧要的。这个观念就是要求作家找到适合于自己表达与需要的人物。只有适合于自己的表达，人物才会鲜活与生动；而只有内心的需要，人物才会有血有肉，有爱有恨，才能感动与震撼人。一个与自己没什么关系的人物是不可能写好的，这点在历代经典名著中不证自明。而名著的历史实际上也就是一部作家的历史，绝大部分的名著都不会轻易放弃自己的生活与经历，这就是作家的书写。说到底，每一部名著都是作家的心灵史，都是作家的自传。

四、结构

一部名著除了人物与故事的成功外，精巧的结构也是极其重要的因素。就像一座建筑，框架是否牢固是否优美无疑至关紧要。哥特式的建筑与别的建筑区别就在于结构，而故宫与西式建筑的区别也在于结构。埃菲尔铁塔超凡脱俗，悉尼歌剧院与众不同，其中最根本的原因就是结构的差异与独树一帜的设计。同样，一部作品之所以标新立异，鹤立鸡群，结构也是不可忽视的重要因素。

好的结构肯定会给一部作品的成功起到事半功倍的结果，这是毫无疑义的。特别是对于长篇小说而言，没有一个好的结构是不可能成功的。关于这点，无论是巴尔扎克还是托尔斯泰，无论是《百年孤独》还是《红楼梦》，它们那恢宏而精巧的结构都令人叹为观止。即使就是短篇小说的创作，随意处理结构的做法也都是极不明智的。博尔赫斯对结构的着迷与追求自不待言，就以杰克·伦敦、狄更斯、契诃夫等短篇小说大师来说，他们小说结构的精妙就非许多优秀的小说家可比。

对于一部戏而言，结构的重要性就更是不言而喻了。戏剧常常讲究局势，讲究节奏，讲究起承转合，这实际上就是结构的要求。我们常说某某戏"有戏"，好看，这在某点上说是这出戏的"戏眼"设置得好。一个好的"戏眼"是一出戏生动的关键，有的时候，一个好的"戏眼"就可以救活一台戏。如《天鹅宴》中的"天鹅宴"，如《节妇吟》中的"阃扉"，就是如此神妙之"戏眼"。同样，一部好的小说往往也有一个"故事核"，这个"核"也就是这部小说的华彩乐章，是这部小说令人难忘的关键点。

相对"戏眼"而言，局势则指戏的悬念与设置，这个悬念一旦设置成功，它就自然形成一个期待值，而这个期待值就构成了一个磁场，这也就是局势。在戏剧中，局势营造的成功与否常常是一部戏成功的一半，也是一出戏是否好看的要素之一。一出引人入胜的戏肯定有一个好的局势，这一点在民间传统的经典剧目中比比皆是。如《状元与乞丐》《董生与李氏》就无不如此，它们对于"局"的理解与重视显然帮了其大忙。俗话说，磨刀不误砍柴工，在戏剧中，想好一个"局"就像磨刀一样，它不仅不误砍柴，而且只会节省时间，带来意想不到的收获。

对于小说而言，设置悬念的水平在很大程度上就是一个作家讲故事能力的具体体现，而这恰恰直接关系到一部小说的成功与否。如何把握好悬念的结扣？如何做到一环扣一环，大环套小环？如何做到张弛有度，让故事一波三折？这实际上都有着很高的学问。一出好戏会有很好的节奏感，同样，一部好的小说也有自己的节奏，这节奏就是情节发展与悬念解开的急缓过程。一个故事有开端与发展，有高潮与尾声，还有结局，而在其间又常常一波三折，跌宕有致。正是因此，小说才会有扣人心弦的魅力。

长期以来，我们有一种错误的认识，以为把悬念设置得紧张把故事写得好看只是通俗小说与戏剧的专利，而往往把"纯文学"想当然地当作深奥晦涩的代名词。而实际的情况却并非如此，特别是一部长篇小说，假若没有一个漂亮的故事与故事的"局"，它是很难吸引读者的。特别是在今天这样一个几乎没有人读小说的年代里，在这样一个大家都忙于挣钱过好日子的时代里，如何加强小说的可读性是很有必要的。确实没什么人在读小说了，关于这一点，我们的小说家基本上还蒙在鼓里，就像穿新衣的皇帝一样，别人都清醒得很，就他自己还感觉良好。这样的小说家写出来的东西常常只有他自己看得懂，不是故弄玄虚，就是把简单的东西复杂化；不是混乱如呓语，就是不知所云；要么在语言里打转，要么在意义上含混不清。而这些小说却堂而皇之地占据了许多名刊的头版位置，这不由不令人深表疑虑。

可以肯定的是，如今对于小说的观念与认识是有偏差的，这里有小说家的问题，也有评论家与编辑的问题。重新梳理一下对于小说的一些基本认识是有好处的，因为在文艺实践越走越远的今天，我们常常会因此忽略了文艺最根本的要求与最基本的原则。文艺的目的说到底是为读者服务的，没有读者就没有真正意义上的文艺，任何轻易忽视读者的行为最终都不会有什么好的结局。也是从这意义上说，名著的生命力恰恰源于它对读者的尊重。每一部名著归根到底都是与广大的读者对它的喜爱分不开的。

因此，强调作品的可读性绝对没有降低作品品质的意思，而是强化一种艺术上的感染力。只有更加审慎地对待作品的可读性与感染力，更加努力地在语言、故事与结构上下功夫，我们才会获得更多的读者，才会真正持守住文学艺术的魅力与光芒。如今许多小说家喜欢表示对读者的不以为然，在我看来，其中大部分的原因是小说家想掩饰自己能力上的局限，为自己的作品没有办法吸引读者而开脱。还有一点就是，小说家更乐意于随心所欲地写些无关痛痒的东西，要么风花雪月，要么"小资"情调，总之，与心灵无关，与良知无关，没有苦难，没有眼泪，没有悲痛，没有愤怒，没有忧伤，没有忏悔……这样的作品，没有读者是很自然的。

2005 年 1 月 14 日于福州

我们文学的疾病

隔膜的农村

——小说问题之二

　　我曾经不止一次在文章中反驳了对中国小说现状嗤之以鼻的观点，毕竟，小说做出了它应有的努力，而且，自二十世纪八十年代以来，小说也和经济一样取得了长足的发展。在这个艺术观念相当淡薄的国度里，任何突破传统的创新与实验都是相当伟大的。小说技术的革命不但完善了中国小说先天的缺陷，而且也带来了小说前所未有的发展与成熟。当然，也并不等于说中国小说已经步入了辉煌，实际上，中国小说正处于崛起的时期，等待它的必将是少见的繁荣景象。这点可以从一大批年轻的小说家身上找到印证。

　　遗憾的是，正是这批年轻的小说家让当前的小说渐渐走入了歧途。人们慨叹小说走向衰落与危机似乎也与这点息息相关。重新梳理一下小说的脉络并对小说作一番审视并非毫无必要，特别是在写什么与题材的选取上，我们很有必要对当前小说忽略的一些根本问题加以审察，并从中给出可信的解释。

一、现实生活的贫乏

　　如果要问什么是当前小说最薄弱的环节的话，我会毫不犹豫地说是"现实与生活"。这也就是说，如今的小说家根本不知道自己要写什么，要讲什么样的故事，他们的生活是单一而贫乏的，他们反映的生活是无聊而乏味的。一个显而易见的事实是，大多数的小说家都来自于清一色的毫无创意的城市，城市生活的极大雷同与想象力的苍白构成了当前小说的共同面貌。没有激情，没有理想，更没有深刻的精神指向，小说所表达的只在于一个道听途说的事件，一次无关痛痒的艳遇，一种无聊情感的宣泄……总之，就是缺少了对现实深入的研究与发现，缺少了敏锐的眼睛与善感的心灵，缺少了作为作家应该有的责任与良知。所到之处都是文人圈子，所出示的都是"小资情调"，这就是当前小说家面临的最大问题与挑战。

物质主义的影响甚嚣其上，小说家也几乎毫不例外地被物质的欲望蒙住双眼。他们关心自己的感受甚于任何人，关心自己的享受超过任何理想。他们写的是自己无聊与苦闷生活的自传，是无病呻吟的贵族式发迹史的痛苦。这种苦闷与无聊却往往成为他们心中的精神指向，并以此为可与卡夫卡、博尔赫斯相提并论的精神背景，这真是一种极无知可笑的讽刺。

在这样一个时代，大家都只关心自己活得牛不牛，巴不得早点闯入上流社会的交际圈，因此他们的眼中就只有豪宅与别墅，只有宝马与奔驰，只有名利场。他们的时间是不会为沉重与苦难停留的，当然也就更不会为悲伤与眼泪出示良心的不安。他们已经习惯于秀场的表演，习惯于电视媒体上的支票捐献，他们匆匆而过，付出的同时却不忘自己的名利双收。这就是如今的名人、明星，如今的作家。我不止一次地注意到，如今的名人作家在公众场合与媒体都不会轻易谈到另一个作家，除非是哥们或对自己有利，而大多是在谈自己，谈自己如何地杰出，如何地伟大。听着真是令人恶心！我真不知道如今的人们怎么会变得这么厚颜无耻？在他们极其谨慎地谈着所谓的文学的背后，我总是有些难过，这种人就是我们的作家，是我们的精神导师，是我国的名片。

悲哀就是这样，当你以为有希望时，希望却被这些名不符实的人彻底铲除了。他们关注的根本就不是文学而是名利。他们就像老于世故的生意人，他们计较的是自己的话会不会扩大别人的知名度，会不会因此得罪某个人，会不会对自己有利……他们谈的是经营文学的成本与利润，而不是文学本身，更不是文学的精神。这样的人与这样的文学会有希望吗？我想这根本就不用回答。

当前的小说最致命的恰恰就是这种现象带来的严重后果，小说家都在赚钱，都在兜售自己的名声。他们都很会生活，也很懂得生活，但就是写不出真正有力的作品，写不出丰富多彩的现实生活，以及现实生活背后的实质与精神。从当前一大批活跃的优秀小说家看来，如陈应松、孙惠芬、衣向东、温亚

我们文学的疾病

军、晓航、杨少衡、须一瓜、北北、潘向黎、陈希我、巫昂、黎晗、艾伟、葛水平、叶弥、朱文颖、乔叶等，他们都面临着一个同样无法回避的问题，那就是如何克服生活的缺乏与小说对现实反映的相对薄弱的问题。而即使是很有成就的许多作家，如贾平凹、莫言、王安忆、北村、余华、苏童、残雪、池莉、方方、迟子建等，如何更好地找到书写现实的着力点，更深刻地揭示出时代与生活的本质与内涵，这都还是一项重要而不可或缺的功课。

巴尔扎克说过，"既然小说被认为是一个民族的秘史，那么，要成为真正的小说家，就必须对社会生活进行调查"。调查是为了更好地了解，而不调查就不会掌握真正的现实。对现实缺乏分析，与现实严重的脱节，都不会有深刻的作品。《平凡的世界》《白鹿原》《浮躁》《废都》《许三观卖血记》《活着》《老木的琴》《愤怒》等都是反映现实的优秀之作，它们在概括时代与现实特征方面都有自己独到的发现与理解，但是，也还不能说它们对现实的理解就已经非常准确与到位。实际上，它们对当下生活与现实的观察都有某种程度的隔膜感是严重的甚至是不准确。我认为，这种症状可能缘于作家本身对现实感知的一种麻木，而更大的可能则是作家对现实缺乏分析，不了解现实的真实状况。

二、农村现实的隔膜

对于自己的民族与国家缺乏最基本的了解与深入的分析，这是当下中国作家创作乏力的普遍症结所在。我们的作家到底对我国的国情了解多少？而什么才是我们现实中存在的最根本的问题？哪里才是当前矛盾与苦难最集中与最突出的区域？关于这一切，我们的作家有一大部分是相当陌生与不了解的。说到底，我们对于八亿农民的生活是隔绝的，我们对于底层人们的苦难是漠然的，农民、农村、农业与我们更是相距甚远。当我们急急忙忙逃离了农村的时候，一切实际上就已远去了。

虽然许多作家都不愿意承认自己对农村农民不了解，都说自己从小就在农村长大，但我却肯定地说，这种只存在于记忆中的农村农民形象是一种更大的危险，它的危险性甚至比根本不了解农村大得多。因为这种人根本就不认为自己不了解农村，他们都以为自己是最了解农村与农民苦难的人。所以，当某种农村农民的现实出现在他面前时，他却往往因为记忆的距离丧失最起码的判断力。应该清楚地认识到的是，现实是在时间的推移中不断前进与改变的，没有一成不变的现实，更没有永不消逝的记忆。当你以为自己还非常了解农村与农民的时候，一切却已面目全非了。

以我的经验而言，虽然我也来自贫困的农村农民家庭，离开农村也不过才几年，但我得坦言我对农村农民的现状已相当陌生，这点就是在我每次回到老家时都会有这种极强烈的感觉。因为当一个人离开农田的劳作多年之后（因为大学与工作），当他没有真正深入农村农民的苦难之中（实际上也不可能深入，因为还小，不可能真正承担起农民的家庭重担，大了的时候实际上又都离开了），他对这一切的理解都是相当表面的。农村到底意味着什么？农民的生活到底怎样？我想只有真正长期待在农村的人才会知道。

从当下绝大多数小说看来，中国小说家对于农村农民的现实已经非常陌生，他们笔下的农村与农民生活让我们觉得已不仅仅是想象，而更像是编造。即使就如《许三观卖血记》中的许三观，如《老木的琴》中的老木，都无不有些偏离农民的真实形象。也就是说，他们的形象更像是作家头脑中的那个人，而不是生活中的那一个。值得注意的是，这两部小说都是当前相当出色的小说家精心打造的较为优秀的反映现实的力作，他们也毫不例外地来自农村，可从小说看来，我们却要怀疑北村与余华对农村现实的熟悉程度与把握能力。对于农民的形象，他们是否还停留在记忆与想象的层面？

在印象中，我们也曾有过许多写农村农民的高手，特别是如"五四"与建国初期的那一批作家，如鲁迅、茅盾、老舍、沈从文、赵树理、孙犁等，如《暴风骤雨》《山乡巨变》等，他们对于农村与农民的书写就极其自然与随意，因为他们不仅熟悉那种生活，而且也有深刻的研究与分析。应该说，他们笔下的人物才是真正的文学形象，才是真正来自于农村的。也只有这样，他们的书写才是准确的、可信的。

在此，我忍不住要提到赛珍珠这个人，相对于中国一大批小说家而言，她却更值得我们的敬仰与尊重，因为她对中国农村与农民问题的关注，因为她对中国农民的深切情感：理解、热爱与同情。她的小说《大地三部曲》也正是"因其对中国农民生活丰富而真实的史诗般描写"荣获了 1938 年的诺贝尔文学奖。赛珍珠并不像许多人想象的那样不了解中国，恰恰相反，她自襁褓中被父母带到中国，前后在中国生活了 39 个年头。除了在许多不同的学校任教外，她丈夫就是一个农学家，而她自身更是积极地投身于农民的家庭中，与他们朝夕相处，了解他们的苦难与艰辛。正如她所说："我已经学会了热爱那里的农民。他们如此勇敢，如此勤劳，如此乐观而不依赖别人的帮助。长期以来我就决定为他们讲话……"①

正是这种深沉的情感与务实的精神，赛珍珠一生都积极从事与中国农民息息相关的事业。她担任联合援华会主席，积极为中国抗日斗争筹集了巨额款项，同时，又对晏阳初的平民教育运动与乡村建设运动投注了极有远见的关注。她不仅促成了对晏阳初的访谈，并因此写成著名的《告语人民》来宣传晏阳初的事业，让世界人民了解了这个伟大的人物，而且也为晏阳初的精神所感动，称其"在世界黑暗之处点燃了一盏明灯"。同时，她还极富洞察力地指出，"许多中国人不了解不欣赏他的工作，这恰说明了中国知识分子与平民之间存在着太深的隔膜——这隔膜已存在许多世纪了"。②

看到这样的话，我真是如被雷电击中一般，这是多么准确的对中国知识分子的概括啊！而这句话又何尝不适用于这篇文章对小说家的分析呢？确实，有谁会说"中国的平民百姓是最优秀的人民"呢？又有谁敢说"我了解他们，因为我的前半生就生活在他们中间"呢？正是因为没有这样的作家，我们的小说更像是隔靴搔痒，不仅反映不出民族的现实，也反映不出农村与底层人民的生活。看过赛珍珠对中国文化与平民的分析，不得不佩服她那准确的判断力与深刻的洞察力，这就是思想，这就是分析，而这又有几个中国作家真正做得到呢？

三、农村的真正内涵

我一直坚信，中国作家最缺乏的绝不是写作技巧的修炼，更不是知识结构的不足，而是出自于精神，是一种精神的贫血与良知的贫弱。正是这种根源上的失守导致了对一切的无知与冷漠，不仅对眼前的现实与国情失去了分析，而且对现实存在的问题与矛盾也失去了基本的热情。至于对平民与底层的关注，那就更是隔膜得紧。也许，正是因为对这些领域反映存在的极大真空，我们才目睹了《往事并不如烟》与《中国农民调查》洛阳纸贵的盛况。

确实，我们的作家对"三农"到底了解了多少？我们是否更像那点水的蜻蜓（它们都是从水中长大，可它们了解水中的一切吗）？我们对自以为熟悉的农村

①② 参见晏阳初等《告语人民》序言，广西师范大学出版社2003年出版。

真的是了如指掌了吗？在我看来，一切并非那么简单。当一本叫《中国农民调查》的报告文学引起我们前所未有的关注与震动时，我们是否想到，这一切是建立在作者长达五年的深入农村的调查之上的呢？作者的良知与血汗又有谁真正认识到呢？

显然，没有对农村的深厚情感与真切感受，没有对苦难和底层人民的深切同情，那一切都是无源之水，无本之木。正如一句话所说，"态度决定一切"，没有这种真情实感，小说是做不出来的。正是因此，我们看到了太多的假农村农民题材的小说。大概是因为知识分子都与农村农民有着太多太久的隔膜，这些假农村农民题材的小说还是获得了一片叫好声。就拿眼前频繁获奖的一些优秀中短篇小说来看，如《马嘶岭血案》《玉米》《歇马山庄的两个女人》等，我就只看到一种农村的古老记忆与太过于文学修饰的农民形象。说到底，这些记忆与形象和我们期待的真实存在还是有距离的。

我一直在想，当我们的作家都躲在书斋耽于想象与虚构的时候，我们看到的小说就肯定会在形式与技艺的修炼上达到一个纷繁复杂的局面，而在生活的反映上则无疑越来越贫乏与吃力。即使就是常常行走在乡村的写手，还有那些常常到乡村小住的专业作家，他们所能做的也更多是走马观花与蜻蜓点水式的接触，不说其中散发了过多的诗意与矫情，就说这种行为本身，它到底有多少值得信赖的真实，都是值得怀疑的。从眼下看来，真正有些分量的小说往往都是那些还名不见经传久居乡村的新手写就的，如葛水平等人的创作，虽然只是一些中短篇，但其中蕴含的真实与力量却比许多名家的作品有过之而无不及。

这种真实与力量并非来自于他们的写作水平与技巧有多高，而是源自于他们对生活的感同身受与熟悉。他们写的是自己的生活，是自己的体验与发现，是自己的苦痛与忧伤，也正是因此，他们出示了一种全新的生活与体验，一种人物与细节的真实。这也就是真正意义上的现实，是具体而具象的现实，而不是抽象、想象与写意的现实。

对于中国农村这个庞大的群体，我们的作家应该责无旁贷地去深入，去熟悉，而不是熟视无睹，无关痛痒。就从新时期中国小说的整个进程而言，优秀的小说几乎都离不开对农村的书写与重视，如《许茂和他的女儿们》《芙蓉镇》《老井》《古船》《浮躁》《旧址》《平凡的世界》《穆斯林的葬礼》《白鹿原》《尘埃落定》等。即使就以当下一些重大奖项的获奖小说来说，农村题材的小说也几乎毫不例外地抢尽了风头，占据着绝大多数的名额。显而易见，这个事实绝不是简单意义上的巧合，而是颇有意味地道出了其中潜在的秘密。

　　在我看来，这个秘密恰好印证了我十年前就已形成的一个观点，那就是中国文学的巨著一定是来自于"农村"的，而作家也一定是"农村"的作家。中国这片广袤的土地长出的不应该只是城市温室里那娇嫩的鲜花，而更应当是肥沃土壤里广阔天空下的参天大树。在中国文学的天空下，城市与农村的区别是显而易见的，城市文学的发展也是姗姗来迟。也可以这样说，中国的城市文学有着某种先天的发育不良，如今一大批年轻的小说家都致力于城市题材的开拓与发展，这是一种可喜的现象。当然，如果因此就大肆模仿欧美城市文学的经验，那是极不明智的，因为它们的发展道路存在着根本上的差异。

　　我们应该看到，中国城市的发展虽然出现了极为迅猛的趋势，但它在许多方面也出现了危机，特别是由此引发的一系列社会问题更是引人注目，城乡矛盾得到了前所未有的激化，贫富悬殊的差距进一步拉大。当汹涌的民工潮涌向城市的时候，当苦难与眼泪充斥城市的每一个角落的时候，当生存的不公与愤怒填满我们的心胸的时候，我们文学的反映却明显滞后与乏力，在我们写尽了城市的风花雪月与空虚苦闷的同时，我不禁要发问，这是怎样的一种城市文学？我们对文学的尊重又从何体现？毋庸置疑，我们的城市与农村并不是截然不同的存在，恰恰相反，在很多现实问题面前，我们的城市与农村是紧密相连的。在农村中有城市，在城市中有农村，它们是相互影响，互为表里的。对于文学而言，任何随意割裂它们的做法都是极不明智的。而即使是《巴黎圣母院》《悲惨世界》《红与黑》《复活》《乱世佳人》等名著，我们也常常可见这两者紧密的结合。它们的广阔，它们对社会与现实准确的描绘，都令我们慨叹。

　　确实，我们在对待小说题材的问题上是有偏差的，我们常常忽略了更为深广的农村的现实与生活，忽略了最根本的读者的期待，我们丧失了基本的立场与思想，忘记了小说要面对现实的普遍原则。我们对现实缺乏分析，对生活缺少热情，对苦难与眼泪缺了最起码的同情与爱心。在这样一个爱心贫乏人心冷漠的时代里，我们召唤人之为人的那一份良知与敏感，召唤人之为人的那一腔热血与一身正气。只有确实地找到我们精神上的依靠，我们才会明白自己最缺乏的是什么，才会明白什么样的作品才是真正无愧于中国的巨著。

2005 年 2 月 25 日于福州

病
例

无力的爱情

——小说问题之三

只要我们都还有一双足以看清事物基本状况的眼睛，那我想就没有人会反对这样一种现实，那就是我们活得并不让人满意，不仅自己不满意，而且别人也不会满意。我说这样的话并没有贬低任何人的意思，我只是想说，我们实际上已经落到了一种无爱的光景中，因为没有爱，我们活得孤独与苦闷，活得乏味与无聊，活得没有尊严与指望。就像菜肴中的盐一样，爱在生活中的地位同样不可或缺。正是因为不会爱，我们内心的疼痛才无法排遣，我们心灵的忧伤才无人抚慰。爱是要交流的，当你无法给别人爱的时候，爱也就远你而去了。

一

在这样一个爱情岌岌可危的时代里，我们要找寻的却不再是爱，而是金钱与物质的欲望，是肉体的享乐与刺激，爱的陷落由此生发。早自文艺复兴以来，爱的陷落就已是不争的事实，而爱的迷失更是成了二十世纪以来人类最为悲惨的记忆之一，它出示的是人类希望的泯灭与人文理想的淹没。随着两次世界大战的隆隆炮声，随着法西斯集中营与独裁专政政权的建立，随着一系列残暴与愚昧事件的普及，人们不再相信爱的出现，不再盼望爱的降临，人们饱尝了鲜血与泪水的流淌，人们享用着恐惧的盛宴，人们再也无法回到那个崇高神圣的时代。到处是爱的荒漠，是残酷与冷漠，是怀疑与恐惧。

从爱到没有爱，从对爱的渴望到对爱的恐惧，甚至于对爱的嘲笑，这里有一颗伤痛的灵魂。这颗灵魂游荡在百孔千疮的大地上，无处安歇。这是一颗满目疮痍的疲惫的灵魂，它从人类的战火中走出，从人与人的斗争中走来，它经受了血与火的洗礼，经受了人世间最自私最残酷的折磨。正是由此，它已经心灰意冷，它对一切不再抱希望，它沉溺于自己那狭小的空间，它不再有激情，不再有爱。

如果说《这里的黎明静悄悄》对战争的反映还有一定的诗意与激情的话，那么《生于七月四日》反映的就是战争给人的创伤与疼痛，而《奥斯维辛集中营》则赤裸裸地把战争的残酷撕开给人看。如果不是有着一大批天才般的预言家与哲学家的经典论述，我们可能还会轻易忘却这世纪的伤痛。确实，这批天才的闪现似乎并不仅仅是为着这巨大的伤痛而出现的，他们的意义应该有更深远的体现。正是在这意义上说，卡夫卡、尼采、叔本华、施本格勒、雅斯贝尔斯等人的涌现绝不是几个简单的符号，也不是几个普通意义上的哲学家。他们来到人世间所带来的是整个世界的绝望与恐惧。就如海明威、川端康成等人的自杀一样，我们不禁要追问：我们活下去的理由在哪里呢？

海明威的《老人与海》其实就是极为绝望的作品，川端康成的《伊豆的歌女》也不例外，他们都想说出那种极度无意义的疲惫与乏味。人们所做的一切本来就是徒劳的，没有意义的，但虚空的东西还得有人去做，"老人"的寓意是如此准确而深刻，这真是出乎我们的意料。在"老人"那临终的忧郁的眼神里，在"老人"那疲惫而无奈的微笑中，我看到了饱经沧桑的绝望，这是更深的绝望，而不是希望。作家都试图出示真正的微笑与爱情，但这一切是多么无力与无奈。老人无力付出真正的同情与爱情（对歌女），当然也就不知明天是否还会面对同样的生活（失败与无止境的受挫），他所能做的都是未知的，迷惘的。

这绝望已经成了所有思想家的共同命题。文学并没有逃避这一种现实，恰恰相反，它对这一命题的表达是极为生动而准确的。一批又一批的作家诗人都出示了自己极丰富的绝望体验，这是一批黑暗的天才。这样的天才就仿佛是吐丝的蚕，他们用身体和心灵织出了斑斓的生命的色彩。卡夫卡、尼采、萨特、加缪、波德莱尔都是这样的天才，他们书写了人类在爱面前的力不从心，抒写了人类丧失了爱的恐惧，抒写了人类精神与理想的陷落。在残酷的战争面前，

病
例

人类是何等渺小与不堪一击。

战争终究会停止，杀戮也有疲倦的时刻，但剧烈的伤痛却要漫长岁月的弥补。肉体的伤痛容易痊愈，心灵的创伤却永远留在了记忆之中。随着岁月的流逝，我们看到了一个没有爱的时代降临了，人们怀疑一切，充满反叛的情绪，他们不再相信，不再盼望。人与人从此又展开了空前的相互较量，这是一场没有硝烟的战争，它的残酷却远在那些战争之上。当这种战争来到了一个又一个具体的人时，它的可怕就在于你要一个一个单独地面对这种折磨。人们歇斯底里的兽性一旦不再遮掩，那破坏性就可想而知。于是，《阳光灿烂的日子》不见了，人们步入了阴云笼罩的岁月。

人类的自信心就这样一次又一次地被扫除殆尽，没有了信心，爱也就没有了根基，人类就不再有爱了。巨大的隔膜覆盖了人类，交流出现了困难，"冷战"在延续，新仇旧恨纠缠不清，恐怖活动日益猖獗，中东战火频频。还是没有爱，也无法和解，永无休止的是仇恨。在人与人之间，冷漠成了一种流行病，就像"非典"与"禽流感"一样席卷全球。有些人不再持守任何规则，因为规则已被一些人践踏，信义早已无影无踪。他们投靠了金钱的权势，一切用钱说话。财富排行榜只剩下了金钱的争夺，媒体投奔到权力与金钱的麾下，向权势摇尾乞怜。欲望开始横行，性成了爱的替身招摇过市。性的泛滥是如此迅捷，它对社会的解构是如此彻底，这是许多人始料不及的。

爱就这样从无知到了成熟，又从成熟走到了衰败。在性的盛宴中，爱在流失，在枯萎，没有人相信爱情，一切都是肉体的狂欢。就如《金瓶梅》一样，这样的狂欢并非今才有之，而今，如《废都》《失乐园》《性的人》等都在某种程度上揭示了性的虚无本质。说到底，性的游戏与泛滥最终只会抽空人们爱的能力，它给人带来的是爱的创伤与对爱的恐惧，甚至是对爱的嘲讽。不否认性的解放曾给人类带来积极的影响，特别是在封建与愚昧统治着整个人类的时候，它挽救了多少人之为人的尊严与权利。《红字》的时代最终是要过去的，因为它摧残了正常的人性，而《西厢记》的爱情苦难也是要过去的，因为它忽视人之为人的合理要求。劳伦斯、杜拉斯、耶利内克等人对性爱的赞美最终是要胜利的，因为它反叛的是专制与变态的压迫。《查太莱夫人的情人》是美的，因为它歌颂了生命的激情与人性的光辉。

曾经有多少美丽的爱情，它们都在夹缝中顽强地生长着，如《卧虎藏龙》

中压抑的爱，如《霸王别姬》中绝望的爱，如《孔雀》中酸涩的爱，更还有如《红楼梦》《梁山伯与祝英台》《天仙配》等经典式的爱情，这些爱情无不都透出了那个特定时代的人们对美好情感的追求与向往。正是因为它们大多可望不可即，人们才寄予那么多善良而美好的期待。悲剧是这些爱情的共同归宿，它们就仿佛那朵"一现"的昙花，美固然是美的，但却留不住。

<h1 style="text-align:center">二</h1>

相对于这些稍纵即逝的爱情，还有一种爱情更加让人心动不已，那就是饱经风霜与磨难的爱情，是舍生忘死的爱情，是忘我与绝对的爱情。如《简·爱》《霍乱时期的爱情》《茶花女》《德伯家的苔丝》《呼啸山庄》《包法利夫人》《红与黑》《钢琴课》《飘》等，它们折射出了爱情应有的博大的神圣的本质，爱因此有了史诗般的辉煌与时代宽阔的背景。这是一种可以激荡人们心灵向上的情感，它要表达的并不是一己之私，而是完整的爱的体系。只有这种爱是在骨子里的，是在灵魂深处的，它并不纠缠于外在的压力与普通意义上的解释，而是直达人物的心灵去发掘爱的热情与能力。这种爱不是恋情初级阶段的性的吸引与幻想，也不是直觉的说不清楚的一见钟情与喜爱（这是中国式爱情惯用的模式），而是有着牢固的爱的性情与能力的真切的情感。其中有博大的同情，有善良的关怀，有恒久的考验与忍耐，有牺牲和付出，有责任与义务……总之，就是那种没有条件的无私的爱。

爱在此才真正出现了一种神圣的品格，它有别于我们前面提到的那些男欢女爱式的爱情。正如伏尔泰所说："爱情之中高尚的成分不亚于温柔的成分，使人向上的力量不亚于使人萎靡的力量，有时还能激发别的美德。"赫尔岑在谈到文学时也认为，"爱情是作为伟大的因素渗入他们的生活的，但是它并不把其他因素都吞噬吮吸掉。他们并不因为爱情而割弃公民精神、艺术、科学的普遍利益；相反，他们还要把爱情的一切鼓舞、爱情的一切火焰带到这些方面去，而反过来，这些世界的广阔与宏伟也渗透到了爱情里"。正是因此，爱绝不应该只是私有的一种情感，它要承载的内涵肯定丰富得多。其中有时代与社会的广阔背景，有特定情景的特殊要求，还有独特群体的特殊需要，而更多则还是特有的爱的个性表达方式。不同人的爱是各异的，包括爱的起因、过程以及结果都会千差万别，但它又都有一个共同点，那就是爱的本质是一样的。爱是会痛的，是要舍己的，是给人安慰与力量的，是互相信任的，而最根本的就是无私。因此真爱是很难的，爱的悲剧由此生发。

基督徒保罗说过："爱是恒久忍耐，又有恩慈；爱是不嫉妒，爱是不自夸，不张狂，不作害羞的事，不求自己的益处，不轻易发怒，不计算人的恶，不喜欢不义，只喜欢真理；凡事包容，凡事相信，凡事盼望，凡事忍耐。爱是永不止息。"在此，保罗把爱提升到了一个绝对的高度，这个高度是人所不能达到的。也可以这样说，保罗所说的更贴近于神圣的爱的性情，它不是做出来的，而是活出来的。如果说真正的爱是存在的，那肯定就是这种爱，它只有靠一种信仰与信心才能获得。

托尔斯泰对这种爱是有深入的研究的，他的《复活》与《安娜·卡列尼娜》想要表达就正是这种爱情。这种爱常常不被人们所理解，因为它来自于神圣的信仰与品格，只有足够的信才会理解这种超凡脱俗的爱。这是来自于灵魂深处的情感，它不是世俗的，因此它就不为凡人所接受。《复活》是伟大的，但这种伟大却要有宗教背景的人才能理解与接受。同样，中国也有这样的作家，但他却似乎更难以获得这样广泛的认可。《施洗的河》《玛卓的爱情》《周渔的喊叫》《愤怒》等都是这样的作品，它们对爱的理解与诠释是非常深刻的。中国人其实并不了解爱的真实内涵，也不理解真正的爱来自何处，当他们习惯于把爱的范围缩小到爱情之上，又把爱情缩写为恋爱时，我们实际上已经丢失了真正的爱了。也正是从这意义上说，北村是中国极少数的对爱有着本质认识的作家。

这种认识绝对是有着划时代意义的，因为中国人对爱的理解向来都是相当表面与肤浅的。当他们把恋爱当作爱情，把性的吸引当作真爱，把一见钟情当作最高境界时，我们对爱的感受实际上已经等同于肉体的欲望。由于没有神性作为内在的品质，中国人的人性便下滑到了肉体的享受之上。因此，他们对于爱的理解就只有停留在浅表的恋情之上，而无法深入到恋情背后的实质。一个显而易见的事实是，中国人对于爱情的表达更像是一种小儿科式的俗常意义上的恋爱，就是那种爱得死去活来最终与别人也没有什么关系的情感。这种爱说到底是私有的，是个人的，而不是大众的，因为它无法与别人发生任何关联。就从另一角度而言，它也只是世俗的一部分，与神圣的爱无关。柏拉图在《文

我们文学的疾病

艺对话集》中说道："只有驱遣人以高尚的方式相爱的那种爱神才美丽，才值得颂扬。"

因此，能够在爱中揭示人性深刻的内涵，在爱中展示时代与社会的思考，那这样的作家是有思想的。一个作家之所以能够超越爱情本身，而不仅仅是停留在恋情与欲望的书写之上，我想其中一定有思想的含量。中国作家常常只是中国的作家，而不是世界的作家，其最重要的原因绝不是别的，而就在于缺乏思想。任何一个大作家都是与他那过人的思想息息相关的，没有思想的作家是成不了大师的，翻阅经典，这已是不证自明的事实。

其实，我们的生活并不缺少爱情，爱也常常出现在我们中间，只是因为我们都缺少一双敏锐的眼睛与一颗善感的心灵，我们才变得如此冷漠与麻木。我们缺少了发现生活的能力，我们无力深入生活的实质，我们更多地停滞在生活的表层，没有心灵的激情，没有切肤之痛，一切都是浮浅的欲望与物质的追求。这样的生活是无神圣可言的，因为心灵深处的爱不见了，头颅里的思想丧失了。

这也就是当前绝大多数小说的基本面貌，它们只求表达出一种表层的现实与生活，表达出世俗的需求与欲望，表达出一种心情与情绪，而恰恰没有深沉的思考与体悟。这样的小说大都是用"减法"写就的，它追求的是随意与散漫，而不是深刻与厚重，因此我们就看不到思想，看不到有力的表达。可以想象，这样的作家在面对自身的生活时也一定是浮浅的，无力的，他们的生活本身就存在很大的问题。他们无力把握自己的生活，自然也就无法穿透别人的生活，他们只有流于世俗生活的通常表达，写出普遍而乏味的生活场景与故事。

这样的故事是难以抵达心灵的层面的，除了浅薄的意义追求外，我们找不到更多实质的内涵。它们不仅无法与我们构成真实的连结，而且也无法构成亲切的感动，因为他们的书写与爱是脱节的，他们的思想是苍白无力的。爱是要付出的，是要灵魂参与的，是要有良心与责任的，这就是一种"加法"与"加重"的写作。有爱的写作是把灵魂投进去的，是一种燃烧自己的写作，想要轻而易举地得到自己根本就没想过的东西，这是不切实际的。只有真切地知道自己想要的是什么，然后又踏踏实实地去做，希望才会出现。尽管不是每一个有思想的作家都会成为大师，但是，一个没有思想的作家是决不会写出杰出而伟大的作品的。

病例

我们渴望有爱的文学，因为我们长期处在无爱的光景之中。当我们又一次面临着爱的无力与贫困时，当我们又一次在生活面前丧失了感觉的时候，我们的心灵深处一定有一个强有力的声音在呼喊：活在爱里吧，爱才得生命，爱才有自由。

2005 年 3 月 29 日于福州

悬空的写作

——小说问题之四

很久以来，我一直捉摸不透作家这个行当到底应是一个什么样子，是专业好呢，还是业余的好？可叹的是，这个问题常常还未思考清楚，许多业余的写手却早已放下所有的工作而拿起了手中的笔，也做起了与专业作家类似的营生。如今，这种营生几乎成了一种潮流，足以和专业作家相抗衡。这真是一个好时代，这些职业写手与自由撰稿人竟靠自己的双手成就了一种富足的生活，从而也成就了一道亮丽的风景线。他们成了这个时代的主角，他们的作品充斥了媒体的角角落落。他们都还年轻，也都才华横溢，他们有着不同于长辈的经历，这个经历在他们看来是丰富而取之不尽的。于是，他们年纪轻轻就开始了相当专业的写作，从而成了我们新时代的另一种意义上的"专业作家"。

历史以来，中国对文人一向是很尊重的，一般也都尽其所能地把他们养起来。古代的文人大都为官，因为科举的结果就是步入仕途，从翰林院到地方小吏，到处可见似是而非的知识分子。这里面的人常常不是纯粹的文人，而是能写篇把文章却对为官更加热衷的"特权阶级"，他们把持着一方文坛，把文场当作官场，其中的江湖险恶可想而知。

如今，文学出现了一种奇怪的情形，那就是热爱文学的人为争夺"专业作家"的头衔而努力奋斗，而热爱官场的人则为乌纱帽展开殊死的战争。这一切本是各得其所的好事，可事实的结果是，专业作家因为名气大的缘故常常享受到优待，往往因此占据了重要的官职。于是，矛盾就此激化，一切变得相当复杂。更何况，人的才华本来就有限，当一个专业的著名作家已经不太写得出东西的时候，他的所有注意力自然也就转移到官场上来。还有一种情形则在于，绝大多数的作家都经受不住为官的诱惑，因为做官有利于话语权的实现，也有利于作品知名度的延伸。当一个人渴望名利胜过生命与自由时，他自然就不会放过任何一个为官的机会，因此，判断一个作家是否还值得期待，是否会有非凡的成就，一个非常便捷的办法是，他是否渴望为官。为官是为了更出名，是为了霸占话语权，而这恰恰是自身虚弱的集中表现。

一个有信心的人是不要靠为官来拓展名声的，同样，一个真正有才华的人也不需要专门的机构来证明自己的才华。专业作家常常并不"专业"，那么多文联作协的主席也并不见得就真的是众望所归。一切还是与文学相距甚远，这大概也就是中国的特色。正是因此，中国作家称得上是非常奇特的存在，它的存在有很大程度上的复杂性，因此也就呈现出许多各异的生活形态。从现实生活来看，中国作家目前的状态大致可分为以下这几种：

一是专业型，就是指专业作家与那些合同制作家。他们全部的工作就是完成一定量的写作任务，领专职工资，出差报销，稿费归自己。当然，任务常常是自由选取的，而完成与否也不重要，因为你一旦成了专业作家，那就意味着谁也没权取消你的特权，因为谁也不想得罪一个实力派。但也有个别例外的时候，因为吃人的嘴软，真要有那不懂事的领导给你"特别关心"的时候，写些御用文章也是在所难免的。

二是半专业型，这主要是指在文联、作协与新闻出版系统工作的一班专业人士。当然，也就包括一大批文学杂志与报纸的编辑。这些人往往因为自身工作关系的便利而走上文学的道路，这是一班实权派，因为他们大都掌握着作品发表的生杀大权。中国人是以关系学著称的，因此借关系之便互相发表与出版一些"走私产品"就天经地义，因此这些人往往也就顺理成章地成了著名作家，而这些人也就成了作家中一个重要的群体。

三是业余型，他们从事着与文学无明显或直接干系的职业，或者医生，或者教师，或者机关事业单位与公司的职员，甚至是工人与农民，他们有一份固定的职业，只是在业余时间从事自己喜爱的写作。这种写作常常因此更加纯粹，因为他们不靠它获得什么，而且写的多是自己的生活与理想。正是因此，他们的作品往往更见水平，也往往更优秀。这是一个不容忽视的代表着希望的作家群体。

　　四是职业型，这是近几年来新出现的一个重要的作家群体。他们常常被称为自由撰稿人，处于职业写作的状态。他们以写作为生或有隐性的收入，他们辞去一切公职或没有明显的职业，极为独立与自由。他们中有专职的写手，也有不常写作的知名作家。写手靠写作谋生，为许多稿费高的媒体写作，当然也就有电视剧本与畅销书等商业化的写作（实际上也就是枪手）。这是一个相当活跃的群体，在这个大家都对写作没什么兴趣的年代，他们用一种自由自在的生存方式给了许多文学青年以希望。

　　从这几种类型来看当前作家的生活与写作是很有意味的，那就是我们作家对于生活的把握与理解到底达到了一个什么样的层面，而他们的写作又处在一个什么样的状态。其实，不用我多说，事实已经昭然若揭，作家的生活也不外乎书斋、上班、开会、采风、体验生活、漂泊流浪等几种形态，这也就是我国作家目前的现实与生活。

　　先谈一谈书斋型的生活，这也可以说是一种学者型的生活。它以坐在家中读书写作为基调，而以想象为准绳，考验作家的是过往生活记忆的能力与心灵生活的能力。当然也还包括对当下时代的概括水平与多方间接经验的吸收水平。这样的作家常常包括专业型作家与一部分职业型作家，他们坐在书斋中耽于想象，想象力相对发达，但对现实生活则较为疏远与隔膜。这是一批有艺术感觉的人，他们也常常能创造出惊人的奇迹，如贾平凹、莫言、王安忆、史铁生、北村、余华等就属于这一类型。这些作家的成就是显而易见的，但他们的成就也仅仅局限于某一个特定的时期，而且这个时期甚至又处在非专业与非职业作家时期。这就说明了一个事实，那就是写作的技艺可以越来越成熟，但那种艺术的激情与对生活极敏锐的感觉却是无法替代的。几乎所有的文学圈子里的朋友都对他们早期的作品盛誉有加，可对后来特别是近年来的作品却常常言不由衷，这是很能说明问题的。

　　实际上，这种问题的出现是很好理解的。因为天天沉溺于写作，只是一味地炮制文字，没有新的发现，也没有当初那种非写不可的激情。大都是道听途说，大都是书本报刊与媒体而来的灵感，谈不上比读者有更新奇的发现，完全靠那一点惯性与小聪明写作，这显然是很可怕的。我们知道，一个作家的生活资源毕竟是有限的，当你把它挖得差不多的时候，那你的艺术激情与灵感也就

　　　　　　　　　　　　　　　　　　　　　　　　　　　　　　　　　　病
　　　　　　　　　　　　　　　　　　　　　　　　　　　　　　　　　　例

大打折扣了。即使就从读者的角度来看，读者的眼睛也是雪亮的，而判别一部作品是否投注了作家的热情与心血也并不是很难的事情。正是因此，想要蒙蔽与愚弄读者也就变得非常可笑。

可以肯定地说，这种书斋型的作家大多是难以为继的，因为他们缺乏对现实生活的熟悉与把握，生活永远是我们最好的老师，也是最值得我们尊重的艺术之源。即使一个人有宽广的精神世界，有丰富的心灵生活，但艺术同样不会轻易放弃对生活的严格要求。因为生活是有质感的，也是形象的，它是艺术构成的重要因子。一部小说不能只是逻辑与说教，它更重要的正是这种生活的质感与艺术的气质。许多小说家缺乏的并不是思想与精神的深刻，而恰恰是艺术的气质与质感。如北村的小说，实际上许多读者都极敏锐地发现了这一问题，那就是他的小说说理的东西过重，故事常常不是生活中应有的样子，而是按照作家的意念直线前行，从而也就给人一种主题先行的印象。北村的小说只有在他熟悉的感情生活上才显得游刃有余，而他最优秀的小说也恰恰是这一批描述爱情生活的小说，这样的时候，他才显得不那么主观与理念化。

显然，生活的熟悉与经验的参与绝不是可有可无的事情，一个人的想象力毕竟是有限的，而且在熟悉某种生活的人看来，你要写这种你不熟悉的生活就显得可笑，因为想象是不可能高过真实的生活的。从世界文学的经典来看，这也是一条不证自明的事实，因为我们几乎看不到没有作家生活经验参与的名著。恰恰相反，几乎每一部名著都是与作家强烈的个体经验与对生活的浓厚情感息息相关的。

相对于书斋型的作家，上班型作家的生活也不会丰富到哪里去。他们也一样缺乏生活的激情与体验，体制内单调而乏味的生活不会给写作带来太多的营养。单位只不过提供了一扇小窗口，从这个窗口来窥视整个社会与时代的复杂背景，这说到底是很有限的。曾经兴盛一时的新写实小说与室内电视剧大体上就属于这一类型，如刘震云的《一地鸡毛》《单位》等小说，它展示了相当精彩而准确的现实生活，但这种生活毕竟只是社会中极小的一部分，而且也概括不了整个生活的本质。所幸的是，这些作家来自于各行各业，他们有半专业型的，也有业余型的，他们的生活因此呈现出一种极大的丰富性。特别是业余型的作家，由于他们从事职业的相对陌生化，读者往往更容易获得一种认同感。

可以说，正是这批作家的出现使我们有机会读到了相对丰富的现实生活，

我
们
文
学
的
疾
病

也让我们对现实世界有了更为深广的认识。虽然他们也不能完全表达出生活的实质与生命的自由，但我们还是认同了这种表层生活的质感与形象。如电影《孔雀》所表达的细腻生活一样，虽然也谈不上有什么思想与发现，但它却比胡编乱造丧失了最基本生活合理性的《十面埋伏》强百倍。当然，这种认同感也是相当有限的，特别是对于个体的作家而言，当你不停地书写你身边发生的琐事时，你的作品实际上已经受到了很大的限制，而读者也会因新鲜感的丧失而很快厌倦。说到底，一种体制内枯燥乏味的生活所能出示的意义是很可怜的。

本来，我们对生活的要求并不是高不可攀的，也不是说作家非得要经历多么丰富与复杂的生活，但由于我们的作家普遍缺乏一种发现生活与打开生活的能力，我们才在生活上设置了这道门槛。如果我们都能像卡夫卡、普鲁斯特或博尔赫斯一样，掌握着一扇打开生活与记忆、智慧与心灵的钥匙，那我们也不至于舍本求末，追逐无止无境的生活。正如那句话所说，我们的生活中本不缺乏美，关键是我们都缺少一双发现美的眼睛。

遗憾就在于，我们对生活丧失了最起码的发现，看不见平凡生活背后潜藏的意义与启示，也看不见平淡生活背后巨大的能量与实质。生命是否敞开？艺术的直觉与灵感是否打开？这对一部作品的成功与否都是至关重要的。卡夫卡不可能变成甲虫，托尔斯泰也不可能成为安娜，但他们都给了我们一个何等真切与感人的形象。一个作家若不把自己的全部生命敞开，他就不可能飞翔，他的艺术感觉就永远受压在文字之下。

从这个意义上说，再谈论开会型、体验生活型与采风型的作家就毫无意义了。对于一个已经习惯于用开会来消磨时光的作家而言，他的堕落是可想而知的。只有中国作家才会有这么多开不完的会，也只有中国作家才对这种会议如此乐而忘返。本来，开会是不可能成为作家的一种生活的，但中国的国情却注定了这一切成为现实。就像官场的官员天天疲于开会一样，我们的作家也有天天都在开会的，当然，这还是有一定级别与身份的作家才能拥有此项殊荣。正是因此，堕落也就堕落得更加不知不觉，甚至于还沾沾自喜。

这同样也就是鲁迅笔下的奴才，做了奴才还不知觉，甚至还可以指手划脚，这真是另一种国民的悲哀。这种会议自然有相当一部分是被拿去当枪使的，你去评判作品的优劣，去吹捧别人的作品，我支给你钞票，还会给你专家的荣誉。当然，如今的人已经不觉得这里会有什么不对或不舒服的地方，只是觉得受到了尊重，还卑躬屈膝忙不迭地感谢主人给了他这么美妙的差事。这样的人，真是不由得让人想起了那句"文人无行"的话。这样的人，我想即使叫他做个杀人的刽子手，他也会干，因为同样拥有了主宰别人生杀大权的权力。说到底，中国文人骨子里最想得到的还不就是这个东西吗？哪里是什么流传千古？

当一个作家堕落到只在开会中忙个不停，那他的人格也就值得怀疑，当然也就更不用说他的生活。这样的生活会出什么样的好作品呢？我想只有天知道。现实中那么多到此一游的散文是谁写的呢？而报刊上那么多肉麻的吹捧文章又是谁写的呢？

与开会型作家类似的是采风型与体验生活型的作家，这些体制内的用语一般也是专指那些早已堕落的作家的。他们拿着国家的薪水，却只是做一些蜻蜓点水式的表面文章。本来，这种事情就是可笑的，就如俗语所说，大便急了才想到挖粪坑。生活本来就是在于积累的，而不在于临时性的突击与"深入"，不用说抱着这么明显的功利性，就说这种运动，它到底有多少"深入"的可能性，这本身就很可疑。本来就不属于这种生活，却要用体验来发掘出这种生活的真实感受，这怎么着也有点可笑。采风自不必说，到乡下小住的也不必说，就说体验生活，也大多是可疑的。就像一个卧底或演员，他毕竟是不能与真实的角色同日而语的。

像赵树理这样的作家是很少的，当他投身于农民的火热生活时，他竟会忘了自己作家的身份，而更喜欢去做一个真正的农民。他确实是更愿意做一个先进的农民，更愿意在农田的试验中生产出希望。他甚至认为写作是没有用的，因为它没有劳动与田间的收获那么直接，也不如带领农民走致富的道路那么有意义。而他也确实把自己当成了农民，这点从他向上级领导反映的洋洋万言的信中就可看出，他反映的竟不是创作的困难，而是农作中存在的种种问题与自己深思熟虑的建议。也许，这样的人不会是个好演员，但他却真正配得上体验生活的典范。难怪他的农村小说会那么生动，那么形象，看他的《三里湾》，那人物真是活的一样。

如果说体验生活还有可取的，那显然就在于这一类人身上。他们是真的把对象的生活当成了自己的生活，而把自己实实在在地融进了这种生活。我想，其中一个至关紧要的就是真挚的情感，也就是你对这种生活是否抱着一份真实与喜爱的感情。如赵树理一样，或如赛珍珠一样，那份情感绝对是假不来的。值得一提的是，他们对于这份生活的热情更多是发自内心的，而不是所谓的体验生活，更不是遵循行政指令的结果。任何生活都是有机于生命的，而不是作秀所能体验到的。

除了以上这几种生活类型，作家的生活还有一种不太多见，那就是漂泊流浪型的生活。这种生活基本上没有固定的职业，也常常居无定所，但他们也因此获得了一种释放与自由。当然，这种自由也是相对的，因为当你天天疲于奔命，为生存忙碌奔波的时候，你实际上已经没有了多少自由，甚至于还不如上班型的作家来得自由。值得肯定的是，这些作家的经历往往比一般人更为丰富，他们对于社会的认识也常常更为直观。这里有一部分就是职业型的作家，他们以写作为职业，通过写作获得生活的基础与希望。当然，更多的则还是通过各种各样的渠道来保障生计的。

在这一批相对少见的群落中，他们大都频繁交换于上班与职业两种类型之间，只不过他们拥有了更多种接触与深入社会的机会。这些人就像是这个社会的体验者，他们体验着自由职业带来的新奇感受，也体验着不用工作时那种随心所欲的自由。写作可以是他们情感与心灵的一种需要，也可以是一种兴之所至的放松。他们对待文学的态度是既可以奉若至尊，也可以当作纯粹的业余兴趣与爱好。只要没有生存的压力，这种人的生活应该是绝大多数作家都梦寐以求的理想状态。如目前的张承志、北村、余杰、朱大可等，大概也就属于这种类型。从眼下看来，这种人只会越来越多，因为这种生活似乎更接近了作家的天性与需求。

当然，这种作家往往也不是最接近或最了解现实生活的，因为他们常常忽略了投身于生活的需要。他们有许多人也只是埋首书中，以制造文字为能事，因为太过于依赖文字产生的效益与利益。还有的则俨然成了名人，一味地落入了名利场与交际圈，到处演讲与作报告，到处开会充当明星。这样的生活真是可笑之极，哪有半点人间的烟火味？把希望寄予在这样的作家身上，那才真可谓明珠暗投。

确实，我们的作家能给我们的希望是如此渺茫，以至于我们竟怀疑自己是否过于苛求。可回到现实与生活当中，我们又不能不为作家的无力与无能深深叹息：如此丰富的生活，如此波澜壮阔的现实，如此严峻的社会，如此纷繁复杂的时代，我们的作家却停滞不前，我们的思想是如此苍白无力，我们的反应是如此迟钝，这又是为什么？穷根究底地想一想，一切还不都在于我们失去了生活的激情与渴望吗？是我们，封闭了人之为人的生命与自由，是我们，连最基本的生活功课都没有过关。我们就像是一颗早熟的果子，时节未到却已先落了地。当我们迫不及待地拿起了纸和笔，轻而易举地当上所谓的作家之后，我们才发现，原来我们最缺乏不是别的，而是我们最看不上眼的"生活"。

2005 年 5 月 16 日于福州

我们文学的疾病

病　因

诗歌的源头

先锋与非先锋：语言关系的剥离与还原

1

诗歌已经趋于平静，在某种意义上甚至是一种沉寂。已经没有什么人愿意对诗歌再动言辞，就连许多诗论家也不甘寂寞而走向小说的评论。这实际上不是简单意义上的危机，也不是诗歌行将消灭。我认为，只要有人在，诗就不会灭亡。

这是从当下诗歌创作近况而下的结论，在这结论背后是时间对真正诗歌的期待与体验。实际上，我对当下诗歌创作状况感到满意，甚至充满期待（而不是失望）。在我看来，诗性的复活已在眼前，未来的时光充满希望。

2

这实际上是诗歌创作的成熟期，但不是诗歌本身的成熟，而是创作的成熟。伴随着创作的成熟，诗歌必然迎来辉煌。然而，当下同时亦是诗歌的沉寂阶段，由于创作主体的失落而带来诗歌的贫乏。在一种诗歌失去读者关注的年代里，诗歌必将少却过多的"献媚"与"表演"，也将使诗歌由此走向纯净透明，或者说走向纯粹化的个人叙述。

由此返归自身的诗歌实际上便是成熟的开始，因为它从本质上返归诗歌意义的思索，而不再被外界牵引。诗是一种创造性直觉的产物，只有在这种背景下，它才现出光彩。

当下诗歌的苦难是人为的，特别是在诗歌实验中走向这一步的。先锋的怂恿至今仍在耳畔徘徊，但诗人却不知真正意义上的先锋诗歌。他们只知道以一种形式与技巧的光怪陆离的实践来获得一种先锋的奖赏，这显然已经相当幼稚。但对于中国诗歌而言，这种"补课"意义仍然不可缺少，也无可厚非。

这种实验早在"朦胧诗"时期已经开始，但严格上讲是在"朦胧诗"之后。实际上，朦胧诗代表的是中国诗歌的传统意义上的一种成熟，它以其对现实的反驳、对人性的回归以及对真善美的崇尚创造了一个诗的高度。而现代诗歌则源于精神的突变，它让人们感受到的是一个时代超速发展的经济，急剧变更的政治，沉沦中的道德，匮乏的凝聚力以及缺少信心的颓废等等。

现代诗歌的实验体现于对语言的侵袭和占有，它对语言的肆意捉弄导致了诗歌本身的一种危机。至今为止，诗坛文风不正，诗与伪诗并存，无病呻吟和俗话粗语成为时尚。在论者及诗人大力宣扬的"诗到语言为止""语言即生命"等口号下，现代诗歌在根本上丧失了生命力。

诗人马永波如是说：其实人类是生活在语言的大气层包裹之中，所有来自外部的灾难经过这一大气层的减压，到达人的灵魂那里都变成了一阵骚乱，变得可以承受。而给未知事物命名之后，人类便获得了一种自欺欺人的安全感，坐在名词、动词、形容词的堡垒怡然自得。人类在日常的沉沦状态里接触不到真实，只有词，词，词，语言，语言，语言。语言规范限制了人对真实的感觉。利用语言认识不到真实，能发现的只有人造的词语，是人给事物贴上语言的标签。然而，为了在人为的社会中生存，为了那种基于自欺的安全感，人又不得不使用现成的语言。这无疑是一种被动与无奈，因此马永波认为，要打破语言和陈腐束缚，使语言之网透过新生之物，使人的感官触到客观实在，这，将是一切从事创造性行为的艺术家的工作；而正是诗人，在维持语言的纯洁性，在以自己生命的无情移注中来保持语言原初的生动与直接。在语言发端的初始，符号、声音、含义、物体是合而为一的；而在现代社会，交际与广告已使词语的含义稀薄乃至消失，只成了抽象的纯粹符号，抽空了血肉，丑陋、干瘪，再也揭示不出存在的奥秘。于是哲学家告诫我们：小心地对语言，在它下面便是幽秘的存在本身；诗人则说，纯净部落的方言。

马永波的论述代表了一种事实，那就是对语言意义的彻底怀疑，这明显来源于实在思索的结果。实际上现代及后代诗歌的根本问题不是语言问题，而是对世界的认识与表现的关系问题（阿西语），语言永远是一种符号与工具，最好的语言也就是最美的符号和最便捷的工具。然而，正如牛汉所说，这观点同时是一种片面，实际上，语言并不完全是工具，它是能动的生命，不能随便操纵它。同时认为，诗人与语言应当平等，是一种互动的关系；诗人应该对语言尊重。因为对语言的践踏与随意同时反过来对诗人作出判决，语言同样可以判决一个诗人的死刑。

当前，对语言肆意刁难已经给每一位读者带来困难。在无数缺乏个体意识的人打着"体验""实验""超验"等旗号粉墨登场的时候，诗歌成了个体习惯的流写或写作游戏，也成了没人能够读解的迷宫。正如蓝棣之所说，语言诗的创作方法虽然为严肃的实验开辟了新路，但同时也为胡写乱凑提供了可能。

3

病
因

新时期以来，我们比较注重形式和技巧，相应地对于康德以来的形式主义美学了解也比较多了。我们了解这一派美学所主张的艺术作品的价值不在情感或理智的内容上面，而在于它的形式，我们甚至接受了形式、技巧问题大于主题问题的说法。然而，我们似乎忽略了形式主义美学阐述的"形式内涵"的概念，把形式当作一切，不了解形式不过是完成的内容，或者如康定斯基所说的，是内在表现的重写，也不了解技巧的本质在于使得诗人从生活中看到第一次显露出来的东西。因此，我们对于形式和技巧的重视却带来了作品内涵的贫乏。

按蓝棣之的这种说法，我们可以看到诗歌确实在片面地追求语言的新与异的同时对别的东西的严重忽略。如一些人在"反传统"的旗帜下排斥了人类源远流长的优秀传统，而对应该反对的某些当前时尚却亦步亦趋，盲目模仿，以一种十分浮躁的心态去急功近利，以一种十分急躁同进又十分可怜的态度去急于求成。这实际上产生了另一个极端片面的后果，即创新带来的是诗艺自身的倒退与消亡。实际上，真正的创新只能在继承整个优秀传统的基础上发生，否则就会带来如严力所说的那种讽刺性后果："创新太难/在词语里造出所谓炸弹的人/常常只是几响庆祝自己生日的鞭炮。"

当下情境：对现实的逃离与复归

1

随着诗歌对先锋的热衷及对语言的青睐，"反主题创作"以及"反内容创作"以及写"新句"的创作方式占据了诗坛。在诗人挖空心思耗费时间以求创新的同时，一种新癖一种专制悄然而生，而一种无法读懂的诗歌也充斥诗坛。显然，如果认可从创新走向创新的这种线性演变公式，就很可能出现局部的创新带来的整体的倒退。而对于那些"晦涩得太容易"的诗风，"如果我们这些受过专门训练的人都难以读懂，那我就有理由对这股诗风的发展感到悲观了"（袁可嘉语）。

确实，在过分强调技艺的修炼的同时，诗歌缺乏的便是对现实内容的关注。然而，诗歌一旦缺乏对现实的真切关怀，它便走向虚无。它对现实的选择不是逃避，而是正视，如今我们感叹诗坛没有鸿篇巨制，感叹有分量的诗歌如此稀少，说到底都源于诗人对现实的逃避。他们对自身的孤芳自赏，对诗的无聊散淡及故弄玄虚都让读者失去了阅读的欲望。

当我们面对大师的诗歌时，我们折服于大师的深刻，感激大师在诗中塑造的灵魂。大师的创作是伟大崇高的，因为它没有脱离现实的存在。无疑，对诗歌而言，重要的不在于技艺如何翻新，而在于诗人是怎样完成对世界的把握与表现，以及是如何切入生活的本质中去的。而面对变革，"现代诗人应当以更大的勇气去体味，深刻地感受它的阵痛，反映各种气息，以独到的眼睛回答时代课题"（阿西语）。在海子、顾城、北岛、食指等人的诗丛中，我们发现了这么一个事实；没有对现实生活的本质独到的发现就不能完成生活到艺术的转化；诗化了的认识是对现实生活的高度概括。

2

生活在现实社会里，诗人是现实的人，他不仅要忍受柴米油盐的困扰，也要跟所有世人一样，经历生命过程的每一步骤所带来的烦恼；因此，作为诗人的理想的诗歌就更应该为现实生活负担应有的责任。它不仅在于对与人的存在深刻相关的现实，即生存以及对生命整体状态的无限深掘，也在于一种诗歌理想的营建，即对生存及生命的很大程度上的超越。

一位外国作家说过：古往今来的文学家都在创作着同一部作品。诗人漫长的一生，就像是这部作品中的一次灵感闪现。诗人们一次次撕开人类精神上空厚厚的夜的帷幔，让众人看到自己的来历和面临的危险。诗人是伟大的又是渺小的，他的渺小针对古往今来的文学家都在创作着的这同一部作品而言，他的伟大在于古往今来的所有人道、正义都站在他这一边。

回到源头与诗情的再生

1

这种伟大对于诗人而言不应该忘记，因为正是这支撑着诗人的写作。只有对诗真诚的有感情的人才能写出诗来，而这种也便是真正的诗，是精神上的诗。牛汉认为，诗是动肝火才能写出来的，它不是码字，它不能虚伪。精神就是诗人的气质，诗人依赖它而活。同时也认为，真正的诗是困难的，它不容易写。

林莽也认为，那种潜入内心的领悟与感知的创作体现了一个诗人的真本领，这股"潜流"代表着中国新诗的发展趋势。并认为，当诗歌渐渐沉静下来之后，有一些真正的有见地的诗人依然不断地潜心造句，他们不为市场的一切所左右，不为功利所动，真实地生存着，不为一时的喧噪而忘乎所以，不为一时消沉而沮丧，诗歌创作中的这股潜流永远是推动进步的力量。而蒲小林也认为，只有在孤独中，诗人才能回到自己，同时也更接近外界万物，并充分领悟心静则万物静的真谛，达到线香燃烧如火焚林，灰烬落地如雷贯耳的境界，从而观照出万物于嘈杂中为喧嚣与骚动掩盖了的属于本性的东西，最后，在深层的宁静中，听到神秘的脚步，在日常的喧嚷中，觉悟大音稀声的天籁。

显然，在这样的引导下，我们看到了一种让人类精神得以再现与升华的东西。而在陆健的一句"热爱诗歌至今，难道还不该感谢命运的恩赐"——这样的话语中，我们则更感受到了诗歌在诗人心中最为纯粹的高贵地位。这就是向诗歌的本真自然的艰辛朝圣，是对诗歌的礼拜与敬仰。

"作为语言的艺术，诗歌是不会灭亡的。那股在火山之下的潜流，那股在冰川之下的潜流，将永远指引着诗的方向。"（林莽）

　　"我们会吟咏下去，直至生命的轮回，因为我们需要活在诗神那崇高的光芒中。"（孙建军）

　　"当此之际，我们愿意读着、写着、爱着、活着……让诗歌与自然成为心灵的独语，在这块大地上生发出天边秀色！"（董桃福）

　　在这样一个又一个诗人的述说面前，我们还有什么话可说诗歌没有希望呢？确实，在中国，诗歌是伟大的、永恒的，是刚柔相济的，她不同于波德莱尔，也不同于毕加索，她需要诗人不断地回照这片土地，需要大彻大悟后的升华。这不是皈依传统或者逃避现实，而是我们需要这样的精神。然而，也正如阿西斯所指出的那样，从北岛、舒婷到海子，从海子到今天，现代诗歌最撼动人心的艺术底力流失了。一批批天才诗人在大环境中被动地充当了一次不合时宜的"准贵族"。作为诗的要义——关注——越来越苍白。而生活，并不缺少阳光、水、鲜花与罪恶、痛苦、祈求，也就是说，不缺少诗，可是，我们读不到那些能够超越了形式之后真正伟大的诗篇。

　　由此我们看到，我们离不开诗歌，离不开大地！我们希望有拥有伟大的胸怀和完美的灵魂与独特气质的诗人走在我们中间，作我们民族的一种骨气。因为只有诗的境界才是一个时代最高尚的境界，也是最完美的境界。

　　2

　　波德莱尔——这位发达资本主义时代的抒情诗人（本雅明语）——并不是不动感情的观察者，而是那种在城市中漂泊、沉溺于思想之中的人。他不是把城市及外界印在他心上，而是把心印在这些地方。正如巴雷斯声称，他能从波德莱尔的"每一个微小的字眼里辨认出那种使他获得巨大成功的辛劳的痕迹"。[1] 而古尔芒也认为，"即便在神经质的高叫中，波德莱尔仍然保留着健康的东西。"[2] 而象征主义者居斯塔法·卡恩则说，"在波德莱尔看来，写诗几乎

　　①②③④　参见本雅明［德］《发达资本主义时代的抒情诗人》第 85 页，三联书店 1992 年版。

是一种体力活儿。"③在《1845年沙龙》一文中，波德莱尔自己写道："毅力需要很好地培养，以使它永远富于成果，即使是二流的作品也会打上独特风格的烙印。读者欣赏的是这种力量，他们的眼睛会吸啜力量的汗水。"④由此，我们看到了一个被误解的波德莱尔形象，当那么多读者把他当作"游手好闲"或"颓废罪恶"的代表的同时，我们却找到了一个在诗性中徜徉的深刻的诗人，甚至是追求崇高但却矛盾的诗人。波德莱尔的努力正是今天诗人放纵自己的反面，由波德莱尔我们是否可以发现今天的诗人缺少了什么？

3

显然，源头是圣洁的、崇高的，它让人感到的是小溪源头的那种清洁纯净的透明，它没有遮掩，没有矫饰，一切那么纯朴自然，那么清新与抒情。重返源头，我们时代的诗情才得以再生，诗性才得以复活。

说到底，诗歌是抒情的，我们至今怀念那些带给我们丰富情感的诗歌，它宛如一条溪水，悄悄地透明地流淌不息。长长的《诗篇》、丰富的《雅歌》、纯朴的《诗经》，无一不给我们巨大的精神享受，那是灵魂深处的搏动。无疑，诗歌亦并不是很复杂的如人们想象的那么艰难的东西，只要安居在灵魂深处，只要源于真正的大地与生活，那么，诗歌就没有理由不叩击人们的心灵，而给人们留下难以磨灭的印象与享受。

病
因

梦呓与狂乱的退出，真正灵感的进入

1

雅克·马利坦在《艺术与诗中的创造性直觉》中认为，诗性经验把诗人引回灵魂的种种力量的唯一本源的隐秘处，诗人进入这地方，不是通过所有感觉可能的、飞逝的加快以及似乎是自然的恩赐和原始的授予的、统一的宁静。并认为，他必须赞同这种恩赐和授予，而且首先能通过排除障碍物和不提及概念来经受磨炼。而灵魂与其自身这样一种精神的联系中，所有源泉都汇于一体，诗人的首要任务，就是尊重这种独创经验的完整。

"由这样一种经验行为所提供的冥思的宁静好比是一股洪水，它使得沐浴于其间的思想得以更新、恢复活力和净化。……然而不能对一切官能所领略的宁静的深度估计过高。这是一种对灵魂的所有活力的专心，平静而镇定的专心，毫无紧张感；在这优于任何感觉的清新而宁静的处所，灵魂得到它的宁静。"①

关于这种宁静的灵感的叙述，在海德格尔一篇文章中，荷尔德林也以同样的方式认为，"在诗中，人专注或避开人的实在的最深处，他通过平静审视那儿：的确不是通过空闲虚幻的平静如思想的空虚，而是通过一切活力和关系都在其中起作用的无穷的平静。"

雅克·马利坦继续认为，激动、狂喜、谵妄和狂暴丝毫不是灵感的本质；它们只能是自然的弱点的标志，并可能出自各种虚假的本源。在他看来，灵感来自"舒张阶段"，"是自然的，但通常既不连续也不频繁"。而"作为诗性直觉的灵感或处在诗性直觉幼芽中的灵感永远是必要的，而作为充分暴露的，或普遍渗透的运动的灵魂，永远是最吸引人的"。由此，马利坦进一步对忘形的和自制的两类诗人作出了重要的论述：

"在'忘形的'诗人中，或在那些具有疯狂血缘的人中，我们将大体上有充分暴露的灵感或作为普遍渗透的运动的灵感。在'自制的'诗人中，或在那些具有快乐的天赋性格的人中，我们将大体上有处于诗性直觉幼芽中的灵感或作为诗性直觉的灵感。当然，比起'忘形的'诗人来，'自制的'诗人可能是更伟大的诗人，更忠实于灵感的诗人。但是，那些缺乏这两种灵感的诗人则根本上不是诗人。"②

在马利坦的论述中，我们可以看到灵感的真实面目及重要性，但我们还是无法获得关于"灵感"源泉的实在经验。所谓的"平静"靠什么获得这同样是一个问题。因此，关于灵感的出现对于我们仍然一无所知。

在我看来，灵感只源于灵魂深处的深刻的搏斗与挣扎以及这种挣扎以后的宁静。宁静实际上是一种斗争的产物，它是心灵对信仰的皈依所带来的直接后果，具体表述就是：喜乐与平安。正是喜乐与平安共同组成了灵魂及心灵的安宁。它没有恐惧与绝望，因而也就不会存在梦呓与狂乱，骚动与不安。信仰中的感觉是船泊港湾的安息，它具有实在的憩居感，而正是这构成了灵魂的寓

---

① 参见雅克·马利坦［法］《艺术与诗中的创造性直觉》第187页，三联书店1992年版。
② 参见雅克·马利坦［法］《艺术与诗中的创造性直觉》第187页，三联书店1992年版。

所。在这样的寓所中，灵感如潮水般涌起，是丰富的无尽的。

由于一种经历的参与，特别是一切困苦环境的逼迫以及一切苦难的体验，这种安居感将被动摇，甚至有被摧毁的危险。但也就在此时，这寓所才显出它家园的魅力，因为只要它是实在可靠的。在大卫的《诗篇》中，我们找到了最有信服力的证明。虽然大卫那颠沛流离的苦难一直困扰他，但他始终与灵魂居所那不尽的源头联系在一起，因此，《诗篇》给历世历代的人们提供了无尽的营养与帮助。而这一切无疑都是灵魂深处的。

2

由信仰所带来的安宁必将为一切平和的环境献上感谢与赞美。因为它的根基便是喜乐与安宁，因此一旦挫折与苦难过去，所带来的便是感谢与赞美。在大卫的《诗篇》中，不时可以看到大卫那激昂的赞美之声，那是一种发自心灵的音乐。而在所罗门的《雅歌》当中，我们所看到的更是一种纯洁至诚的歌颂，那种单纯的抒情所带来的魅力至今仍在我们脑海里萦绕。

由此我们可以看到别的一些经典诗歌留给我们财富的根源所在。如《诗经》这样一部淳朴生动与盼望，是一种朴素的批判与揭露。它的生命几乎全部源于本身的自然与生活的朴实无华，这实际上便是一种广泛意义上的信仰。而但丁的《神曲》，则因它对人生的切实关注及引导获得人们对神圣品格的向往与追求，它在很大程度上给人指出了灵魂家园的方向。

正是在这意义上说，灵感并不是偶然的，也不是随处可寻的，它更大程度上直接来源信仰之后的喜乐和平安，是一种灵魂居所的安息直接引发出来的挣扎或歌颂，交战与赞美。

3

当代诗人基本上失去了歌颂与赞美的力量，甚至连抒情的向度也全部瓦解，这一切都源于信仰的根基的丧失。因为没有信仰所带来的家园栖居感，诗人总感到无依无靠，由此他面临的便是痛苦与绝望。诗歌展示的也便是悲伤与苦难的吟咏，它不存在歌唱的倾向，也不存在赞美的力量。我们知道，一个人要歌唱心情必须愉快高兴（那种唱歌不等于歌唱），而要抒发美丽的感情或赞美同样少不了心灵的获得与满足。当代人之所以不会歌唱，而只会吼叫与呻吟

病
因

（绝大部分唱歌属于这一类），关键也就在于信仰的家园的迷失。寻找家园永远是当代人最为迫切的需要，因为诗人是返乡的，没有精神上的憩园就没有诗歌灵魂的飞扬。

4

回到源头也就是回到信仰本身，因为信仰提供了灵魂的居所。而期待诗歌的未来，也就是期待诗歌的返乡。只有这样，当今诗歌的沉寂才是有益的甚至是不可缺少；也只有这样，我才说，诗神在陨落中已经走向复活。

1996 年于北京

我们文学的疾病

小说的方向

理论在相当大意义上必须果断，甚至武断。特别是当我们回顾某段历史时，理论的姿态绝不是轻描淡写所能应付了事的，它必然作出判断与裁决，没有这些，理论也就失去了它的尊严与意义。不管这种判断是否正确，它都只能作出裁决，从而表明理论家的立场与态度。在这判断面前，理论家最主要的任务就是分析，这种分析必须建立在相当可靠的事实与论据之上。理论家通过这庞大而有效的工程建筑自己的价值判断体系，这就是理论家真实的工作。因此说，没有判断或说没有观点的理论家不是合格的理论家，而没有分析只有结论的理论家也不是称职的理论家。原因在于，前者是一种蛮干，它松散、混乱，没有建构；而后者则成了空中楼阁，只能给人印象，没有印证。

陈晓明认为，文学批评同样只能与文学史结合在一起才有意义，在这点上我表示赞同，因为任何文学批评都是与文学史相牵连的，也只有与文学史挂钩，文学批评才能充分体现其意义与职能。但同时我们应该看到，对文学史的建立，文学批评有职责作出判断，它不能停留于描述。只有描述的文学史是失败的，因为它弃绝了权威与批评的果断。然而，一个不容否认的事实是：任何一种来源于不客观判断的文学史都容易过时。这就警诫我们的理论家：判断的尺度是什么？我靠什么裁决这个时代的作品？

回顾一下二十世纪八十年代以来的文学是必要的，特别是当我们面对二十一世纪小说的前途问题时，梳理与回顾都有益于我们更好地展望。新时期面临的是觉醒与吸收，经过了十年浩劫的苦痛及血腥般的记忆，文学革命的恢宏之势汹涌而来。在这样一次前所未有的革命中，迎来的是与五四精神交相辉映的伟大举措。被压抑与捆束的人觉醒了，于是小说出现了"大写的人"。而对这段奇特的历史，人们开始抚摸与反思，在伤痕与苦难带来的两面效应中穿行，有控诉有反思也有一种美好的记忆。在小说中，随着伤痕及苦难的稍纵即逝，"知青"生活的丰富经历化成了一道道美丽抒情的小河，小说家们采用了寻找人的情感记忆的叙述方式朴素地向读者诉说。在这样一种娓娓动听的故事情调中，热情与真善美的交融把小说推向一种极美。更由于一种忧伤的情感基调的定格，读者的共鸣便更多地带上了余音绕梁的效果。显然，这种小说是成功的，它在真善美的情感中找到了立足之地。虽然此时的小说还没有借鉴什么外国小说技巧，但这种积淀已久的生活与情感一旦爆发，它的能量仍然是惊人的。就是在这一切优越条件的掩护下，"知青"小说取悦了众多的读者，许多小说家因此声名鹊起。

也就在此时，人们生活渐渐有了明显的变化与好转。土地承包责任制的实行大大地加快了经济建设的步伐，人们生活水平有了较大提高。温饱问题的解决带来的是人们对精神文化饥不择食的追求，小说读者的热情同时带来了小说的空前繁荣。在这种背景下，一切丰厚的记忆与经历都被廉价地展示出来，小说家们还没有认真加以思索就答应了读者的呼唤。由此，中短篇小说空前繁荣，而长篇小说却凤毛麟角。从今天看来，当时的中篇小说魅力毋庸置疑，其优秀的素质至今令人心动。这是一件奇怪的现象：围绕着一个知青经历竟会产生如许多优秀的小说！它同时印证了一个事实：题材是写不尽的，因此小说不会轻易死亡。

另一方面，随着"知青"小说面貌的日益雷同，小说家开始尝试着朝美丽的大自然进发。由于"知青"经历带来的对大自然刻骨铭心的记忆，小说家把那一片思念的情愫放置于博大而美丽的大自然之中。在此，乡村仍然是个重要的场景，人们通过它还原到记忆的深处。张承志、贾平凹便是这个时期出色的代表。在张承志的小说中，狂热的人与大自然统一、协调，在博大的大自然背景衬托下，人被扩张、放大，从而以此完成英雄主义及理想主义的一种梦想。在这样一个间隙中，小说家都试图完成心中那片遥远而极美的回忆园地，但孤独的主人公的行走带来的却是一种深刻的遗憾与失落，更深一层的思索由此秘密地抵达了心灵的深处。

历史的进程再一次显示了它那厚重的分量。在一批忧伤而明丽的小说走过之后，留下的便多了一分执着与沉郁。以刘索拉、徐星等为代表的"现代派"开始以放大的"自我"诉说激情，这是一次夹杂着个性解放与新个人主义而唤起的解放思潮。在一批年轻人的狂热情绪笼罩下，这批小说脱胎换骨地燃起了这股非理性主义思潮，在喧哗与骚动的背景后面，是青年人那悸动不安的灵魂与精神。显然，小说已经在此无意识地把历史遗留下来的病症加以深化，它以重新唤起对自我的认识以及对自我的变相欣赏来否定一切。这种非局外人的眼光证实了这种小说的"伪现代"性质，主人公的痛苦并不能排除它对"自我"的欣赏。

此时已是二十世纪八十年代中期，刘再复的一本《性格组合论》引起人们奇异的热潮，而李泽厚的美学也已经深入人心。在众人捧读美学的高雅举止中，"人的本质力量对象化"成为公式被大家熟记于心，人被推向了制高点。同时，伴随着 1986 年经济财政的衰落，地方自主权得以扩大，许多单位团体开始自负盈亏走向市场。文学由此失去轰动效应，刊物不得不重新考虑读者的地位。在读者不再迷恋于理论以求生活指南而寻求消遣的同时，形形色色的杂志、舞厅、歌厅及卡拉 OK 抢走了读者大量的闲暇时光。文学面临一次严峻的考验，它必然承受寂寞。

寻根热的又一次过去导致文学失去主题，已经没有什么庞大的题材值得小说家们倾心创作并引起读者的关注。寻根是一次文化与自然的混血产儿，它涉指了人们对文化与自然兴趣的进一步丧失。

失去了方向的小说开始转向自身隐蔽能量的挖掘。在人们不再关注写什么、也没什么可写的时候，小说家的智慧便体现在"怎么写"身上。这种对小说本体的思考转换了人们的视野，人们发现，原来小说还可以这样写，而这样那样的叙述也叫作小说。由此，马原、残雪、洪峰的意义就显得非同一般，特别是马原，他在 1986 年下半年及 1987 年上半年的意义是毋庸置疑的。作为传统小说的可怕入侵者——马原带给我们的是对小说传统经典现实主义规范的猛烈冲击，"大写的人"至此才真正解体。在残雪、洪峰等一批后继者身上，主流已经失去，小说在真实的意义上强调自身，回到自身。这是一次惨痛而略带喜悦的背叛，也是一次渎神运动。在它们背叛与亵渎神圣的背后，精英小说以进一步对读者的反抗得以站立。这个时候的小说已经渐渐走向了小说的反面，那就是它拒绝了相当一部分的读者。但从马原、洪峰、残雪他们身上似乎看不出这种迹象，因为马原的叙述时时刻刻都在说明，他想讨好并吸引读者。然而，他却只想把读者引上路，至于后面的路别人会不会走下去马原并没有过多的思考。马原甚至更容易被自己的叙述迷住，他只对如何写下去感兴趣，却对读者置之不理。这也许是一次有意的忽略，抑或是一次无心的失误，这一切都只有小说家本人清楚。

洪峰的《奔丧》是一篇比较典型的小说。在这样一个奔丧的题材故事中，我们看到了与加缪的《局外人》相类似的主人公形象。小说完全违背了传统经典现实主义的规范，它在每个细节上都与传统相背，从而完成了"审父"的阴晦心理与意识，并进一步对神圣加以嘲笑与亵渎。主人公那违背常规的举动与意识进一步言诉着根深蒂固的背叛欲望与仇恨欲望，在此，谁也无法考证这种反常的举动及违背人伦道德的举动意识源于何处，我们似乎只能仅仅在那惊人的举止中看到一种无意识。

先锋小说的出现及旗号的铺展令人吃惊。在苏童、余华、格非、北村、吕新等一批年轻人的倡导下，先锋小说鲜明地提出了自己的使命，这种主张至今听起来仍旧有些悲壮的力量。应当说，这种努力是值得肯定的。在假文学与精英文学的分野下，先锋小说强调叙述与历史形式的重构。它明确地不再写庞大的政治观念与信念，它不再捕捉社会重大题材。先锋小说是个没有很明确定义的概念，包括后来的孙甘露、叶兆言以及更后的一批崭露头角的小说家都可以归在此列。

应当说，先锋小说的贡献是无法估量的，它并不像一些批评家所认为的那样轻飘。至少而言，它提供了中国小说足够长久的理论话语，也给小说指出了可能性的方向。同时，它也代表了当代中国小说最高的艺术水准，面对它，后来者将失去欲望与冲动来构建这样的小说。无论是在苏童的《1934 年的逃亡》还是格非的《迷舟》与《褐色鸟群》上，抑或余华的《现实一种》与北村的《聒噪者说》，还是孙甘露的《信使之函》，它们都以一种后人无可企及的高度封锁了后来者前进的步伐。不论是在叙事方式，还是在语言、结构或风格上，这些小说都从尽可能的范围内对艺术作出了探险与尝试，而成功又同时阻隔了后来者的交流，因为它是形式的、一次性的。毋庸置疑，博尔赫斯只存在一个，而新小说亦只能昙花一现，作为中国的先锋小说自然亦只有一次机会。面临这样的机遇，我们看到了后来者的尴尬，文学便在这进退两难的境地中来到了二十世纪九十年代。

二十世纪九十年代对于今天而言并不是历史而是现实。回顾历史，我们看到文学面临的两难境地，它不愿意退回到传统现实主义当中，但前面的道路又已封锁，因为后现代主义在中国已经无路可走。靠技艺的翻新来获取读者的青睐已经成为古老的神话。在这样的时刻，新写实小说一度成为被大家使用的名词，虽然它理论上还欠完备，甚至在相当大程度上显示出幼稚，而且也比先锋小说的提法远为逊色，但它由于缺乏有力的对手抗衡而得以确立。新写实主义（也叫新现实主义）是传统现实主义手法的一种变形，它以还原生活的原生态作为自己的主要特征，同时，它运用了客观主义的叙述写生活的负面，展示了生活的琐碎与苦难，并体现出了一种审丑的立场与态度。另外，它在语言上往往不事雕琢，从而显出了一种粗鄙化的倾向。应当说，新写实小说是最后一个比较完整的小说流派概念，在它之后，小说便开始走向个人化，同时也走向了沉默。

新写实小说的主要代表应当是刘震云、池莉、方方。另外，由于先锋小说的明显转化，苏童、余华、北村也被许多评论家列入新写实的行列。同时，也包括了叶兆言等一些比较传统的但却写得相当出色的作家。应当说，新写实主义仍然不是一个完整的概念，因为它的局限不可避免，再加上它源于一次刊物的策略，提出过于草率，因此很快就销声匿迹。

由于个人化写作日渐明显，因而任何概念流派的提出都显得牵强附会。但理论永远不会甘于寂寞，它已经惯于为这个文坛制造一切热闹景象，加上刊物的生存的需要，一个个名目繁多的流派还是被炒得沸沸扬扬。这个时期显得出奇的平静但又骚动不宁，平静在于没有什么能够深入人心引发大起大落，骚动则在于每时每刻都有各种各样的新名词新流派出现。诸如新历史小说、新体验小说、新都市小说、新状态小说、后新时期小说、后后现代主义小说等等概念都不会引起人们过多的注意，因为靠"新"与"后"的旗号显然已经没有任何新意，它只会给人们带来不必要的麻烦与反感。我至今不明白中国的评论家智商怎么如此低下，为什么不能去发现新颖别致一点的名词，而偏偏在令人厌烦的"新"与"后"上面打主意？要知道，"新"与"后"实际上是流派理论的最大敌人，它导致的更多是人们对理论家低能的猜测。更何况，"新"与"后"

病

因

187

本来也是一个虚浮的概念，它的范围太容易让人忽略时间的存在，因为时间的变迁必将为任何的"新"与"后"打上苍白的颜色。

在这样一个失去命名的时代里，小说家的出现已经取得相对的自由，他不再通过什么流派联展得以推出。但与此同时，它却在另一个办刊策略中得以亮相，这就是期刊联网的方式。至今为止，《大家》《作家》《钟山》《山花》的"四联网"是我所见最容易推出作家的形式。虽然推出的小说家不尽如人意，但还是不妨碍小说家成名。于是，一大批小说家又开始以各种面目活跃在读者面前。然而一个事实不容否认，那就是人们对这样推出的小说家更多地持一种观望态度，也就是说并不太信任刊物的"四联网"。但我们可以知道，在这样一个没有轰动的时代中把一个陌生的小说家推到读者面前，刊物显然尽了它的职能，而且应当承认这种方法卓有成效。

在诗歌日益沉寂的今天，小说也迎来了相对寂寞的时光。像谁也没法再给诗歌说清楚一样，小说也让人感到了言说的困难。想要统而言之的时代显然已经过去，我们面临的更多是一种多元化的格局。也许，这同时意味着一种自觉与成熟。在此，陈晓明的分类是比较有代表性的，它说明了一个事实：小说已经走向多元化，但它仍有一些特征比较贴近。在陈晓明的话语中，我可以捕捉到这么几种归类或特征：

第一方面，非历史化的个人化立场。陈晓明认为，二十世纪九十年代文学出现了相对疲惫的状态，一批新出现的小说家已经形成了他们独特的叙述。这也就是所谓的晚生代，它是相对于整个人类艺术史而言的。这一批作家有一种晚生感，他们缺乏艺术大师的想象力。在陈晓明看来，二十世纪八十年代末期的小说已经耗尽了想象力，艺术形式革命已经不可能。同时，他们笼罩在"知青"的阴影里，与文学史对话发生障碍，从而找不到插入点，找不到艺术创新的冲动。在他们面前，文学史已经丧失，个人的记忆强化了非历史化的个人话语。显然，这种关于晚生代的描述分析是相当出色的，但我们看到，晚生代小说家的归类同样是困难的。虽然小说家的写作有些类似，但实质却往往相差甚远，而且这些小说在我看来仍然缺乏足够的说服力。比如说，把何顿、韩东、刁斗、述平、张昱、毕飞宇、鲁羊、东西等这样一大批作家划归一类就令我有些吃惊。无论从经历还是从小说经验而言，这样归类都显得牵强，而从年龄上简单地归类显然不那么明智。当然，作为一种谈论的方便这种名称是许可的，但若把它形之于理论就显得苍白。

不容否认，这些小说家在相当大程度上都写自己的经历，他们拒绝大师们的艺术经典文本，与艺术史、文学史没有对话。他们的创作与历史也不发生联系，小说更多展示的是生活中的原生态。一个很平常的生活片断会在这批小说家手中信手拈来成为一个短篇。我不敢说它会成为出色的短篇，但它却让人耳目一新，甚至也能给人某种启示与回味。这种非深度化的表象化叙事同样具备了一种效果，虽然它往往不事雕琢，随意就写出来了，但仍不失为一种别致的小说。当然，你若要追寻这小说的意义，那是没有的，它只会让你失望。我想，它的意义就在于在司空见惯的生活细节中重提，从而给人一种淡淡的回味。

陈晓明同时认为，这些小说写得轻松、自如，在捕捉表象方面非常出色。这同时也就认同了一种述说："这个时代剩下的就是表象、欲望以及男女的交欢。"由此，陈晓明认为这种小说是出色的。

在另一方面，陈晓明认为二十世纪九十年代的小说强调感性化，它停留在感性经验的生活样态，而这方面的代表性作品就是贾平凹的《废都》。陈晓明认为，《废都》给我们提供的不是一部出色的小说，而是一部重要的小说，因为它带给时代许多重要的话语。《废都》的意义在于它指出了这个时代文化的彻底衰落与颓废，它通过一系列艺术家的事变强调说明了艺术的死亡。同时，它通过大量的性描写营造了时代的性欲史，从而力图说明在表象的背后是欲望与男女交欢，除此之外不存在真实。显然，《废都》是值得读解的文本，它给我们时代提供了象征主义的巨型代码。但同时，它又是一部失败之作，因为作家的立场在结构中没有升越到一个层次，从而引起了人们过多不怀好意的误解。当然，这不能怪读者，它只能说明作家还没有能力把自己的观点凌驾于主人公之上。

《废都》的很大程度上的失败可以引起新一代作家的警戒，特别是在陈晓明划定的晚生代作家身上，过多表象的自然刻画都容易使作家流于表象化的肤浅。

在第三个方面，陈晓明注意到了反男权主义的女权主义叙述，认为这是二十世纪九十年代文学异彩纷呈的另一侧面。在一批女作家身上，偏激的女性个人故事被空前复制。强烈的个人经验的大胆抖露，特别是包括性经验、性体

病
因

验在内的个人隐私被作家自己出卖，从而强烈地诱发了广大读者的观赏欲望，特别是诱发了男性读者的欲望。不容否认，这批小说有它独特的阅读价值，但同时也出示了很多问题。作为一种隐私的暴露所带来的阅读激情到底能否长久？另外，人们对这种暴露到底能宽容到什么限度？所有这些都是值得女作家深思的。当然，女作家本身就有一种暴露的欲望，而且这种暴露同时也带给读者一种全新的阅读感受，这都在某种意义上预示着一种进步。但我们没有理由认为，暴露可以没有分寸或者厚颜无耻，如果这样，那小说的悲哀也可想而知。

因此，对陈染、海男、林白、徐小斌、迟子建等一大批比较年轻的女作家而言，问题依然存在。虽然她们的小说成就突出，但大都还停留在女性经验的范畴里面。她们抒写的也大都还局限于自己的小天地当中。她们那情绪或绝望或骚动都刻画得淋漓尽致，那心理也极尽细腻与变化，从这意义上说，她们的意义远远超出了以前任何女性作家的写作。但在另一方面，她们一直没有摆脱自己向外界世界涉足，特别是还没有比较深刻的以女性视野来描写时代的作品，这不能不说是一种遗憾。

在第四个方面，陈晓明认为是道德主义及理想主义的话语，并认为它的代表是张炜及张承志。在陈晓明看来，这明显是一个多元化、个人化的时代，作家都以个人化的形式谈论各种话题。但又认为，在张炜及张承志身上所体现出来的道德主义及理想主义过于片面，特别是它容易助长某种东西的单方面膨胀。陈晓明不赞赏企图以个人化的形式强加或整合给别人的思想，并认为这是一种霸道，同时又对道德理想主义的毫无节制表示不满，认为它过分夸大了知识分子启蒙，过分夸大了真理的绝对性，并认为它有偏执的一面，是对个人的一种强调。

在此，我不想轻易否定陈晓明观点的可贵的一面，也不想对张炜、张承志的观点作片面与肤浅的概括，我只想说明一点，那就是张炜、张承志的小说远远不像陈晓明说的那么简单。同样，在提及北村这位已经相当重要的小说家时，陈晓明也提出了自己相当有见地的看法，但我也认为陈晓明对北村的小说缺乏深入与客观的把握。这牵涉到一个相当重要的方面，那就是小说的精神问题。在我们乐此不疲地谈论小说技巧（如后现代主义）时，我们是否想过，我们把小说的精神忘得一干二净呢？

这无疑是一个相当紧要的问题，特别是当我们面对这样一个"无主题"的杂乱无序的小说时代时，我们最不可忽略的就是小说的本质问题。

　　面对历史与二十世纪九十年代的小说状况，从回顾来看现实，我们发现了一个鲜明的小说事实：中国新时期小说面临的是精神的危机。从小说技巧上说，新时期小说在二十世纪八十年代末就已经走向了最后的辉煌，正如陈晓明所说，已经不存在超越的可能。而从小说内容上说，"知青"已成为历史，寻根及后来的一系列流派都已被写得支离破碎，没有人再愿意重复一遍炒冷饭的滋味。由此，二十世纪九十年代的小说出现了空前的盲目与危机。从小说家对理论的失望可以看到，小说家对小说同样失去了信心。

　　这种状况实际上来源于一种根本意义上的失落，那即是文学信仰精神的丧失。正如一位评论家指出的：文学的失落，关键在于人的失落，主体意识失落了，创作个性也便随之失落（张慧敏语）。在评论界大肆哄炒现代主义与后现代主义的背后，评论家判断尺度的消失带来了小说家的迷惘，因为意义已经缺席，文学成为虚饰。这显然是最让小说家无法承受的事实，理论的前引功能一旦消失，对于这个习惯以理论为路线进行创作的国度来说，危机就实实在在地降临在每个小说家身上。

　　值得欣慰的是，并非所有小说家都地处荒原与迷惘，已经有为数不少的小说家确实回到了小说的本质进行创作。他们面对灵魂与精神开始了拓荒之路，这便是二十世纪九十年代最值得告慰的文学现象。虽然缺乏足够的理论与之配合，但人们已经普遍意识到，这是一种真正的文学写作，是为心灵与神圣而抒发的诗歌。正是从这意义上说，中国新时期文学特别是小说已经走向成熟（而不是衰落），而面对新世纪，我有信心（完全的）认为：小说必将再度辉煌。

　　实际上，在一大批理论批评家身上，文学的理想精神及信仰精神已经获得了不同程度的推崇。所缺乏的是，他们没有始终一贯地形成理论的系统加以引领。但是，不管怎么说，这种批评及理论实际上已预示了小说的勃勃生机。只要我们面对小说的本质存在，我们就会发现，小说实际上已经孕育着极大的潜力，喷薄欲出的时候已经来临。在史铁生、路遥、张承志、张炜、北村等人的小说中，我们看到了一种足以让我们自豪的期待。路遥虽然已经离我们远去了，但他的一部《平凡的世界》给了我们沉重的分量，似乎也在某种程度上预示了一种希望。只要这个希望寄寓在任何一位年轻小说家身上，我想，小说的希望也就要到来。而在史铁生、张承志、张炜、北村等人身上，小说则预示着一种精神的力量，他们执着不二的文学追求必将带给小说以更优秀的素质，这素质是后现代主义小说无法相匹的。

当然，如陈晓明所言，这批小说家由于一种控制不住的激情导致的艺术粗糙及武断是不能容忍的，因为它违背了艺术的原则与美感。但是，我同时认为，作为相对空白的宗教信仰与文学相交的领域，这种不成熟是难免的，我们评论家应当以足够的宽容指出它的缺陷，而不是指责与棍棒。另外，作为开端，谁也无法认定这种文学不会走向成熟。我想，这批小说家早晚会意识到这些缺陷，从而完善自己或由后来者补上这一课。

应当在此重提前一段批评理论给我们带来的负面效应，那就是由于一种文化现象的效应，使得人们一言崇高便是虚伪，一谈理想便是矫情，而所有高尚的奉献都羞于见人。在一批人对真诚与善良进行嬉笑嘲讽的同时，我们是否看到这是一种更为恶劣的不宽容？显然，时代已经到了这样一个时刻，那就是再逃避神圣的追问已经不太可能。面对精神的溃散，面对信仰的缺席，面对爱情的消失，我们到底是逃避还是面对？是认同还是重建？

谢冕在《理想的召唤》一文中认为，商潮的涌起使人们乐于把文学定格于满足快感的欲望功能，人们因厌弃以往的仆役于意识形态的位置而耻谈使命和责任。对于世俗的迎合使文学（包括艺术）迅速地小市民化，庸俗和浅薄成为时尚。同时还认为，当前的问题并不是文学受到羁约，恰恰相反，正因为文学的过于放任而使文学有了某种匮失。当前的文学不缺乏游戏，也不缺乏轻松与趣味，不缺乏炫奇和刺激，独独缺乏对文学来说是致命的东西。而这缺乏导致人们追问文学到底何用？张慧敏在《文学需要理想精神》一文中也有精彩的论述，张认为，今日"理想精神"的提出，意在打破传统理想主义及价值体系被动摇而出现的"真空"状态，还有知识分子使命感与责任感。并认为，这种"理想精神"再度强调艺术和生命的同构关系，艺术的选择应该是生命的选择。同时强调每一个人性，在面对人类的死亡景象，写作者有勇气喊出"谁在？我在！"的回应，并本着个人的身份去追寻、去感悟、去体验。同时，反抗灵魂不可承受之轻的零度状态，就要求写作者有勇气去直面和经验现实，从当下的经验存在延伸向未来，并通过无限的求索来达到现时的真实存在。

为反抗长期以来"理想"与乌托邦神话的纠缠，张进一步认为，今日的

"精神信念"便是以艺术"未然"的意识遭遇到每一个此在瞬间，它囊括过去、现在、未来，超越了时空的有限性。因此这种理想精神不是虚幻、假想的彼岸，而是一种以自我为终极的人类精神的远景。并且认为，今日发生"理想精神"的呼唤，不再是启蒙者振臂的倡导，而是如同沐浴在晚霞中的祈祷钟声，是一种以心受难的文化精神的创造。这里想寻求一种对话的可能性，但只有期待，并不强求。更确切地说，这里谈理想精神，只是本着一种希望的情感，想以心携自己邀同仁一起倾听那水天深处冥冥之中文学魂灵的召唤。

在我看来，张慧敏的论点充满了诚恳与执着，也是自然可行的。而在这点上，我认为它恰恰点出了陈晓明另一观点的片面。那就是陈晓明认为，精神已经匮乏，理想早已成了乌托邦，因此不存在重建的希望，只有满足于现状，在后现代主义身上寻找技艺的热情。实际上，这不仅仅是陈晓明的观点，它在相当大程度上代表着评论家一种普遍的方向。许多评论家认为谈论精神谈论理想与崇高都是一种徒劳，因为它都是乌托邦。今天看来，这种观点明显失之偏颇。如果它置于二十世纪八十年代也许恰好点中要害，但若继续把它放置于九十年代特别是目前，那只能说明评论家的失职。我们看到，无论是在史铁生、张承志、张炜还是北村的身上，精神与理想、崇高与神圣都已不再是随意可以用乌托邦加以怀疑与消解的东西。以我熟知的北村而言，我没有理由不对他的信仰表示一种尊重与敬畏，因为我实实在在感受到了他身上的那股力量，那力量只有来源于圣、光、义、爱。不论我们采取何种态度对待北村的信仰，这信仰的神圣精神素质已经在北村的身上得以彰显，而且对于北村而言，这一切都无比真实。这无疑便是我们相当一批狂妄自大的批评家需要重新反省的地方。实际上，不论从何处而言，对信仰采取嘲讽的轻薄态度都不是一个批评家的所为，它除了说明我们无知之外并不能再有什么结论。

只有互相尊重，同时也尊重自己。实际上，在史铁生、张炜、张承志身上，虽然也暴露了信仰者精神上的优越感而导致的艺术粗糙，但并不妨碍他们前进的步伐，我们评论家更没有理由以他们艺术上的粗糙来指责他们信仰的失败。实际上，只要稍有世界眼光，我们就应当承认，艺术的希望在他们身上，特别是对于一个长期缺席信仰话语的国度来说，这是一个全新的艺术方向，它必将给新世纪的中国带来艺术的曙光。当然也不容否认，信仰者的武断曾给评论家作家带来一种言说的困难，也带来一种压力。但我认为，真正的信仰者不

病因

会给我们过多狂妄的印象，他们必将也有更多的宽容与爱。这点我在北村的小说中找到很好的印证。

谈到最后，我的观点就是：我们不能忽略小说的本质存在而轻言小说的精神。如谢冕所言，这对文学来说致命的东西的缺乏会导致人们追问文学到底何用。只有站立在文学精神信仰的高度上写作，我们的文学才不会止于游戏、炫奇和刺激，而会一步步地朝崇高与神圣走去。文学也因此才获得家园的安憩，并由此获得一种动力，这动力让每一位作家有着足够的良知与责任感。这就是文学创作的意义所在。

说到底，文学就是精神的，它不给我们提供任何物质的需要。它应该是将光明投向人的黑暗内心中去的行为，是一种人对自身个性的超越性活动。文学的意义在于它能给人的精神以丰富的营养，指引人们向神圣与崇高迈进；或者说，它是一剂良药，从而解救我们灵魂的病症。

托尔斯泰曾这样说："如果对我说，现在的孩子们在二十年后，会因为我写的小说而哭、而笑、而热爱生活，那我愿以毕生的精力来写它。"而福克纳这样一位技巧超前的大师也认为，唯有以良知的精神建造文学的神圣殿宇，我们的小说家才能对自己的职责放心。

面对无数大师的肺腑之言，我们看到文学独一无二的方向，也只有这方向才能引发一代又一代的作家为之献出毕生的心血，并从中引发出意义。回顾中国小说家的创作，我们完全有信心指正理论给我们造成的误区：文学需要的是精神与灵魂，是实质，而不是片面的技艺与形式；同时，当下小说创作已经充满希望（而非衰落与低谷），它必将在新世纪迎来灿烂的曙光。

1996 年 6 月于新泉

文学的精神

题记：谁能指出我们生活的实质？谁能告诉我们什么是真正重要的？

我们生活在一个剧变、动荡和革命的时代，我们天天处在焦虑、痛苦、绝望之中。面对信仰的缺席与精神的迷失，我们被抛到旷野备尝孤独与愤怒。怀疑与反叛的大旗已经被高举，古老的人生哲学及文化传统纷纷碎裂。我们渴望破坏，也渴望堕落却没想到由此失去感觉。我们的精神早已空白一片，麻木的灵魂早已失去了神圣的向往。在这样一个全球性通讯以及无止境的思想多元化的世界里，我们寻求我们自己。我们被卷入各种不同的世界观相冲突的旋风里，我们渴望对这个世界及我们自己有更深刻的理解，却不知道何去何从。

寻找：给时代定位

没有人会告诉我们前方的路会怎么样，也不会有人告诉我们目前所处的时代到底怎么回事。面对这样一个迷惘丛生的时代，我们没有任何理由再逃避对生存的正视。

我一直坚定地认为，这个时代永远是人类梦寐以求的真正成熟的绝好的时代。它不仅提供了人们客观成熟地反思的条件，而且也为人类走向另一个辉煌准备了思想基础。纵观人类发展历程，除了早期古典时代曾给我们一些文明的遗迹之外，其他任何时代都或多或少地带上了不可饶恕的罪恶。历史在某种意

病因

义上几乎绕完了一圈，在思想上，它甚至已提供了人类完整的脉络。早期古希腊诗人赫西俄德关于人类五纪的预言似乎也正令人恐怖地兑现。

即使不从这意义上说，历史的两极摇摆在这个时代更像一个站立在十字路口的白发苍苍的老者。他现在面临的不是因为每条路陌生而无所适从，而是因为每条路都走过而不知该选择朝哪走更有意义更有价值。由于对每一条路都心有余悸，因此他只能停留，只能迷失。因为没有别的路，而且对走过的每条路已经充满了恐惧的成见。

重新走过与发现

对于这样一个特定的时代，我们应该清醒地看到它们的尴尬与危险，它实际上远远超过了那种迷路人的危险。问题在于，面对这样的危险而得不到引导必将导致一种可怕的毁灭，也就是说时代对自己命运的死亡宣告。

这种宣告也就是人类思想的彻底死亡，伴随而来的也就是人类自身的末日。历史的循环演变同时告诉我们，人类远没有达到终结，只要人类付出自己的良知以及自己的灵魂去寻求，他必将找出一条崎岖但却通向光明的路。

这条路也许是原来的，但它一定是被重新阐释与重新发现的，因此，它注定与原来走过的路有根本的区别，这实际上是一种新质，也就是说是一条新路。但由于它是在重返的过程中得以新生与发现的，因此它同时又是一条旧的路，至少在主体意义上说，它的根基未变。

从这意义上说，我们期待未来的一种新解，但同时我们不能逃避对历史的重新审视。这也就是这篇文章要做的努力。以下的描述与剖析不是多余的，至少在结论得出之前，它是必要的，也是有益的。

历史与时代

西方习惯把人类的演化分成三个主要的时期。第一个长达几十万年，那时人过着相当原始的生活，基本生存所需都得仰靠无常自然的鼻息。第二个时期大概在公元前一万年开始，这就是所谓人类的农业时代。人类开始安居下来，筑屋、耕地、种植谷物，而且开始聚居一处，成为村庄或城市，创造文化抵挡自然难以预测、无情的摧凌，同时也满足人类的精神需要。在这时期，人类开始解脱自然的束缚，建造文化世界，这世界虽是人为的，但与自然仍能和谐相处。在公元前一千年那段时间，在中国、印度、中东以及希腊、罗马诸国，几乎同时产生了惊人的高度文化。第三个时期也就是所谓的工业时代，是伴随着西方近代科技革命而来的。

这种划分实际上可以简单地概括成这几个字：即自然时代、农业时代与工业时代，显然，这种划分过于粗糙，但它对于人类认识自己的缓慢变化却有很大益处。也就是说，人类本身就是这么缓慢发展的。

雅斯贝尔斯的观点

相对于这种三分法，雅斯贝尔斯的划分显得别致。他在所著的《哲学导论》中把人类历史分成四个重大时期：

一、史前时代：公元前五千年之前。

二、伟大文化诞生之后，诸如埃及、美索不达米亚、印度、中国，时约公元前五千年到公元前三千年。

三、公元前八百年到公元前两百年间：哲学和世界性大宗教的建立（在中国、印度、波斯、希腊、巴勒斯坦），这些伟大的哲学和宗教仍是今天世界文化的活血。

四、科学技术革命：这场革命始于中世纪的欧洲，十七世纪在思想上构造完成；十八世纪在整个欧洲成为统辖的力量。到二十世纪的力量更是大幅激增；在最近数十年来大大发迹了社会和各国。

按照雅斯贝尔斯的说法我们可以更加清晰地寻找到对人类历史影响至深的东西。对于我们人类的发展恰恰是至关重要的，因为历史的熟悉与否将直接影响我们对规律的探索，而对规律的探索又将直接关涉到我们对未来的看法。

雅斯贝尔斯认为，我们从文化史所认识的人类是在第三个时期才定型的。这时人才开始做哲学思考，对自己的历史有了觉悟。同时经过了各种复兴的运动，人类在知识和精神的创造方面的成就愈来愈大。而在人类的第四个时期，一种全新的变化发生了。雅斯贝尔斯把它比喻为人类的第二度的开始，认为其重要性可以和原始人发明工具或是发明用火相比。但同时，他又感觉到我们这

病

因

时代正经历一场最可怕的大灾难。所有文化传统都被扔进一个大熔炉，可是新文化大厦的结构还没有清楚显现出来。

古典文明的重新审视

雅斯贝尔斯的叙述实际上指出了古典文明的重要地位，即使是面对现代科技的突飞猛进，古典文明同样保持着它那不灭的光辉。而对古希腊、罗马以及中国、印度、中东等构成的辉煌的文化，人们几乎没有勇气作长期的面对与寻找。特别是在宗教与哲学构筑而成的坚硬的文化中心，现代人已经丧失了应有的热情。古典科学技术与近代科学技术有本质上的不同，它靠观察以及长期的经验积累得来，虽然也有计算，但却是初等的。如建筑、医学等古典科技就是这种文明的代表。古典科技文明实质上是一种农业文明，是以农业为基础的。

在这种文明的基础上诞生的宗教与哲学实际上都带有某种强大的力量，即它能够通过对人类本体的智性或超智性的思索来达到人类自身的稳固，以及由稳固走向希望。无论是在柏拉图、亚里士多德身上，还是在老子、孔子、庄子身上，这种伟大的思想力量至今仍在深厚地影响着每一个人。特别是如印度的佛教思想、中东的基督精神，它们早已成为世界文化不可缺少的一部分。

遗憾的是，伴随着历史的进程，由于政治对哲学及宗教思想的粗暴干预与占有，直接导致了这些哲学与宗教思想不同程度地被遗弃了。至今，每当我们想到中世纪西方的宗教统治与残酷禁锢以及东方中国那长达几千年的愚昧封建的儒家道德统治，我们就不能不为政治与人为的强意扭曲感到恐惧。确实，一种思想一旦明确地为某个集团的利益或明确地为某种目的服务时，它本身就已经变质为一种工具而变得面目可憎。正是如此，我们可以确实地体会到那曾经出现过的惊心动魄的呼声。不论在"打倒孔家店"的声音中，还是在反叛宗教统治与压迫的革命与运动中我们都深深感到了一种对自由的刻骨铭心的向往与追求。

没有理由反对这种对自由的渴望与追求，但同时我们也发现，在这种极端的反叛中，人类把原先美好的东西也一同送进了坟墓。这便正是人类的悲剧，人们在泼脏水的同时，把盆中的婴儿也一同泼出去了。

欧洲的人文主义与启蒙运动

　　走过了漫长的古典主义时代，享受了源远流长的古典文明，带着一种激烈的反叛姿态，欧洲的人们迎来了人文主义的曙光。由此，启蒙运动开始了。在"相信自己的理智，不信任何权威"的口号下，人要把命运掌握在自己的手中；所有人际关系都要归属在理性的法则之下，人类以前的历史已经结束，历史现在要由理智来控制并按照人类自由选择的目标定在一个完全透明的世界，在这世界里，人对他的社会、历史及个人存在的一切环境都要实行理性的管制。结果人类完全成功了，但这条路却是单向的和不平衡的。

　　确实，在各种人文主义与启蒙运动之后，人对世界与自然发展出新的关系，此时在他的思想与文化活动中，人稳定地移向宇宙的中心，形而上学早先在大众意识里所占的地位亦逐渐为各种以人为主角的科学所取代。人不愿再顺应世界或自然的秩序，而要控制世界。时至今日，世界观都只是从科技控制自然着眼所投射或排斥的自然模型。由此可见，人类从来没有像今天享有如此充分的自由，人们可以避免自然的力量和社会的约束，个人可以任意决定他个人的生活方式及其未来。然而西方人或者说启蒙时代以后的人却陷入了各种危机的包围。他迷失了方向，迷惘于价值与人生的意义；不知道未来的归向。

　　对于某些西方国家而言，启蒙时代已经结束，以前高唱响亮的目标现在已经模糊得快要消失了，因为启蒙运动没有发展出任何有效的标准来批判自己的前提和目标。启蒙运动的命运有一个显著的病症：那就是政治与宗教间被歪曲的关系。在一个自觉又不断进步中的启蒙运动里，政治将成为新的宗教。费尔巴哈认为，民主国家便是替天行道的，我们今天正经验到一个奇诡的现象：政治愈来愈宗教化，而宗教却愈来愈政治化。在某种情况下，政治和宗教相互弥漫甚至到了难分彼此的程度。这种发展反映出历史性的民主式国家的结束，它标志了民主式国家对界说性的政治的独占权和结束。

　　西方启蒙运动是以解救实在脱出基督教神话的阴蚀为它的雄心大志的。在自然理性的光照下世界会变得明亮、清晰、透明。但这种骄傲的信念到今天所剩无几，现在只寄望终会有那么一天能比今天更透彻地理解实在。

病
因

科技：我们知道自己在做什么？

　　启蒙运动的自信同时在相当大程度上来源于科学技术的进步。西方近代科技的突飞猛进在相当大意义上改变了人类的生活方式及人的观念方式。近代科技是与古典科技完全不同的，特别是在研究问题的方法上，近代科技是建立在数学的基础上的。它采取分析方法，通过不断的实验与分析，或者靠可靠周密的数学推论来获得新的发现与新的结论。现代人成功故事的最初主角之一的伽利略就是一例，他不仅相信"自然的书"是用数学的语言写成的，而且借结合经验的观察与数学思考求出自然律。后来的爱因斯坦则更进一步地认为："我相信我们能借纯数学的模式发现那些能提供理解智能之钥的概念及其间的法则关系。人的经验或许能提示那些数学概念是适当的，是绝大多数的数学架构实用的唯一标准。但创造的元始是在数学身上，因此在某种意义上，我相信纯粹的思想能攫住实际，如古人所梦想的一般。"显然，在这样一大批科学家开创性的研究新方法面前，传统的观念及方法被抛弃了，特别是在哥白尼及牛顿创立的宇宙新学说面前，根深蒂固的神权思想被打破。这一批中世纪精英用自己的血极大地震撼了世界与人的观念。培根，这位伽利略的同代人以及集历史学家、政治家、自然科学家、哲学家于一身的伟大人物喊出了惊心动魄的一句话：知识就是力量。"知识"也即指"科学"，在一个科学思想得以无限扩充的时代里，我们可以感受到科技的非凡影响。毋庸置疑，中世纪末年开始的科技革命带来的是深刻的工业革命，而伴随着日益深入人心的工业革命，西方社会由此进入了工业社会。

　　这个伟大的转折是随着科技的使用而渐渐完成的，特别是在1784年瓦特制造第一部蒸汽引擎而开始的工业革命面前，人类开始大量启用新能源，电的使用更使人类一步登天。而新的运输工具及新的传播工具的更新换代给人类带来了现代生活各方面的自动化。现代社会结构由此得到剧烈的改变。

前工业社会的消失

这种转变在初期甚至相当长的一段时间给人们带来了无限的希望。特别是在启蒙运动大肆张扬的理性旗帜面前，人们看到了未来社会的无限光明，并对前景充满信心。在科技面前，外在世界是严谨的，也是和谐的，更是辉煌的。由此，人没有理由不对科技充满乐观主义，因为它让人感到享受是无穷无尽的。

可以理解，在科技与理性的反叛潮流中，人类是寄寓了何等大的期望，期望科技由此把人类带到另一个辉煌世界。毕竟，人类受到的压迫与限制太长太长了。然而，伴随着科技日益深入的变革，甚至危及自己生活的主动权时，人们就不得不沉思：到底是什么又让人失去了自由？

这个反思离现在并不遥远，甚至是到了二十世纪以后的事。特别是在一大批天才哲学家、诗人、作家的伟大预言身上，我们发现了科技与理性的权威已经丧失。于是，人们才来到了后工业社会，人们才开始展示了对科技与理性的失望与悲观情绪。

病
因

商业与金钱的突现

这种失望与悲观实际上应当是很自然的事情，因为只要我们对工业社会的实质有所了解，我们就不会盲目地对它抱过大的期望。然而，在前工业社会中，人们往往被现象所迷惑，他们更期望享受一种即时可得的快乐与财富。同时，带着强烈的对中世纪蒙昧的反抗，人们几乎没有思索就接受了这种科技反叛与革命所带来的成就。

然而，科学的进步带来的必然是技术的革新，而技术的变革同时带来的又必然是工业的突飞猛进。工业发展的结果则只能是商业社会的到来，也就是说商品及市场经济的繁盛。在过去，人们依靠的是手工业的小批量生产；而到了工业时代，大工业的大规模生产则大大地丰富了商品，但同时也带来了消费问题。因为大工业必然要鼓励消费，否则就有大量的商品无法销售出去。由于消费的鼓励与刺激，加上商品越来越便宜，人们的消费空前高涨，而生活水平也由此得到前所未有的提高。

由此可见，商业社会的中枢神经实际上就是金钱，它本质上是一个金钱社会。同时它实际上也是一个消费的社会、效益与福利的社会，它需要流通与循环，要通过不断的刺激消费来达到正常的运转，否则就濒临倒闭的危险。这在某种程度上就仿佛一架机器一样，一旦运转起来就没有办法再让它停下来。由此，后工业社会的人们真正意识到了一种可怕的危机，这种危机行将爆发是指日可待的。

悲观的过程

歌德曾经说过："人类将变得聪明、更有洞察力，但却不会变得更好、更善良、更幸福、更有活力。我预见有一天，上帝不再因它的创造物而欣喜。它将再度毁灭世界，并重新开始一切。"显然，这种警言不是没有依据的，特别是在科技革命带来的辉煌成就面前，这种警告都实在地代表了一种先见卓识。因为我们知道，人类通过科技已经非常强大，它在外部世界的征服已经达到了极限，但在人类的心灵世界，人们却无法征服，甚至连打开的期望都被消灭了。无疑，科技的深入已经给人类带来了一种无根的感觉，人们由于理性主体的失落而被抽空。人们惊讶地发现，科技进一步把人类抛到了三岔路口，旧的已经消失，而新的还模糊不清。

毋庸讳言，在没有信仰的世界，人的内心容易空乏。科学的观点与方法又一步步地把人类带到了绝望的深渊。当人们知道了人是由 500 克大脑甚至是由微不足道的精子、卵子偶然结合而成时，人注定要对自身绝望。而在另一方面，科学带来的生活方式的平面化使卑微的人失去了极大的自由。如果说手工业生产还有主人自己的东西与自由以及个性化的创造的话，那么大工业的劳动者则被工厂的流水线禁锢得失去创造性，劳动越来越单一平面化，个性被消灭，人与自然越来越疏远。同样，在日常生活及环境等方面，工业社会亦把一切同质化，高层建筑都一个模样，人们喝的饮料都是可乐，人们往往通过电视接收信息。在西方人的知识结构中，70％的知识都来自电视，而电视的广告又使人在很大程度上失去选择的自由。显然，一切都在潜移默化地被科技把持着，包括日常生活的每一细节，只要我们认真解剖内心，我们会发现我们失去的很多。

焦虑与虚无

雅斯贝尔斯对这种生存境遇作出了诊断，在他看来，人类生存的焦虑感已经拂之不去，时代没有依靠，人们找不到价值定向。同时，精神层面的空虚感带来生命的无意义感，生存受到挫折。弗兰克，这位维也纳心理学派的第三位代表人物也对这时代作出自己的分析。他在《存在挫折》一书中对这种生存状态作出了自己的诊断。在他看来，生活的无聊感、生活的空虚感存在于性原欲之中，而性原欲则滋生在生活空虚之间。

显然，二十世纪是一个"病态的世纪"，这个时代是一个恐惧的时代。这个时代的病态已经让许多有识之士为之呼吁以及奔走寻求医治之良药。美国总统尼克松就曾提出到了下个世纪人类能不能活下去的问题。弗兰克也认为，他的学说目的是治病，使人类完善自己并获得健康的人格理想。他说，人类最大的敌人将是时间。因为在现代科技面前，人类已经拥有了越来越多空闲时间，而这许多时间将使当代人不知如何去花费。

由此，无聊迅速繁生。"无聊"的意思即是长时期停留，而停留即意味着重复，因此人们就产生了无聊。在越来越多时间不知如何去花费的当代人面前，以无聊治无聊的过日子方式都日益加深了生存的危机。生存的空虚同时带来了几乎是性的泛滥，以性取代爱的现代生活只能深刻地反映出当代人生存的极度空虚。因为它不是性受到挫折，而是爱受到挫折。性泛滥的同时还压抑了爱，在文学中这点表现得已经相当明显。

病因

与文学相关的分析

西方整个世纪以来的文学已经不需要我再去重述，但简单笼统的分析还是不可缺少的。特别是对整个历史以来的文学流派，我们都有必要作一番审视。

实际上，自中世纪宗教文化出现以来，文学流派中较早的古典主义离我们并不遥远。古典主义源于英、法、德等国家，它崇尚和谐与自然，同时亦深受宗教思想的影响，因此它相对而言是严谨的。而紧接而来的浪漫主义则发生于德国等欧洲大地，那时力求回到民间寻找某种东西，因此它同时与悲观主义结下了不解之缘。而到了后来，人们由于走入现实世界，对现实世界的进一步深刻发现使人们看到了罪恶，于是出现了以批判金钱为中枢的资本主义社会的现实主义。而它实际上在相当大程度上也深受科学观念的影响，特别是在细腻描绘现实方面，分析科学与实验科学的观念已经深入人心。

到了二十世纪，文学出现了巨大的转折并由此出现了现代派文学。面对它一大批理论家众说纷纭，但有一点是明了的，即它被分成现代主义与后现代主义两个时期。实际上，至今为止仍然没有明确的界限把它们分开，而为了阐述方便，一大批评论家干脆把它们混成一堆以便叙述。但显然有一点是适合的，即通过特征去加以描述，实际上也确实只存在这样一种可能性，从而把它们隐晦地区别出来。在许多论述中，我们可以找到几个比较清晰的描述来加以概括它们之间的区别。

"现代主义"与"后现代主义"

第一，"现代主义"是精英主义，而"后现代主义"则是反精英主义。"现代主义"的作家基本上都出身于中上层阶级，同时接受精英教育，具备一种贵族化的特征，代表人物有伍尔夫、普鲁斯特等。而"后现代主义"的作家则往往经历贫困与流浪，因此很大程度上具备一种叛逆性格。他们对中上层阶级不以为然，甚至用亵渎与反叛来表示自己的反精英立场。

第二，"现代主义"作品往往是退避内心的，如意识流作品就是很好的代表；而"后现代主义"作品则是接近生活的，它是对生活的另一种直接反映。

第三，"后现代主义"作品实际上对现代主义采取了解构，它对"现代主义"在相当大程度上是不屑的。如塞林格的《麦田里的守望者》以及略萨的《世界末日之战》就在一定层面拆解了二十世纪人类精神的困境。

另外，"现代主义"文学是在资本主义制度化时期出现的。它体现的是自我分裂的精神与悲观情绪，是一种异化。它没有暴力、强权与压迫，但由于琐碎与平庸、现代化与工业化而体现出巨大痛苦与情感价值失落却真实可见。它体现的是灵魂无法安放的别无选择的处境，因此是一种非常痛苦的艺术。这点在卡夫卡等作家身上体现得相当明显。而在"后现代主义"文学身上，它则体现成另一种危机。由于后工业社会的产生与形成，信息革命以及超自然的工业环境都使人类危机越来越深刻。人们怀着巨大的恐惧面对着生存的环境，同时也在一次性消费中体验着被操纵的无主流无中心的以及无从选择的深刻的危机。正如詹姆森所说的一句话：每个人身处其中，但每个人都不知在何处。

性的官能症与今天的文学

时间来到了二十世纪末，伴随着马克思主义、精神分析、解构主义和女权主义等理论的阐释，我们已经来到了世纪的边缘。重新面对当今的文学，一个鲜明的标志已经历历在目，那就是文学患了性的官能症。

由于性泛滥而导致的灾变已经深入到这个时代的每一处角落，性已经从生活中抽出来分裂出来，并成为现代生活与艺术的主要关注对象。过去作为手段来使用的性，今天许多作品对性的描写已经在目的本身的意义上加以使用。也就是说，文学作品直接以性为目的，它必须用性来填补。由此，文学成了性的演义，它不再是文学，而是妇产科关注的对象。

这种现象的产生与人的精神处境是息息相关的，也即说它是可以找到精神上的根源的。弗兰克也认为，人们在性的空虚后存在着一种暴露癖，而作家引进后就成了作品的暴露。这就好比一个医生对病人的诊断，病人的暴露癖好在症状的叙述中往往会赤裸裸地暴露出来，这时医生若由于过瘾与幻觉而未阻止病人叙述下去，那么医生本人也有病，或说也贬低了病人的人性与尊严。正如弗兰克所说，这种暴露癖应当停止，即使病人的叙述何等真实也不必说，因为继续暴露将同时暴露医生无意识动机的肮脏与卑鄙，同时也贬低了人性与尊严。面对这样的事实，作家没有借口，医生也没有借口，而审讯员也没有借口。

病因

显然，这种从医生的角度引申而来的理论是相当有针对性的。在这个时代，有许多作家一动笔就专门写性，而一写性就没有节制，这实际上是一种病态，是"性的官能症"在文学上的表现。因为暴露是有限度的，赤裸裸的性描写无异于贬低人与人性。

弗兰克由此进一步劝谏作家，他说，作家与医生都应该区分人性与病态的界限，如果作家染上了这种病，那是作家的问题，同时可以传染人。

最后的危机与选择

显然，由于一种堕落而导致的非人格化与非人道化已经侵袭了当代人，它不仅来源于当代人的普遍的精神处境，也更深刻地来源于人的选择及主动性。实际上，当代人的生存危机不是精神危机，而是个体即个人的危机，是一种选择的危机。

在金钱的推波助澜面前，一切环境的安排都让人觉得应该按某种方式生活。而强迫式消费又让人失去了选择的机会，每个家庭的每个角落都大同小异。无疑，伴随着现代化进程，每一个人都被不同程度地重新塑造，直到成为一个模子。生存与生活方式的极其简单化既带来了方便也带来了痛苦。我们由此看到，幸福感并不依赖于消费，也不在于物质的富有，而是哲学层面上的。也就是说，不是客观外界的。

然而，面对哲学层面上的无意义感并不是西方的最后阶段，更不是生存的终极需要。面对危机，人们永远不会停止寻求。也就是说，人们感到无意义的同时也即是追求意义的开始。因为说到底，人与动物是有本质区别的，动物追求的是自然属性，它可以没有意义地活着；但人就不行，他没有意义时就不快乐，他有一种追求意义的意志。

眺望未来

正如康德所说，人是有哲学倾向的。虽然目前找不到，但不等于放弃。而良心是人类独有的现象，良心就是人类寻找意义的器官。同时，自然律（即存在）与道德律（即意义）的黄金交叉就是人类应该解决的。一个无法否定的事实是，西方最优秀的知识分子一直在关注与寻找重建意义的起点。在危机然后选择、再危机再选择的循环递进过程中，西方不是终结，而是正在寻找。

特别是在这世纪之交空前扩大的东西方文化交流面前，西方正处在哲学意义的思考当中，这种思考的本质是寻找真理，而非占有真理。在当前的一系列哲学流派如罗马俱乐部、维也纳小组及西方主流派当中，它们正以这种批判不断唤起人们的重建。可以预言，在二十一世纪。中国一定会主动地和西方一同建造精神的家园，因为哲学说到底是一种还乡，是一种乡愁的冲动，是一种精神家园的寻找，而本质上是一种精神还乡。

踏出界线看中国

我们若愈熟悉西方文化演进，就愈了解中国文化发展的路线和西方相当不同。因此当现代化浪潮的第一波到达远东时，中国便措手不及地被卷入。近百年来中国一直在处理现代化的问题。我们不必费词描述中国所经历的痛苦过程及我们在二十世纪所目睹的许多悲剧性事件。现代化不是中国文化的产物；对中国文化来说，现代化包括了许多陌生的因素。

随着近十年的日新月异的经济变革，中国在相当大意义上迎来了真正的工业革命。但不容否认，中国仍然处在前工业社会而不是后工业社会，因为中国的工业革命刚刚铺开。与此同时，有一个事实不容忽视，即中国的工业革命是很不均衡的，城乡差别也惊人地大，而沿海与内地亦同样存在不可轻视的差距。由此，我们看待中国工业革命的进程就不能过于笼统，特别不能以偏概全。因此说，现代化进程在中国就充满了特殊的现象。

具体而客观地说，后工业社会在中国的一些发达城市实际上已经形成或说开始，因此作为文化这一特殊意识形态就必然会作出相应的反应。这也就是我们对相当一部分先锋文学与西方后现代主义文学类似的最好解释。总的来说，中国文学的复杂形态并不是研究者们那么武断或片面可以概括的。

特别是对于一个有辉煌的本土文化的中国而言，它显然不能和拉美等落后的殖民地民族一样完全照搬西方的经验与文化。因为中国不需要亦不可能从零做起，它不是原型式的也不是殖民式的，它只能在撞击与融合中批判地吸收西方的文化。

已经有相当一批优秀的知识分子开始回归在"文革"中被摧残的中国传统文明。他们力求在传统优秀文化中重寻自己的支柱与信仰。然而，虽然也不乏成功，但更多的是一种对现实世界的无奈与反抗，而且，这种寻求仍然无法给更多的年轻人带去一种精神上的真正需要。实际上，中国传统文化是无法被全然否定的，但它要承担起重建精神家园的高标姿态却显然没有可能。

病因

结论：对未来精神之诊断

这种不可能很明显地体现在一大批古典文学学者对精神家园重建的态度上。在他们看来，以古典文明传统来维系这个时代的思想已经成为一种空想，重建精神家园是艰难的。

相对于此，实际上还存在相当一批有识之士已经渴望从西方文明中找到出路，但在我看来，想要纯粹从文化意义上寻求一种精神的支柱与家园的重建是徒劳的。因为说到底，西方文明的根基实际上源于基督思想与精神，即源于对基督的信仰。可以毫不夸张地说，没有基督信仰就没有西方精神文明。

然而，对于心有余悸的西方人而言，中世纪基督教的黑暗统治仍然是当今西方人重返信仰的巨大障碍。因此在某种意义上说，西方人只有在下个世纪与东方人作彻底的沟通交流之后，他们才能真正正确客观地面对自己那古老的文明与信仰。实际上东方对信仰的热潮已经在暗暗地兴起，而西方人重新审视自己的信仰的日子也将很快到来。

可以肯定：从二十世纪末到二十一世纪，主要课题不是政治亦不是经济，而是信仰。因为精神家园是信仰上的，而非文化上的；而没有灵魂的安居，也就没有当代人的希望。未来的精神也就是这信仰的精神，它是东西方携手产生的火花，也是未来世界人类的共同支柱。展望二十一世纪，我们充满期待与希望。

1997 年 5 月于北京

作家的立场

我们的观点

当我们再一次从半永久性的情感休克状态下苏醒过来，从情感冻结的麻木无感状态中复活过来，并再一次审视内心的时候，我们到底面对着怎样的一个世界呢？显然，当今人类的痛苦已不再是平面的物质的痛苦，而是过于丰富的物质背后人类被窒息与破坏，丧失了正确处理物质的智慧及承担它们的道德能力的痛苦。物质正成为"人类退化与死亡的工具"（詹姆士·里德）。我们进入了一个物质充斥的世界，我们一步步地被抛入混乱和孤立之中，我们的孤独与绝望，我们的冷漠与怀疑，我们焦虑与虚无，我们的恐惧与战栗，从来也没有这么触目地折磨着我们。

我们从人与自然、人与人、人与上帝的亲密关系中疏离出来，我们走到这个孤立与狂妄自大的立场上。理性与科技的实用主义占据了我们的内心，我们不再和自然做有意义的对话，而是和自己的产品做无意义的独白。在自己生产的各式各样的产品及现代紧张生活的包围下，人们不能和自然有真实的相遇。即使面对着自然的美景及各项成就，人仍然停留在疏离、焦虑、挫折、恐惧之中。

资本主义的强力发展带来了人与人无可挽回的疏远。在个人主义统治的地方，强有力的个人便把一切归到他自己的手上，整个社会和众人对他而言只是

病因

209

达到他个人目的的工具，人和价值被抹杀了。无情的手腕或功能主义控制着每日人际往来，进而窒息个人较深远的期待和个性的表达，使个人和他的同伴无法有真实的相遇。在这样的情况下，每一个人都认为他的同伴是危险的对手，人们相互漠视，只关心自己的成就。一股冷漠就这样弥漫在千篇一律、密密麻麻的现代建筑之间，普遍的孤独令我们再也无法找到诉说心事的对象。在夫妻生活中，往往两个人生活在一起却形同陌路，心灵的沟通被堵塞了。他们的关系更像是同事、伴侣或性伴侣，而不再是丈夫和妻子。婚姻的誓约和爱情的诺言没有在心灵与肉身的结合中实现。婚姻生活由紧张变为恐惧，变为可怕的负担，离婚进而粉墨登场，成了逃离这场灾难的唯一途径。谁能说，这不是最可怕的孤立呢？当我们在最甜美的情感经验——毫无保留地深爱某个人面前竖起了盾牌，当我们所砌起的心理护墙不仅为我们阻隔了痛苦，也把我们与爱、喜悦的感觉隔开了的时候，我们到底面临着何等可怕的境地呢？

一百多年前，尼采便察觉出人类宣布上帝死亡的时代快到了。他知道人就要失去上帝，人以一种在从前无法想象的方式来和上帝分离。尼采感觉出世界正在酝酿一种极度的邪恶和荒唐，这是前所未有的罪行、绝对的丑闻。"我们杀了上帝，我们是他的谋杀者。"尼采在痛苦中感觉到了这种深度的恐惧："太阳已经被消灭了，夜已降临，天愈来愈黑，我们在无尽的虚无中犯错。地球松脱于太阳，我们被剥除了所有坚固的支撑，我们前仆后跌，步履踉跄。"尼采认为，人会把自己抛入孤独的深渊，孤独的恐怖超过人的想象。他警告人会变得不再能向上帝祈祷，并因此永远得不到平安，一生颠沛流离，永无避难之所。尼采用最肯定的措辞警告：人所肩负的是人力永远无法负担的重担。

确实，我们不再和上帝对谈，我们退缩到那和自己及自己所创造的荒谬事物面面相觑的独白世界。我们逐渐给一个没有上帝的世界所包围，这个世界已无奥秘感可言，像一座监狱把人关在里面。人和世界粗声所谈的都是无意义的事，人的垂直关系（人和天）被贬低，人的水平关系被抬高。

空虚迷乱的幻象困扰着我们，虚无的感受折磨着我们。面对如此可怕的生存图景，每一个有良知的作家、思想家都勇敢地站了出来，他们用明亮的态度指证时代的贫乏，用鲜明的立场见证时代的堕落，用神圣的信仰批判时代的罪恶。

海德格尔、叔本华、雅斯贝尔斯、施宾格勒等人都以虚无或人的恐惧与绝望为他们研究、讨论的主题。霍妮、弗洛伊德、弗洛姆、荣格等人则从精神分析走入我们内心的冲突，并指证了我们时代的神经症人格与心理病症，期待引起疗救的注意。荣格认为，心理病人若不是多少跟宗教信仰有所接触的话，几乎没有一个病人能痊愈。在卡夫卡、加缪、萨特、贝克特等人眼中，世界变得荒诞可笑，人生变得不可捉摸，人与人之间正遭遇着无法透视的可怕的疏离。人的异化，人在世界面前的软弱无力，人与世界的紧张关系，在他们的笔下揭示得如此深刻，以致他们的文字成了这个时代最为形象的见证。毋庸置疑，这些敏感与易伤的心灵代表的恰恰是我们这个时代所缺乏的。我们需要这样的心灵的诉说，不仅因为它能使我们警醒与思想，而且也因为它能使我们破灭与绝望，使我们更执着于终极意义的探查与追寻。

再也没有比这更有意义的写作了，特别是当这种写作站立在神圣信仰的高度上时，它所发出的光芒就罕有其匹了。如托尔斯泰，这位文学和思想的巨人代表的已远远不只是俄罗斯精神的象征，他跨越了国度的界限，跨越了时间的限制，他成了人类精神的不朽的代言。他的批判是如此彻底，以致遭到那么广泛的抵抗与忌恨。世界的堕落与邪恶成就的是一股黑暗的势力，作为光明、和平、公义与爱的代表，托尔斯泰面临的是一场殊死的搏斗与较量。这场看不见后台的斗争是人类史上罕见的真正的斗争，是有意义、有价值的斗争。当我们回首往事的时候，我们才知道，原来很多热闹一时的事件大都在时间的洗涤下烟消云散，唯有这些有意义、有价值的思想的争战慢慢沉淀下来，让我们后人从中汲取营养。

能够站在批判的立场上，对于作家而言是一种成功与幸福。因为他已不仅仅在于指出，也不仅仅在于经历与见证，他出示的是一种态度，是一种良知和责任。当我们的作家面对时代精神的贫乏与堕落失语或梦呓时，我就知道，文学的悲哀已经来到我们中间。如果按报上所说的九十年代最有影响的十名作家和十部作品名单看来，那中国文学的悲哀已实实在在地降临了。十部作品不管从哪个角度看都与这个时代的精神无关，更谈不上对时代的精神有什么深刻的洞见或批判。不用说托尔斯泰或巴尔扎克那样的批判，就说帕斯捷尔纳克或索尔仁尼琴那样的揭露与见证，甚至只说高尔基或鲁迅那样的民族责任感，在这十部作品中都杳无踪迹。我真的不知道，中国作家的精神与思想怎么贫乏到如此程度，以致出现如此严重的贫血与孱弱。

病因

我们的立场

难道这个世界真的缺乏足以产生伟大作品的东西吗？难道我们天天面对的真的是那么平静与美好的生活吗？是我们熟视无睹，还是我们放纵欲望？是我们麻木不仁，还是我们无能为力？我们到底需要什么？我们该站在怎样的立场上？我们要说些什么话？没有人去思考，去探究，这难道不是当今每一位中国作家的耻辱吗？

倘若我们都面对过这些问题，可又都悄悄地绕过去，那还有什么比这更可耻的呢？实际上，中国人对这些问题的麻木不仁与熟视无睹向来就是惊人的。翻遍典籍和所谓的名著，我们找到解答人生问题的钥匙了吗？找到了足以慰藉我们心灵的精神了吗？没有，绝对没有，它们都在说一个道理，说一段动人或凄惨的故事，说一个人曲折离奇的命运。它会告诉你：是非成败转头空，古今多少事，都付笑谈中；也会告诉你：多少辛酸泪，都言作者痴；还会告诉你：江湖险恶，人情冷暖，唯有遁入空门逍遥自在。这都是何等自私的文学，它们到底为我们担当了什么？

难怪说中国没有真正的大师，连自己的精神生活都一塌糊涂的人，他还有什么资格与能力指点迷津呢？不要忘记，"大师"这词恰恰来自于宗教，它指示给人的是人生的智慧与意义，而不是做文学的三脚猫功夫。"大师"的泛滥从另一侧面印证了中国文学的悲凉，实际上，中国又有谁真正配得上"大师"的称号呢？

当我们再次回到眼前的现实，触目惊心的罪恶与欲望令我们无处可逃。我们被金钱掳掠，我们被欲望劫持，我们对暴力与邪恶侧目而过。没有同情与相信，没有爱与良善，到处是死亡的气息。我们身处喧嚣与浮躁，人言亦言，同流合污。我们成了时代的盲者与聋人。我们退隐与沉默，我们冷漠与麻木，我们成了空心的稻草人。

我们失去了做人最起码的资格——我们的良知、品格、责任和灵魂。正如斯迈尔斯所说："人生的职责像天空的星光一样照耀着大地；那抚慰、救治人类并给人类带来福音的慈爱之心，就像大地的鲜花一样撒满人间。"还说，"谁能登上人生职责的最高峰，谁就是他所属的族群中最杰出的人物"。我们遗忘的恰恰就是自己的职责，丧失的也恰恰是最基本的做人资格。我们的作家和我们一样，不仅没有挑起重担，反而连这些最起码的资格与职责都放弃了。任何工作都有它应该遵循的一定的职责，可我却看不见，中国作家的职责与使命在哪里。

我们面对的是一个病入膏肓的世界，面对它，我们都像不负责任的医生弃之不理，这难道是道德的吗？我们的敏感与良知到底哪里去了呢？重申我们的立场，就是重申我们人之为人的起码的道德与使命。在这个冷漠与麻木像性病一样泛滥成灾的世代里，我们是否有过克尔凯郭尔的恐惧与战栗？是否有过霍妮的内心的冲突？是否有过陀斯妥也耶斯基的灵与肉的争战？

确实，我们再也无法沉默了，再也不能退隐了，因为沉默意味的是投降与弃权，而退隐则意味着逃避与自私，它们与冷漠、麻木没有本质的区别。当我们再次审视内心，回到良知与敏感的立场上，我们就回到了人之为人的职责与幸福。我们有许多事情要做，我们不再孤独与无聊。我们背后有着强大的支撑，这声音是洪亮的、有力的。

我们内心的冲突开始变得清晰，我们与世界的紧张关系有了具体的呈现，我们的个人化立场得到强化。灵与肉的争战折磨着我们，我们只有写作。写作成了化解我们与世界紧张关系的武器，成了化解我们内心冲突的有力出口。这样的写作不再无关痛痒，它成了力量与精神的象征。

这样的良知成就的是这个世界的局外人，是这个世代的守望者。这样的作家不会追逐时髦与潮流，更不会试图搅浑文坛以求转瞬即逝的名利，而只会自成主张，自以为是，径自找寻一种人类感知的表述方式，从而使自己的创作超越种种苍白的概念、观念与模式，使自己的写作充满原创与先锋的力量。这样的作家一定以强化个人的立场为荣，他有这样强烈的意识要退回到个人化立场上，为的是更好地发出属于自己的声音。他的逃亡是有意义的，因为没有什么"主义"，也没有什么"流派"，更不存在什么"集团"。这些都是窒息人的工具，是贫弱的人放大声音的工具。有力量的人不需要这些，他需要的是从这使人窒息的世界中逃亡，逃到社会的边缘，逃到局外的立场上。

可以看到，有一些作家也在逃，如贾平凹、张承志、史铁生、张炜、余华等。贾平凹逃到了西安，偶尔又逃回商州；他从《废都》逃到了《白夜》，又从《白夜》逃到了《高老庄》。不管从哪个方面说，贾平凹走的都是中国传统

病
因

文人的退隐之路。张炜与贾平凹实际上也差不多，从《九月寓言》到《柏慧》，又从《柏慧》到《外省书》，整个一幅寻找精神家园的图景，然而，他的骨子里也是一种隐士情结，他强调的是大地的情感，是乡村农民那种朴素的自然观。贾平凹强调的则是传统的文人文化，是逍遥与自得其乐，是淡泊明志与宁静致远。因此，从反映现实的力量来看，贾平凹最好的小说仍然是《浮躁》，张炜最好的小说也仍然是《古船》，他们在精神上都没有超越过去。

论及张承志，不能不提《心灵史》。这部被公认为他最重要的著作实际上反映了两个问题：一是他的信仰；二是这个信仰所在的民族遭受的屠杀与苦难。整部书充满了悲壮的血腥之气，这点实际上也并不符合纯粹的信仰，因为信仰的真谛是和平与忍耐，是爱与宽容。显然，这是一时激动与血性的产物，因此，不足以成为精神的指向。另外，这部《心灵史》更像是一个特定民族的英雄主义历史的见证，它与我们每个人构不成需要。它写的仅仅是信仰的历史，而不是信仰本身；是传记，而不是生活。因此，它的价值是史料，而不是小说。张承志最好的小说仍然是《北方的河》及《骑手为什么歌唱母亲》，它是文化意义上与情感上的。显然，张承志面临的难题是如何把自己的信仰注入点滴生活，通过生活展示信仰那强大的精神力量。只有这样，我们才会真正地走进他的精神世界。

相对张承志而言，史铁生也是一个例外，这源自他独特的人生遭遇。作为残疾人的史铁生比任何作家都早回到了自己的内心世界。《我与地坛》的成功在于他关注了自己内心的冲突，这种冲突不是灵与肉的争战，而是对于自身命运的冥思。对信仰的追问与寻找构成了《我与地坛》丰富的精神世界，如果说意义的话，那它的意义也就在此。《务虚笔记》的出现在某种意义上强化了这种声音，它坚强的探索给人留下深刻的印象。遗憾的是，这种内心的争战总让我觉得有些遥远，仿佛只限于作家本人的。也许，史铁生过分纠缠于残疾的身位了，包括《我与地坛》，他的发问都过多地停留在残疾的命运上。从另一方面说，史铁生也一直处于冥思的水平线上，他没有再获得什么真正突破，在精神上，他依然是个盲者，这点，可以在《务虚笔记》上找到确证。

相对于以上几位，余华是比较独特的一个现象。他的《活着》与《许三观卖血记》同时入选了二十世纪九十年代最有影响的十部作品，这本身就是一件奇怪的事情。《活着》是托了电影的功劳，那《许三观卖血记》呢？这不由得

我们文学的疾病

令人可疑。说实在的，这两部作品在语言的朴素上是有突破的，在一定程度上也还原了日常生活的本真力量。可我不明白的是，两部作品出示的都是作家的冷漠，反映的现实也相当有限，甚至是无力的，它又从哪里得到了掌声？《活着》更像是一个家庭没落的传奇，结尾又把悲剧意义彻底消解掉，它到底能给我们现在的"活着"指明什么含义呢？《许三观卖血记》似乎又更进一步，当我们领略够作家沾沾自喜的有些造作的语言艺术之后，我们真的不知道作家想要告诉我们什么。难道就为了再造一个模式化的陈奂生，抑或再造一个经典式的阿 Q？难道我们还缺少一个这么平淡寡味的"许三观"吗？显然，余华的小说智慧已经从《在细雨中呼喊》的深刻退化为模式化的小说理念了。

显然，这一切都源于我们作家立场的暧昧不明。面对强大的物质与欲望的世界，我们失去了起码的良知与敏感，失去了人之为人起码的道德与使命。这个世界充斥的是虚伪的掌声与虚假的尊敬，智慧受人嘲讽，天才遭人鄙视，没有人敢于发出时代需要的声音，更没有人勇于指证世界的恶。我们都是聪明的人，但也许就是一个聪明的恶棍；越是聪明的人，也就越是聪明的恶棍。

我们的思想

我们没有立场，并不等于说我们不需要立场。没有立场，唯一的原因是我们没有真正的信仰。没有信仰就没有立场，信仰是根基与保证。只有对神圣力量的信仰，才能确实地使我们摆脱混乱、黑暗、孤立的深渊；只有这样，我们才能重振爱的信心与盼望，并以圣、光、义、爱充满这个世界和我们的内心。

回顾一下中国思想家的论述也许不无裨益，特别是孔子、老子与墨子的思想，它们都在一定意义上代表了中国文化的精髓。孔子思想的主要目标是正当的社会生活行为，他的任务是保存、重建古典的传统，以先人的规范来遏制当代丛生的破坏行为。孔子并没有深入探索生存意义的问题，他集中精力建设的是一个以大众福利为依归，并且能够提供意义和目标的社会秩序。对于孔子而言，他一生为之努力的就是借复兴先朝的礼来克服当时精神的堕落和专政的政治。孔子建立了一整套完备的道德伦理体系，它提供给统治阶级的便利远远超过了历次革命或起义对它的颠覆。历史上每一次的尊孔与倒孔运动实际上都不过是一种标志，这种标志意味着朝代的兴衰与更替。对于生在危机与混乱时代的孔子而言，他有生之年的不幸遭遇无疑是在劫难逃的。

相对于孔子对社会的热情，老子正好截然相反。他对人生与生命的洞察可以说入木三分，他不仅深悟人生的真谛，而且对生命的各种情况有透彻的领会。他把人伦建立在道之上，道是世界最高的存在。他教人以善报恶，倡导宽容，提倡简朴、自然、无私、自足的美德。他在探究世界运行原则和存在本质方面都提出了极为重要的观点，因此可以说，老子是发自个人内心的热忱、独立、诚实的先驱见证人。正如一位外国学者的评价：老子是中国文化中最具世界性的思想大家。这样的体系自然不可能形成什么政治的力量，也不可能成为什么集团的工具，因为它在更大意义是个人的、独立的。

墨子的思想在诸子百家中是最不容忽视的。他深悉当时的战争与政治上的混乱，认为古代帝王贤君都是诚心敬天祭祖、爱护百姓的，因此他提出要恢复良好的秩序必先恢复敬天与祭祖的传统与仪式。他进一步认为，世界永恒的主宰是有无限智慧、无所不在并爱护一切人类的，他也希望人类彼此相爱。在此，墨子不但宣告了个人道德上的自由，也宣告了上帝的博爱。正如外国学者指出的那样：从现代人类学研究的观点来看，墨子无疑是最前进的中国思想家，他对天的观念，对人类普遍性的看法都十分现代。

纵观三位伟大思想家的论述，我们洞悉了中国思想文化的一个侧面，那就是它们强调的都是通过伦理与道德的建设来改良现状，改变现实。他们都试图证明有一位全能的主宰存在，并企图令身处最高权位的统治者信服与敬拜，但结果又都不得不放弃或失败。归根结底，仅仅作为一种伦理或思想的体系，它是很难进入我们的内心的。

问题显然在于，我们应该用怎样的载体来承载这些伦理与思想的诉说？用什么器官来接受这些来自于良善的论述？假如没有一个充分的依据，我们又凭什么要接受这些律法一样的伦理道德？

至此，思想的脉络已经昭然若揭，并非中国的思想家缺乏精彩的论述，而是这些论述缺乏信仰作根基与支撑。没有确实的信仰作基础，那一切的伦理与道德就是无源之水、无本之木。我们需要信仰来作我们的载体，需要心灵深处的良知来作接受的器官，需要保守灵魂一样的态度来保全律法。我们要完全地走入圣、光、义、爱的世界，真正领悟信仰的真谛，只有这样，我们的思想才站立得住，才经受得起考验。

北村的见证作为我们这个世代写作与思想的备忘录是有着杰出的意义的。没有北村的中文小说世界绝对是残缺的，特别是作为中国二十世纪九十年代的文学创作，北村的意义已远远超出任何同时期作家的创作。如《施洗的河》，如《玛卓的爱情》，无论哪一部，它的力量都远在那十部作品之上，因为它让我们不仅看见了时代精神的堕落与黑暗，看到了人的绝望与呼告，而且也看见了良心的冲突与敏感，看见了真正的救赎与盼望。这点有如托尔斯泰之于俄罗斯，北村对于中国的意义必将随着时间的流逝渐渐凸现出来。

　　北村的写作显然源于他那强大的信仰背景，这信仰直接有力地提供给他充满力量的思想与立场，使他在当下文坛站立了孤独的个人化写作。他所承载的重担是有意义的，也是无法放弃的。他与世界的紧张关系，他内心的冲突，都化作了有力的诉说，这声音应当是尖锐的，也是及时的。我不明白的是，那些没有思想的写作会得到标举，那么多乏力的、空洞的作品竟得到普遍的赞誉。当我们面对这些虚无的、无意义的诉说时，我们竟也会无动于衷，甚至失去最基本的判断的尺度；而当我们面对真正有力量的作品时，我们却无法意识到它的伟大。

病
因

　　显而易见，当代人已经堕落到了极端可怖的程度：精神被窒息，人寻找信仰的机能在死亡，人对信仰日益严重的目盲与耳聋，还掺杂着鄙夷，直到沦为无耻的冷漠与麻木。在这样的世界里，你到哪里去找真与善的诉说？谁又会告诉你真实的想法？谁又能指出我们到底需要什么？正是从这意义上说，北村的意义是无法逃避的，也是不容忽视的。作为一个有良知与使命的人，我愿意站出来，指证北村的意义。

2002 年 9 月于福州

扬帆在精神的激流之上

——漫谈傅翔的文学批评

英 子

作为傅翔的文学作品《我的乡村生活》的英文译者之一，我在向西方读者推介他的这部长篇自传体散文时，也附带提到了他长期以来所从事的文学批评工作。我在译者推介中这样写道（原文为英文）：当傅翔第一次，以文学评论的形式，向中国文坛发出自己独特的声音时，他还只是一个二十出头的大学本科在读生，可谓少年英俊，风华正茂。从他的个人简介中，我们知道，自1992年至今，他已经从事文学评论工作二十余年。就文学评论而言，其独特之处，在于他写作的信仰背景和良知立场；其卓越之处，在于他思想的深刻，及对语言与艺术的天才般敏锐的直觉、观察力和洞察力。他的评论文章，既富于思想性和艺术性，也具备建设性和启示性，是能对今天及未来的中国文学，乃至世界文学产生影响，且不会随着时间的逝去而黯淡了光彩的。

几年前，我曾经写过一篇几千字的长文：《泱泱君子，云水情怀——傅翔和他的写作》。在此文中，我比较全面地谈论了傅翔的写作——包括他的散文创作和文学评论。之后，我一直有一个心愿，想单独谈谈他的文学批评给我的感受。如上面译者推介中评价的那样，他不同凡响的文学批评，其价值和意义在当代文学中是重大的、不可忽视的，值得花费更多的笔墨来做进一步的解读和研究。但这个心愿却一直因为生活琐事的烦扰而搁置起来，直至读到傅翔的新书文稿，我才觉得是时候了。于是就有了这篇文章的标题："扬帆在精神的激流之上——漫谈傅翔的文学批评"。虽然此文与过去谈论傅翔写作的文章（如《泱泱君子，云水情怀——傅翔和他的写作》）难免有重复或相同之处，但还是有着写作的必要和价值。下面，我将从几个方面来简要而概括地谈一谈傅翔的文学批评。

一、高屋建瓴，势如破竹——傅翔的文学视野

很多年前，傅翔在他的第一本文学评论集《不合时宜的思想》中，谈及了很多与文学艺术相关的人类的重大精神问题，比如"关于信仰失落、世纪末的绝望、生存的担子、艺术与源头的关系、局外写作、良心与责任、技术主义的没落、圣洁与赞美、人类的邪恶、艺术的陨落"等，"这些都是围绕二十世纪艺术精神为中心话题的"（北村《重要的指证》）。傅翔的这部新著与《不合时宜的思想》一脉相承，谈及的问题也非常宽广和重大。

对于人类的精神现状，他有着深刻的认识和强烈的忧患意识，他指出了我们生存的无根性、茫然感、漂泊感，作家在这种生存状态中无奈而尴尬的处境，以及如何重建我们的生存与作家的立场。即使对于大众文艺、通俗文学，他也进行了深入的思考，提出了自己独到的见解。他所思考的广度和深度，都无不显示出其文学视野的广阔和高远，而他的文学批评正是凭着这样的视野，如高屋建瓴，势如破竹。

比如，他对批评家的失职给予了猛烈的抨击，认为文坛的衰败与此无不关联，所发出的声音可谓如雷贯耳，振聋发聩。在《堕落的形式——对中国批评家的批判》一文中，他大胆而鲜明地指出了当今文坛批评家堕落的八大形式，引起同行、作家和众多读者的强烈共鸣。又比如，针对福建现代戏创作的贫瘠现状，他深入挖掘其根源，指出剧作家对生活的体验与理解的不足（浮浅与麻木），导致了作品的"生硬与虚假"；剧作家勇气的缺乏（怯懦与保守）束缚了艺术的创新；精神上的"冷漠与虚无"，使他们的作品成为精神的荒原："看不到真实的生活，看不到对苦难的同情，更看不到对黑暗的揭露，对罪恶的控诉。"（《丢失的勇气——谈福建现代戏创作》）他的戏剧专著《戏剧的背影》和《闽戏小记》中的文章，篇篇都是高质量，可见他对戏剧研究投入了巨大的热情、心血和精力。即使在不引人注目的戏剧领域，

他也完全承担了一个文学评论家的批评职责，让人为他对戏剧艺术的慷慨付出而感动。

二、登高则情满于山，观海则情溢于海——傅翔的文风文笔

傅翔是当今文学批评界不多见的，有着理性思考，思想颇有深度的文学评论家。

《中国小说问题白皮书——关于戏剧的营养》是我读到的傅翔的第一篇评论文章。我第一次读到眼光如此独特、概括性强而准并富于积极建设性的当代文学批评。朴素的语言，简洁而有力，分析透彻而清晰。看惯了那些滔滔不绝地引经据典、术语深奥、大而空的所谓文学批评，这篇文章给我的感觉非常清新，非常自然，如三月的风吹过山谷，使人神清气爽。我认为，中国当代作家的小说艺术实践是非常不成功的，某些伪艺术革命使小说创作的基本原则还没有真正确立起来就已经被搞乱，甚至混乱到连基本的判断尺度都消失了。这个时候，要以批评的方式对小说说话，是一件非常困难且吃力不讨好的事。它需要非同寻常的耐心和细心，和对小说艺术的热情，以及探查真相的勇气。此文从戏剧与小说的关联上切入，分析问题的实质，其角度独特而新颖、眼光独到、犀利，可谓抓住要害，一箭中的。关于小说要从戏剧中汲取的营养，他概况了四个方面：对话、故事、人物、结构，对每个方面都进行了具体的分析，启发性、说服力都很强，处处显现出对戏剧与小说的深刻理解和独特感悟。读过不少中国评论家的文章，对小说的症结抓得这么准，将问题剖析得这么有力，开出的药方又是这么有效，我还真是第一次看到。

除了在小说研究方面的突出成就，他对散文、诗歌的见解也是准确、独特而深刻的。比如他评论黄征辉散文的《个体人格的自由与超越》，寥寥数语，就把散文的特性表述得非常透彻，并对当代散文如何走出困境，指出了可行的道路，读之令人有茅塞顿开之感。他少见的谈论诗歌的文章——《诗，在宁静中兴起》以及本书收录的《诗歌的源头》也写得非常好。前者富于感性魅力，后者具备理性深度，都好得出乎我的意料：他对诗歌的感悟居然如此晶莹剔透啊！我一时恍然大悟，实际上，他骨子里本来就有一种诗人的素质与气质。虽

然他不写诗，但从他的散文中，你可以强烈感受到那压抑不住的诗人的情怀。即使是理论评论文章，在字里行间，也不时可以感觉到某种隐约流动的诗意之河。

登高则情满于山，观海则情溢于海。傅翔的文学批评是有激情，有热血，有勇气，有深度的，其文风自由清新，文笔洒脱奔放，无不给人以思想的启迪。读他的评论，是一种美好的精神享受，弥足珍贵。

三、会当凌绝顶，一览众山小——傅翔的信仰立场

如前所述，傅翔在本书中谈到了一系列人类生存和文学艺术的重大精神问题，而他指出了解决这些问题的唯一出路就是信仰。我在译者推介中如是指出（原文为英文）：如果说二十世纪七十年代以后的中国青年，是从英雄主义、理想主义走向个人主义，怀疑、务实的一代，傅翔则是既持守了理想主义情怀，又具备了个人独立的理性追问精神的极少数异类。这样的青年，以这样的身份，出现于中国当代文坛，它本身就是一件意义非同寻常的事。

傅翔对文坛现状的宏观把握是准确的，对具体作品的分析是到位的，他的批评背景与批判立场更是与众不同的——这便是他的信仰立场，这至关重要的一点，正是他写作的精神核心。这是一个在神圣启示的背景下，站在信仰、良知的立场上写作的作家和评论家，他个人的作品及他所关注的作品，都具有一种心灵和情感的力量。他对路遥作品的欣赏深得我心，对其他当代小说家的评论我也颇有同感。他对基督徒作家北村作品的解读，更是从微观上强化了他的信仰立场，并举证了他文学批评的独特性、前瞻性，以及必要性和丰富性。

从傅翔的自传体散文《我的乡村生活》中可以看出，他是一个深受传统文化影响的中国文人，是被传统文化中最美好的那部分所熏陶出来的，洋溢着古老的芬芳。而他对终极信仰的持守，对终极价值的追求，又有别于自古以来的传统中国文人，所以，他的文字（创作和批评）才有着壮阔的胸襟，恢宏的气势，炽热的心灵之爱和闪耀的良知……

真可谓：会当凌绝顶，一览众山小。也因此，我用不着担心傅翔也会如很多找不到出路的中国传统知识分子那样，因为沉浸于传统文化之美，最后却被

传统文化中最阴暗最消极的部分捞掉了去。傅翔们的出现，预示着中国的文化和文学已经开始了新的道路。他们的写作，有着强大的信念，张扬的激情，坚定的意志，卓越的智慧和无限的光明……鲁迅先生的绝望之歌，他那沉郁忧伤的"悲怆交响曲"唱到今天，终于可以换成希望之歌，幸福之歌，唱出飞扬激昂的"欢乐颂"了。

2018 年 3 月 9 日，美国北加州

（英子，留美学者，毕业于四川外语学院英语系。著有长篇随笔《追问爱情》，现旅居美国，从事文学、影视、美术、音乐与翻译工作。）

傅翔学术简表

1972 年

出生于福建省连城县朋口镇涂公门前村。

1990 年

入读于福建师范大学中文系。

1992 年

文学评论处女作《家乡风情的感悟》发表于《福建日报》读书版。

1993 年

文学评论《讲座的风格与幽默的魅力——读孙绍振的〈怎样写小说〉》发表于《福建日报》读书版。

文学理论处女作《文学：信仰失落之后》发表于《文艺评论》第 5 期，并作为封面榜首文章推荐。

1994 年

在《文艺评论》《作品》《通俗文学评论》等刊物发表文学论文《世纪末：小说绝望的反抗》《通俗艺术的阐释》《伊甸园之门——新时期小说的空间透视》等 5 篇，其中 2 篇被中国人大复印资料《中国现代、当代文学研究》转载。

大学毕业，任教于连城三中。吴尔芬的《书生傅翔》发表于《闽西日报》，对傅翔的理论创作进行了最早的报道。

1995 年

从第二期开始，《文艺评论》全年发表《文坛的祭礼》《让灵魂栖息大地》《边缘与守望》等 5 篇论文，并做重点推荐，其中多篇被中国人大复印资料转载。《技术主义时代的写作话语》发表于《大家》第 6 期，本期学术主持为陈晓明，同期发表莫言的长篇小说《丰乳肥臀》。另有论文《文化大众与大众文化》发表于《通俗文学评论》等刊。

在鲁迅文学院第 11 期文学创作进修班学习，为期四个月。

1996 年

《灵感：苦难与良知的精神》《艺术：回到源头》《小说的方向及一种对话》等 5 篇评论与论文分别发表于《厦门文学》《文艺评论》《书友周报》等报刊，其中《灵感：苦难与良知的精神——论路遥》一文获得首届"红炭山杯"文学奖一等奖。

选择停薪留职，到北京开始"北漂"的生活。

1997 年

在《文艺评论》发表论文《私人档案·三言两语》《精神困境与文学分析》两篇，并被中国人大复印资料转载。

1998 年

论文《中国诗歌，在沉寂中兴起》发表于《厦门文学》，并被多家报刊转载。

1999 年

开始创作自传体长篇随笔《我的乡村生活》及发表随笔多篇。继续收藏，没有论文发表。

调入连城县博物馆工作，任新泉革命纪念馆负责人。

2000 年

在《文艺评论》等报刊发表《个体人格的自由与超越》《客家文学的一次非凡突进》等评论多篇，另有散文随笔多篇发表。

2001 年

调入福建省艺术研究所工作，开始转向福建与全国的戏剧研究。

2002 年

《深度空间的拓展与当代意识的强化——从福建历史剧创作的局限谈起》发表于《中国戏剧》杂志，另有评论《自己与自己的搏斗》与学术随笔发表于《剧本》《文史知识》等刊。

2003 年

论文《活着的勇气与发现——从福建现代戏创作谈起》发表于《剧本》。《个体人格的自由与超越》入选广州出版社的《2003 当代散文精品》。

文学理论专著《不合时宜的思想》由华艺出版社出版，此书得到贾平凹、吴义勤、北村等文学名家的高度评价与赞誉。《贾平凹致傅翔的一封信》在《福建日报》等报刊媒体发表。

2004 年

《中国文学是没有希望的》《地方戏剧的危机与出路》等多篇论文在《粤海风》《广州文艺》《福建艺术》等刊发表。《离奇的假定与无力的结局》入选长江文艺出版社的《2004 年中国争鸣小说精选》。

《深度空间的拓展与当代意识的强化》获得中国文联与中国戏剧家协会主办的第三届中国曹禺戏剧奖评论奖提名奖（二等奖）。

自传体长篇随笔《我的乡村生活》由广州出版社出版。

《福建日报》刊发了"傅翔专辑"。《厦门文学》推出了"当代文坛强档——傅翔专辑"。贾平凹为《我的乡村生活》写的序由《南方都市报》《福建日报》等多家媒体发表与推介。

2005 年

在《广州文艺》《文艺评论》《南方文坛》《粤海风》《福建艺术》等刊发表文艺理论与评论《小说与戏剧的营养》《戏剧创作的歧途与没落》《小说与农村的现实》《中国小说问题白皮书》等十余篇，其中《广州文艺》就有 4 篇，专题针对当前小说创作的问题。《农村的现实与中国小说的缺失》入选中国文联出版社的《2005 年当代文艺论坛论文集》。

作为批评家代表出席《人民文学》杂志社主办的"第四届中国青年作家、批评家论坛"，做了题为"我们没有自己的东西"的发言；出席第五届中国文联文艺评论奖颁奖式暨 2005 当代文艺论坛，提交的论文《农村的现实与中国小说的缺失》入选论坛，并在大会上做主要发言。

2006 年

在《文艺评论》《粤海风》《解放军艺术学院学报》《羊城晚报》等报刊发表文学理论、评论《农村、底层、小资与小说》《生活距离我们到底有多远？》《当前戏剧思维的偏离与缺失》等6篇，其中《中国批评家堕落的八大形式》在《羊城晚报》专版发表后，相继被《文学报》《中华文学选刊》《作品与争鸣》及中国人大书报资料中心《文艺理论》等多家报刊转载，引起强烈反响。

评论《思想性·现实性·戏剧性》获第二十届田汉戏剧奖论文一等奖。

当选为福建省青联第十届委员。

2007 年

在《中国京剧》《福建艺术》《福建文艺界》发表评论与论文《华美悲壮，百味俱生》《现代官场人物的生动素描》等多篇；其中《中国京剧》发表的评论受到了朱镕基总理的关注与点评，并因此得到总理的亲切接见与表扬。

《灵感：苦难与良知的精神》入选人民文学出版社的《路遥评论集》。戏剧理论专著《戏剧的背影》由中国戏剧出版社出版。

论文《"唯漂亮主义"的终结——当前戏曲探索的歧途》获第六届中国文联文艺评论奖三等奖。

参加鲁迅文学院第七届中青年作家高研班的学习，为期四个月；作为鲁迅文学院代表团的代表出席全国青年作家创作会议。

2008 年

在《文艺争鸣》《小说评论》《文艺评论》《西湖》《西部散文家》等刊发表文学评论《小说的玄幻、隐喻与疾病》《讲故事的难度》等多篇。在《书法报》《红豆》《中学生时代》《福建乡土》等报刊发表随笔多篇。

长篇随笔《我的乡村生活》获福建省第五届百花文艺奖二等奖。

作为嘉宾进入中央电视台三套的"艺术人生"栏目，主题是"青年作家是中国文学的未来"，专题为"青春的回答"，专题对个人作了介绍。

破格晋升为副高职称。

2009 年

在《作品与争鸣》《新批评文丛》《文艺评论》等刊发表文艺理论与评论

《小说十问》《散文创作中的几个关键词》《论福建戏曲演员的培养》等 9 篇。在《读者》《文学报》《闽都文化》等刊发表随笔多篇。《小说与戏剧的营养》入选海峡文艺出版社《福建文艺创作 60 年选》文学评论卷。

当选为福州市作家协会副主席。

2010 年

在《光明日报》《文艺报》《新批评文丛》等报刊发表文艺理论与评论《先锋小说家刘岸》《乡村的守望与忧虑》《勇气的几个层面》《搁浅的生活与悬空的写作》等 9 篇，其中《文艺报》有 5 篇。

文化随笔专著《古砚》由福建美术出版社出版。

2011 年

在《文艺报》《中国名家书画报》发表评论《逻辑决定小说的合理性》《人间和平的寓言》等 4 篇。在《福建文学》《福建乡土》《福建日报》等报刊发表随笔多篇。

海峡卫视《客家人》栏目播出题为"青年作家傅翔"的专访。

2012 年

文化随笔专著《闽戏小记》由海峡文艺出版社出版。小说理论评论专著《小说手册》由海峡书局出版。

文化随笔专著《古砚》获福建省第二十五届优秀文学作品奖暨第七届"陈明玉文学奖"二等奖。随笔《仙乐飘飘话刺桐》获 2011 年度"逢时杯"海内外散文大赛一等奖。长篇随笔《我的乡村生活》获庄逢时福建青年散文奖（第一名）。

破格晋升为正高职称。

2013 年

在《光明日报》《福建日报》发表评论《一个新的高度》《乡土文学传统的回归》等数篇。在《书法报》《福建乡土》发表随笔多篇。随笔《我的书法情结》入选长江出版社《书法报 30 年美文选》。

被聘为福建省文联第一届艺术委员会委员。

2014 年

在《光明日报》《文艺报》《福建艺术》等报刊发表评论《芗剧〈保婴记〉

的精神遗产》《粗枝大叶与不了了之》等数篇。在《福建乡土》《福建日报》《厦门文学》发表随笔数篇。

被聘为文化部专家库专家，福建省广播影视集团新闻中心特约评论员。

2015 年

在《福建文学》《福建艺术》《福建文艺界》发表评论与论文《福建小说的分量》《历史与人性的复活》等多篇。

2016 年

在《光明日报》《文艺报》《中国戏剧》《大舞台》《福建日报》《福建艺术》等报刊发表理论评论《历史小说的难度与超越》《无限接近于透明》《打开重新认知传统之门》等 9 篇。在《六盘山》《福建文学》等刊发表随笔数篇。

2017 年

在《福建日报》《大舞台》《福建艺术》《福建文艺界》等报刊发表理论评论《戏剧创作的几个关键词》《古色古香与原汁原味》《汲古开新，大象无形》等多篇。

当选为福建省作协青年作家委员会副主任。

2018 年

在《福建文学》《剧谈》等刊发表诗歌与论文《重提戏剧的文学精神》等数篇，散文随笔集《村庄之恋》由海峡书局出版。

当选为福建省文艺评论家协会副主席与福建省作协主席团委员。

我们文学的疾病